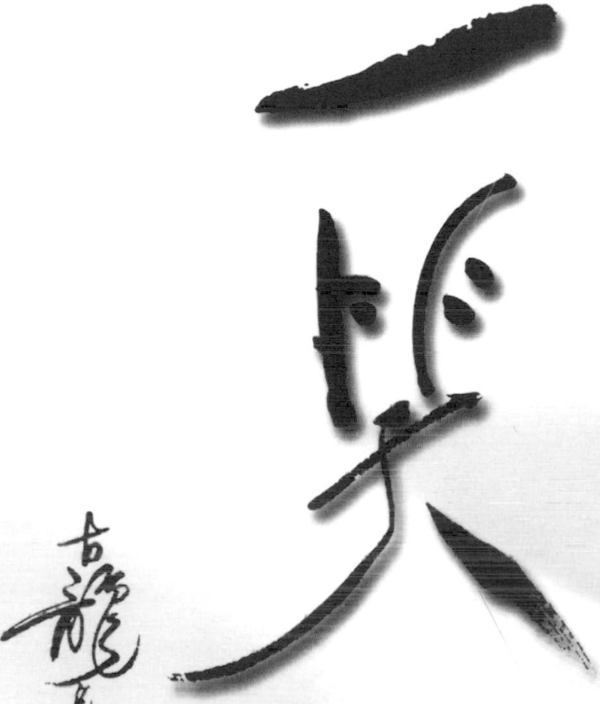
古龍自署

國際學術研討會

古龍武俠小說 領先時代半世紀

【記者賴素鈴／報導】江湖代有才人出，這廂古龍凋零二十載，那廂今朝懸賞百萬獎新秀，浪淘不盡，唯有武俠熱愛，不隨時間變易，在學術研討會上更見分明。以「一代鬼才：古龍與武俠小說」爲主題，淡江大學第九屆文學與美學國際學術研討會昨起在國家圖書館，展開爲期兩天的議程，紀念武俠小說家古龍逝世二十周年，新生代學者與古龍故舊齊聚一堂，以文論劍話武俠。

日前與淡大中文系教授林保淳共同發表《台灣武俠小說發展史》，武俠小說評論家葉洪生昨天在專題演講中，直批胡適1959年底發表「武俠小說下流論」是「胡說」，學界泰斗的不當發言以及隨即展開的「暴雨專案」，反而促成1960年起台灣武俠新秀的繁興，「武俠小說迷人的地方，恰恰在門道之上。」，葉洪生認定，武俠小說審美四原則在文筆、意構、雜學、原創性，他強調：「武俠小說，是一種『上流美』。」

集多年心血完成《台灣武俠小說發展史》，葉洪生認爲他已爲從十歲起迷上武俠小說的半世紀畫上完美句點，並且宣布他「以後決心退出武俠論壇，封劍退隱江湖」。

雖然葉洪生回顧武俠小說名家此起彼落，套太史公名言「固一世之雄也，而今安在哉？」，認爲這是值得深思的嚴肅課題，昨天意外現身研討會而備受矚目的溫世禮，則爲了紀念同是武俠迷的哥哥溫世仁，推出第一屆「溫世仁武俠小說百萬大賞」，即日起至今年10月3日截止收件，經兩階段評選後於明年12月7日公布首獎得主，預料將會是一場武林新秀的龍虎爭霸戰。

看明日誰領風騷？風雲時代出版社發行人陳曉林眼中的古龍，其實領先他的時代半世紀，以致如今雖然古龍逝世20年，陳曉林認爲大家對古龍的了解仍然有限，預言未來世代更能和古龍的後設風格共鳴。

昨天這場研討會，也凸顯武俠小說作爲一項文學研究門類，仍有待開發學習空間。多位與會者都指出，武俠小說的發表、出版方式和管道具考證難度，學術理論與論文格式的建立待加強。而武俠名家的版權之爭、市場競爭力，也增加出版推廣困難，古龍武俠小說的版權糾紛、司馬翎作品的版權官司也成爲研討會的場外話題。

與

武俠小說

第九屆文學與美
一代鬼

古龍兄為人慷慨豪邁、跌宕自如，變化多端，文如其人，且復多奇氣。惜英年早逝。余與古兄當年交好，且喜讀其書，今既不見其人，又無新作可讀，深自嘆惜。

金庸

一九九六．十．十一．香港

劍毒梅香

(中)

附新出土的《神君別傳》

古龍精品集 51

劍毒梅香

(中)

目錄

十八　一劍西來

原來正在金老二鐵掌即將抓住于一飛長劍——也就是諸葛明劍尖僅離金老二「玉枕穴」不及三寸的一刹那，一條黑影自黑暗中一躍而出，只見他身形一晃已到了三人面前，一出手就叩住于一飛的脈門，借勢用于一飛的長劍向諸葛明劍身上一撞——

於是金老二一把抓了一個空，于一飛脈門受制，渾身軟柔，諸葛明卻感一股柔和的勁力從劍上傳入，嚇得倒退三步！

一時廟中倒靜了下來，只有那少年沉重的呼吸聲——敢情他運功已到了最後關頭。

廟外忽然傳來一聲短促而焦急的嘯聲，諸葛明及于一飛臉上神色一變。

諸葛明忽地一劍刺出，直點蒙面人脈門，這距離太近，出招又太突然，他縱有神仙本領也只有一條路可走——就是放開叩住于一飛脈門的手。

就在蒙面人退步放手的一刹那，諸葛明一拉于一飛右手，喝聲「走」，雙雙躍將出去。

只聽得廟外呼呼幾聲，接著是金老大刺耳的怪叫聲：「哪裡走！」接著一聲悶哼，一切就恢復寂靜。

金老大低頭進門，但頭上的紅帽子仍是被門檻碰了一下，以致歪在一邊。

他扶正了帽子，低聲道：「老二，鵬兒運功完了沒有？那厲老賊只怕就要到了，咱們得快些走，啊——」

敢情他發現金老二沒有回答，正全神助少年渡過最後難關。

「噓！」一聲長吁，金老二一躍而起，少年也睜開了眼。金老二一語不發便向蒙面人——當然就是不願被于一飛認其面目的辛捷——拜倒地上，肅然道：「閣下受金老二一拜，從此閣下就是丐幫的大恩人，請教貴姓？」敢情辛捷在路上大喝時，他沒有聽清他的姓名。

辛捷扯去蒙面布巾，哈哈大笑，扶起金老二道：「小可姓辛名捷，手足之勞，何足掛齒？」不知怎地，辛捷忽地覺得自己應該盡量豪放英雄一些才對。

金老大也向辛捷一揖，然後轉對金老二道：「咱們這就動身。」

金老二牽著少年，一起走出小廟，辛捷也跟著走出去。

金老大向林旁兩條路望了望，然後在左面一條上故意踐踏了一些樹枝，留下好些痕跡。這時他仰首觀天，只見月色朦朧，已到了正中，忽然長嘆一聲，與金老二雙雙跪在那少年面前，極其莊嚴地道：「丐幫第十四代幫主聽稟，第十三代內外護法金元伯、金元仲於此刻月正當中起，任期已滿，不得再留幫內，請幫主依幫規另尋高士，愚兄弟就此相別，望我幫主智睿才著，幫務日益興隆。」

稟完二人站起。那少年卻抱住金老大的手臂道：「叔叔，不要走，不要離開鵬兒，我情願不要做幫主，也要和叔叔在一起。」

說到後來，眼淚已是盈眶。

金老大方才臉上還是一派莊嚴，這時又以手撫摸那少年的頭髮，那醜陋的臉上竟閃爍著感情的光輝。

半晌，他才對少年道：「鵬兒，丐幫的幫主豈能輕彈眼淚，老幫主授位給你時怎生說的？快不要哭了。」

金老二看鵬兒努力噙住那即將滾下的淚珠，不禁仰首長嘆。他握著鵬兒的手，低聲道：「鵬兒，以後丐幫是否能興隆起來，就要看你了，大凡一個大英雄，先是受了無數的磨練才成功的，當你受了苦難時，你要想想世上還有無數其他的勇敢鬥士正受著比你更大的痛苦呢，那麼你就不會氣餒而喪失你的勇氣了，鵬兒，叔叔們因爲幫規，就要和你分離了，以後你要好自爲之，你懂得嗎？」

鵬兒緩緩地點了點頭，那盈眶的淚珠始終沒有掉下來。金老二又道：「我知道幫中的人和那厲老兒都要追趕你，但你只要跑到湘潭關帝廟，憑幫主的信物必能得到南總舵的擁護，到時候就不怕厲老兒他們了。」

金老大指著右邊一條路對鵬兒道：「叔叔們從這邊走。」又指著左邊那條故意留有足跡的小徑道：「你就從這邊走。」

鵬兒點了點頭，但是並沒有動。老大雙袖一送，低喝一聲「去吧」，鵬兒藉著那掌風落在丈外。

「金叔叔再見了——」鵬兒哽咽的童音飄來時，黑暗中已消失了他的影子。

金老大輕聲嘆一聲，對金老二道：「老二，咱們也該上路啦。」轉身又對辛捷一揖道：「待會兒那劍神厲鶚必要趕到——」

辛捷何等機靈，早知他之意，搶著道：「金兄放心，小弟和那厲老兒也有樑子。」這話就等於告訴他自己不會洩漏鵬兒的去向。

金老大道了一聲：「珍重！」一挽他兄弟之手，也不見他們雙足用力，身體陡然拔起，立消兩蹤，那兩頂紅帽也消失在黑暗中。

辛捷忽覺得金氏兄弟那難聽的聲音也沒有先前那麼刺耳了，那醜惡的長相，也不再那麼嚇人了。

「這對兄弟武藝端的高強，更難得一片俠骨，還有那鵬兒先前點我一招的手法實在古怪，憑我此刻功力竟封它不住——」

他想起鵬兒孑然孤行的情景，不知怎地鼻頭忽地一酸。

「這真奇了，那丐幫幫主何以將幫主之位傳與這樣一個嬌生生的公子模樣的孩子？……」

這時忽然一聲淒厲的嘯聲衝破長空，那嘯聲悠然不絕，淒厲中帶著一股陰森森的味道，令人渾身感到一陣不快。

辛捷一聽到這嘯聲，一種下意識告訴他，這必是那劍神厲鶚到了，他一晃身之間，落在廟側暗處，心中不知怎地感到緊張之極。

那嘯聲雖只是單單一聲，但卻迴腸蕩氣地飄蕩空間，久久不絕。辛捷暗中皺眉，心中被一個問題困擾著：

「若這嘯聲是厲鶚所發，那麼厲鶚的功力實在深得出乎意料，聽梅叔叔所說的情形來看，厲鶚雖極了得，但無論如何不致於在十年中進步如斯吧？單聽這一聲長嘯，分明他已練到『混元歸一』的地步了，難道——」

才想到這裡，不遠處衣帶凌風聲起，一條人影已疾如勁矢般飛蹤而至。

那人在廟前半丈遠處停下了腳，那麼大的衝勁一收即止，而且一塵不揚，躲在暗中的辛捷不禁暗下讚了一聲。

那人向分叉的兩路望了一下，回身眺望似乎等候他的同伴，果然「刷、刷」又落下兩條人影，那速度雖是極快，但顯然能看出他們揮汗如雨的匆忙之態。

辛捷暗中打量，這爲首之人白髯飄飄，身形極爲枯瘦，背上一柄長劍，米黃色的絲穗隨風飄蕩。細細打量他面目時，只見他廣額深腮，目光如鷹，威猛中帶有一絲陰鷙。

辛捷暗道：「果然是你！」這老者與梅叔叔所描述的厲鶚可說完全一樣，只就兩鬢似乎已由灰白變成雪一般白了。

厲鶚望了望左面那條留下不少痕跡的小徑，陰惻惻地道：「哼，金老大、金老二在我面前還弄這一套。」用手向右面一指，帶了後面兩人就向右面縱去。

辛捷暗稱讚金老大料算如神，果然將這厲老兒騙過，同時他以最快的速度將那塊布巾戴上，他竟無法控制自己的緊張，雙手在頭後對那布巾打結時，弄了半天才算打好，而厲鶚一行人已縱出丈多——

只聽他一聲清叱，身形陡然拔起三丈，在空中一仰一折，已如流星般趕了上去，刷地一下，反過面來落在厲鶚面前——

若說辛捷是驚嚇於厲鶚的功力才緊張如斯，那也不見得，當日世外三仙的慧大師何等威勢，辛捷仍毫不含糊地硬接她三招，這厲鶚雖然功力高得出乎辛捷意料之外，但豈能就鎮得住他？何況還有梅叔叔那段血海深仇在他胸中洶湧著呢。

但是也許就因爲他日夜無時不在念著對這五大劍派掌門人挑戰的情景，這時事到臨頭，反而緊張起來，不過當他一躍而下的一剎那間，他再沒有絲毫緊張了，他的身形如行雲流水般趕過了厲鶚的前頭——

厲鶚雖並沒有以全速奔走——因爲還有兩個功力較差者跟在後面的緣故，但那個速度已是十分驚人了，他只聽得呼的一聲，一個人影從頭上飛過，落在面前，他也「刷」地一下，停下了身軀，那麼快的衝勢不知怎的被化得一絲不剩。

面前站的一人以巾蒙面，只露出一雙精光的眸子。

「師父，就是他——」

厲鶚身後一人驚叫起來，正是那天絕劍諸葛明，另一人當然就是地絕劍于一飛了。敢情他們已經把小廟中蒙面人出手相攔的事告訴了厲鶚。

厲鶚哼了一聲，一雙鷹眼狠狠打量了辛捷兩眼。對後面的二人道：「你們先追下去，不出一盞茶時間我必趕上。」聲音中充分表現出自信的傲氣。

諸葛明應了一聲，拉著于一飛的手向前一躍，在他以為蒙面人必會出手相攔，哪知蒙面人動也未動，只雙目中射出一種古怪的光芒注視著厲鶚。

不消片刻，諸葛明、于一飛兩人已消失蹤影。

厲鶚雙袖長垂，一副不在乎的樣子，其實心中盤算這面前的蒙面怪人是什麼路數，居然敢對「天下第一劍」叫陣。

辛捷視梅叔叔如親父，梅叔叔的仇人他早就當做自己的仇人，雖然他連五大劍派掌門人的樣子都沒有看過，但在他心目中，他早就把這幾個傢伙想像成最卑鄙的小人——就像他的殺父母仇人「海天雙煞」一樣。

厲鶚垂手是等對方先動手，十年來他在武林中隱隱以「第一人」自居，養成了從不先動手的習慣。這時他久久不見對方動手，不禁有些奇怪。

哪知就在此時，蒙面人左掌一探，疾如流星地直侵他前胸，拳未至，勁風已將他衣襟吹得振動不已。

厲鶚長笑一聲，不退反進，身子微微一側，欺身斜入，雙指直取蒙面人雙目。

辛捷此時何等功力，哪容他雙指點實，探出之掌不收，右掌已斜斜斬出，所取之位正是厲鶚肘上曲池，變招之速，認穴之準，充分表現出一派高手的不凡。

厲鶚不假思索地變點為劈，同時另一拳由下向上撩出，正是崆峒神拳中的「天火燎原」。

「天火燎原」本是守中帶攻的一記妙招，在劍神厲鶚手下施來更見威力，上掌橫劈之勢才發，下拳卻後發而先至，令人防不勝防。

哪知道拳才遞出，重心忽失，敵人不知怎地在即將中拳的一剎那間如行雲流水地換了方位。厲鶚何等經驗，重心雖失，那較緩的掌力仍舊拍出，身體卻借這一拍的餘力恢復了重心，而那一掌仍準確地拍向敵人的「腰眼」。

這一招雖則像是厲鶚著了辛捷的道兒，事實上辛捷一面橫身避開他一拍，一面心中卻暗暗讚嘆厲鶚經驗豐富與變招的速捷——

「要是我處於這失卻重心的情況下，只怕心慌意亂，益發不可收拾的了。」

這一換招，兩人正好換了個方向，厲鶚右袖一揮之間，「刷」地一聲，一汪寒光閃閃的長劍已經到了手上。

辛捷退了半步，注視著厲鶚手上那支特長的古劍，一種藍森森的光芒淡淡散出，顯然是一柄極上乘的寶劍。他心中暗讚道：「好一柄寶劍，不知比梅叔叔那柄『梅香劍』如何？」

當日辛捷藝成出道時，七妙神君梅山民曾對他說：「據說崆峒厲老賊得了一把上古奇劍，照傳說的形狀看來極可能是『倚虹寶劍』，若真是這一柄寶劍的話，我這一柄『梅香劍』雖也是前古奇珍，但也無法克住它，必須加一種『千年朱竹』的葉汁，重依古法冶煉過才能剋住『倚虹劍』上那層寶芒，而那『千年朱竹』卻正好在咱們山後谷發現了一枝，等它熟了之後立刻就可起灶冶劍，明年此時你回山一趟，就可將此劍交給你，從此『虬枝劍法』配上『梅香寶劍』，重振七妙神君威名，哈哈。」言下充滿得意之色。

正因如此，所以辛捷注視著厲鶚手上那藍汪汪的鋒芒，心想：「一動上手，我兵刃上必會吃虧，一定得以奇招速決方爲上策，唉，難怪梅叔叔一再叮嚀我目下千萬不要和五大劍派公開力拚——但是，今天既是碰上了，哼，好歹也得鬥他一下。」

一念至此，不再猶豫，伸手準備拔劍。

同時，厲鶚那陰森森的語調揚起：「小子亮兵刃吧！」

「刷」地一聲，辛捷已是抱劍待敵，厲鶚自恃「天下第一劍」，豈肯先動手，也持劍以待。

辛捷隔著蒙布巾，忽然一提氣，亢然長嘯，那嘯聲中一片冷峻，宛如凜風刺骨，右手長劍平擊，振臂一抖，雪亮的劍尖在黑暗中一陣跳動，發出呼呼破空之聲。

對面的厲鶚卻面色大變，敢情他看得清楚，那劍尖正構成七朵梅花，而且工整勻當，一筆不苟。他差一點張口喊出「梅山民」來。

辛捷又是一哼，劍光一匝，身軀平地飄前，劍尖遞出時甚至姿勢都沒有變。

七妙神君重現江湖，厲鶚也有所耳聞，當年梅山民雖斃命在自己等四人手中，但那繪聲繪影的傳說到底也令他有點不安，不過他始終以爲那多半是冒牌貨罷了，哪知目下這個蒙面人那手振劍的工夫分明是七妙神君的特殊標誌，而且那份內勁實在深厚異常，莫非——

這時對方的劍尖已疾若雷電地攻到，他心一橫，暗道：「不管怎樣，這廝至少和梅山民有極大的關聯，一併打發了以免後患。」

殺機一起，長嘯一聲，長劍泛著一片藍光疾刺對方脈門，以攻爲守。

蒙面客才一變式，厲鶚也同時變招，「厲鳳朝陽」直指辛捷「氣海穴」，翻腕之間，劍身竟帶嗡嗡之聲。

辛捷劍式才變，一見厲鶚也變，不加思索地使出「風弄梅影」。

「厲鳳朝陽」若施實，辛捷的「風弄梅影」也正好遞滿，那時的情形將是厲鶚長劍遞空，而辛捷劍尖將離他喉前不及一寸。

厲鶚見辛捷劍式才出，已料到了後果，當下更不待「厲鳳朝陽」用老，長劍一揮，身形配合躍起，刷的一招「鬼劍飛靈」，在最佳的地位刺出，直取對方「肩上穴」，而辛捷更幾乎是身不由已地遞出一招「乍驚梅面」。

厲鶚又立刻知道如果自己不馬上變招，這一記原來神妙無比的「鬼劍飛靈」勢必走空，而更糟的是敵人劍尖將又指著自己無法躲避的方位。

若是旁人，此時已臨絕境，而厲鶚雖然受制於人，卻有驚人的判斷力，每次皆能即早變式，不蹈絕境。

「嘿」地一聲吐氣，厲鶚又硬生生撤回了招式，輕飄飄落在三尺之外。

這一下雙方換了三招，劍尖都沒有碰一下，而厲鶚已兩次瀕於絕境。

辛捷心中暗道：「這厲鶚應變之機敏，端的平生未遇，而他劍式功力更遠在梅叔叔所敘之上，難道他十年中進步如此迅速？」想到這裡不禁想起自己剛出道就打算隻身向五大劍派挑戰，如今看來，若非小戢島一番奇遇，只怕連眼下這一個人都對付不了呢。

那厲鶚更驚恐得無以復加：「這廝招式確是七妙神君的『虬枝劍法』，但似比以前又詭奇許多，似乎每招都恰巧剋住我這崆峒劍法一樣，莫非真是——」

「哼——」又是那冷峻的鼻聲傳了過來，他忽然發覺這冷笑聲，端的十分像那十年前的七妙神君，心中又是一凜。

辛捷已主動展開「虬枝劍法」攻了上來，重重劍影宛如驚波怒湧濤洶而下。

劍神厲鶚既稱「天下第一劍」，其劍上造詣可想而知，只見他厲吼一聲，真力灌注劍尖，那淡淡藍森森之光陡然暴長，鋒芒似乎要脫穎而出，劍光霍霍中，嗡嗡之聲不絕，在完全受制的招式中竟然有守有攻。

辛捷劍尖與那縷藍光一觸，連忙把劍身一橫，不敢和它相碰，但忽然一股寒氣竟從劍上直傳上來，辛捷大吃一驚，慌忙中奮力一退，躍後三步，低首察看劍身，已有麥粒大一點缺口。

辛捷這才知道這藍色鋒芒的厲害，一時不禁怔住，停手暫住。就在這時，左面樹枝葉一陣響動，刷地躍出一人，月光下看分明，竟是那崆峒地絕劍于一飛。

于一飛懷中還抱著一人，那人似乎昏迷不醒，卻是天絕劍諸葛明。

劍神厲鶚臉色有如漆了層墨一般，令人頓生寒意，他緩緩走近于一飛，只見于一飛頭髮散亂，衣衫破碎，神情極是狼狽，這時見師父臉色不對，只嚅嚅地道：「那——金老大、金老二——」

厲鶚瞪了他一眼，他竟不敢說下去，但他仍對站在對面的「蒙面人」投以驚訝的一眼，是什麼人在「天下第一劍」手下鬥了這麼久居然身全無恙？

厲鶚看了看昏迷中的諸葛明，立刻發現他左肩上衣衫已成片片碎塊，隨風飄動。挑開一方破襟後，諸葛明肩胛上赫然印著一隻黑色掌印，五指宛然。

辛捷也看到這些，立刻明白這必是金老大獨門掌力的傑作，但他仍然挺立原地，沒有作聲。

厲鶚寒著臉像是在查看諸葛明傷勢，其實心中正飛快地打著主意：「梅山民是咱們親手宰了的，絕不會錯，這蒙面小子難道是他後輩門人？不可能，不可能，單他那份內勁，沒有一甲子以上的功力是辦不到的，那麼，他又會是誰呢？」

的確，此時辛捷那手功夫只有出自梅山民本人之手才不致令人驚奇。

諸葛明肩上的黑掌他不是沒有看見，他口中不住狠聲地喃喃唸道：「金老大，金老二，咱們走著瞧——」心中卻哪有一絲想到這個問題，只不停地思索著這個蒙面人。

辛捷仍然直立原地，那稍帶瘦削的身材優雅地挺立著，蒙巾上那一雙眸子仍然射出冷冷的光輝。

厲鶚忽然對于一飛喝聲：「走！」看都不看辛捷一眼，轉身往金氏兄弟去向追去。

于一飛抱著諸葛明也跟了上去，臨走還向這個蒙面人投了驚奇的一眼。

厲鶚這一走的確是聰明的，目前這個蒙面人深厚的功力困惑著他，他仍不能相信七妙神君會死而復活，但蒙面人精妙的劍法正是聲名天下的「虬枝劍法」，至少這是千真萬確的，他決不能把一世「英名」賭注在這不知真面目的蒙面客身上，這一走，既可暫時擺脫，又可維持他那原有的傲慢狂態。

辛捷仍立原地，沒有追攔，他心中想：「等『梅香劍』重治好了，就有你樂的了。」

于一飛的背影才消失，辛捷又聽到一陣衣帶破空的疾響，果然路上奔來一人。

接近小廟時，那人自然放慢了腳步，月光下只見那人一襲青衫，瀟灑的身材是一張俊美的臉孔，斜飛入鬢的雙眉下，一雙星月射出智慧的光芒，竟是和辛捷分手了的吳凌風。

辛捷回首見那厲鶚等已遠去，身子蹲下來，藉著一排樹的掩蔽，施展上乘輕功從廟後繞了過去。

只見吳凌風也正打算推開廟門，那周圍陰沉的氣氛自然地使吳凌風俊美的臉孔縮成一片緊張的神情。

辛捷輕繞到他身後，刷地將長劍拔出，劍出鞘是清脆地「卜」一聲，像是在一湖平如鏡面的水中投入一粒石子。

吳凌風如一陣旋風一般轉過身來，長劍已在手中。

辛捷一把扯下蒙巾，哈哈大笑。

吳凌風也笑了起來道：「啊！是你，捷弟，你真頑皮，真把我嚇了一跳呢。」

辛捷故意道：「那天你突然跑掉，我一人和海天雙煞拚鬥，差一點送了命哩。」

吳凌風聽罷大吃一驚道：「我以爲憑你的輕功引開他們再設法溜掉應該沒有問題，哪知道你真和他們拚了起來——」

辛捷就將經過告知吳凌風，凌風本來十分緊張，但見辛捷說來嘻皮笑臉，也不由笑道：「捷弟，你端的福緣深厚。」

辛捷本來從小養成了陰沉而偏激的性格，但在這個新結識的兄弟面前，卻變得有說有笑。

吳凌風也將自己的經歷說了出來，最後他說：「我追那諸葛明，又碰上那厲老賊，是以一路作暗記叫你來，準備合力給他點厲害看看，後來我又探出厲老賊和什麼丐幫有瓜葛……我一路追蹤而來，到這裡卻失了他們蹤跡，哈！倒碰上了你。」

辛捷把自己和厲鶚拚鬥的情形說了一遍，凌風道：「原來你已碰上他了——」他想到憑辛捷一身本領居然奈何那厲鶚不得，自己想以隻身報父仇，前途只怕黯淡得很，不禁輕嘆了一聲。

辛捷何等聰敏，裝著有所領悟的樣子道：「啊！對了，還有十幾天就是五大劍派的泰山大會，咱們就去一趟，也讓天下人知道『單劍斷魂』絕藝有傳，大哥，咱們這就去吧！」

這句話又激起了吳凌風的萬丈雄心，他劍眉一聳，朗聲道：「吳某學藝雖有愧先人，但也好歹要這批自命正派名門的小人知道厲害。」

辛捷也呵呵大笑道：「大哥在我面前怎麼自稱吳某？咱們這就走吧。」

熙和的陽光普照著大地，道路上昨夜的雨露被引入乾燥的黃沙中，但經陽光一曬，一絲絲水氣冒了出來，替這明媚的景色加入一絲模糊之美。

得得蹄聲，彎道轉出兩匹白馬，米黃色的陽光灑在潔白的鬃毛上，閃耀著象牙般光芒。馬上的人都是一般的年輕，一般的秀俊，更奇的兩人都似在沉思中。

左面白衫的青年正沉思著：「辛捷啊！辛捷啊！眼前的敵人是一流的魔頭，你千萬不能稍爲大意啊——」他想起自己被「海天雙煞」逼入懸崖，不禁暗嘆一聲。

事實上如果讓人把這事傳入江湖，說是一個人力戰海天雙煞數千招不分勝負，恐怕要震動天下！

同時，右面藍衫的美少年卻喃喃自禱：「父親英靈在上，保佑不孝兒手刃仇人——」

蹄聲揚處，二騎已匆匆而過。

一路行來，二人邊行邊談，絲毫不覺寂寞。

那劍神厲鶚的功夫確實意外的高強，無論是內功、外力都是上乘之至，不過這倒反而激起辛捷的雄心，敢情他是想到以厲鶚的功力，十年前還不是乖乖臣服在梅叔叔之下？

吳凌風倒沒有怎麼樣，他自己心頭有數，厲鶚的功力是在自己之上，何況還有另外三個強大的高手呢！不過他卻是倔強的人，反倒加強了憤怒的仇心，下了破釜沉舟的決定！

多少天來，吳凌風對辛捷神妙的功夫已佩服到了極點。至少辛捷的內功造詣已達到能收斂精光奕奕的眼神的地步了。

這一段路是從湖北到河南的官道，中間被桐柏山所隔，官道是依山而築，若是順著官道而行，則要多費上一百多里路的時辰，二人來到道邊，商量一番，齊放馬奔向山道而行。

二人仗著一身功夫，想翻過山頭，省下將近一天的時間。

入得山區，二人不再勒馬緩行，齊一放鬆手中韁繩，風馳電駛般奔向桐柏山中，不消片刻，便消失在山道迴彎處。

馬啼聲得得，二人馳騁在山道上，揚起漫天風沙。

十九　關中九豪

這時已是入秋時分，山中更是金風送爽，桐柏山上卻是稀見森林，只是光禿禿的一片，隅爾一二株樹兒聳立在旁，也都葉兒漸枯，顯得有些蕭條的氣氛！

唯一的是天氣甚好，藍天一碧，天高氣爽，二人一路行來，倒也有不少樂趣。

驀地，眼前地勢突窄，僅有一條兒通徑，窄的僅能容一人一騎勉強通過，二人一收馬韁，緩下勢來，打量一番，但見出了這通道，前面地勢陡低，而且怪的是一個在桐柏山下少見的小小樹林。

二人於是緩緩行去，倒是吳凌風行在前面，一路慢慢通過小徑。

小徑長約卅尋丈，徑邊野草叢生，和前山一帶黃土遍地的情形大不相同。

二人行得一半，忽然一陣兵刃交擊聲隨風傳來，且隱隱雜有一二聲哭啼聲，傳自那不遠的林子中。

二人微微一怔，齊加快馬兒，哪料路面太窄，馬兒不敢快奔，僅長嘶一聲，並不加快速度。

這時來得更近，兵刃交擊聲更清晰的傳來，辛捷道：「好像是有三個人在交手——」敢情他是打那兵刃聲有三種不同的聲音所雜合而成聽出來的。

吳凌風點了點頭，驀地，兵刃之聲大作，但僅僅一下，便戛然而止，只剩下那鏗鏘的餘聲，繚繞在空中。

二人同時一驚，敢情這二下硬撞硬所發出的嘹亮聲音決非江湖庸手所能辦到，二人不再停留，身軀齊脫鞍飛出，輕巧的落在林邊。

探目一望，只見二個人正在交手，旁邊卻坐著一個女人，正在哭啼。

再一打量，只見另有一個年約四十七八的大漢正在搜索旁邊的一輛馬車，而且地上橫七豎八的躺著一大堆死屍！

二人齊把眼光集中在打鬥的二人身上，但是背著的一人雙手持著二般兵刃，卻是不同種類的，左手持的是一柄劍，右手卻使的一支鎚兒，而面對著自己的卻是一個年約四十餘的中年人，手持長劍，敢情那三般兵刃不時交撞，是以發出三般不同的兵器聲音。

那手持長劍的人功力甚高，早已取得優勢，一支長劍忽上忽下，不時撒出漫天劍花。

那左劍右鎚的漢子已是不支，連連後退。

驀地那持長劍的人大叱一聲，長劍倒劈下來，那右鎚左劍的人似乎不願硬拚，後退一步，想避開石破天驚般的一招。

哪知對手不待招式用老，突地一振長劍，寒光一吐，從劍圈中猛攻一劍。

那左劍右鎚的漢子不虞有此，身形急閃，右手鎚兒反點向對手脈門。

哪知對手此招又是虛招，長劍驀地一振，仍是原式倒劈而下，那左劍右鎚的漢子不料對手變招如此速度，眼看閃躲不及，只好劍鎚互相一撞，飛身鼓足內力，準備硬拚一記。

說時遲，那時快，三般兵器「噹」的一聲，已然接觸，那持長劍的中年人長笑一聲，內力陡發，但聞「鏗」的一聲，對手鎚劍同時凌空飛起。

長笑聲中，那手持長劍的漢子雙足急晃，一連踢出七八腳之多，那左劍右鎚的漢子輸招後再受此一輪急攻，登時一陣慌亂，被踢中跌在地上。

驀地人影一閃，那在一旁搜索馬車的大漢縱了過來，一把扶起那倒在地上的漢子，向那中年人喝道：「閣下真好身手，且接大爺一掌——」

話聲方落，那中年人已納劍入鞘，微微一笑道：「山左雙豪，武藝通神，怎麼來到桐柏山區？」

辛捷一聽，不覺微驚，想不到這二個大漢竟是獨霸山東的強盜，一為摘星手司空宗，一為神劍金鎚林少皋，昔年侯叔叔說武林掌故時，也曾極力讚說此二人的武術，尤其是摘星手，更是一等一的魔頭，此時那中年人竟打敗那神劍金鎚，實在令人驚異！

正沉吟間，那扶著金鎚大漢的中年漢子——也就是摘星手司空宗，想是被那中年人吼破名號，不覺一驚，答道：「閣下功力不凡，但需知『光棍』……。」

話音方落，那中年人已似知話中意義，說道：「司空兄休得誤會，在下姓謝名長卿——」

說到這裡，那摘星手不禁驚異的呵了一聲，就是被踢中穴道的神劍金鎚也不由哼了一聲，司空宗接口道：「想不到閣下竟是點蒼掌門落英劍謝大俠！」

謝長卿淡淡一笑，說道：「山左雙豪向來講究義氣，這一點謝某人也還深知！但不想二位深山攔劫，且盡誅毫無武技、身無寸鐵的老少七口，下手未免過辣一些兒吧？」

山左雙豪料不到點蒼掌門會來至華北，他們也早就震驚落英劍的威名，心中已萌退志，哪知對方口氣冷硬的數說自己一番，怒火上升，司空宗不由冷冷一笑道：「咱們是幹此行為活，下手自然重一些，謝老師若是不忍——」說著往林邊倒下的七八具死屍一指。

謝長卿隨他所指一看，但見那七人已是氣絕多時，不覺冷然說道：「說不得，謝某人要請二位賜教了！」

說完了身形一晃，「嗆啷」一聲，長劍出手。

摘星手哈哈一笑，飛起一腳，撞開林少皋穴道，一擺手，身形一動，一揮鐵拳，便想空手搏鬥！

謝長卿何等人物，見對手手無寸鐵，反手插回長劍，身子有如流水行雲，退後尋丈！

說時遲，那時快，司空宗鐵拳打空，足跟著地，再一招「毒蛇出洞」，走中宮，踏洪門，長驅直搗。

落英劍何等功力，尙還不將摘星手放在眼內，雙掌一合，下盤紋風不動，上身陡然橫移數尺，雙掌猛向外一封，一式「雙撞掌」猛擊司空宗雙肋。

摘星手身形急停，盤打謝長卿腰際。

落英劍下盤仍然釘立不動，腰間用力，向後內陷二寸，左手一圈，扣向摘星手脈門，右手一式「玄鳥劃沙」，斜襲司空宗眉心。

二人在一邊打個不了，辛捷在樹上卻和吳凌風不住商量。吳凌風聽知中年人竟是五大宗派之一掌門人，心中仇火上升，恨不得立刻下樹打擊，倒是辛捷將他拖住，在他耳邊小聲說道：「大哥不必心急，昔年在天紳瀑合擊伯父的卻是此人之父——迴風劍客謝星！此人——」他本來想加讚謝長卿幾句，但是想起謝長卿乃是點傷師父的兇手，雖明知他出於不得已，但也升起一股無名之火，不想再說下去。

二人這廂一談，正適謝長卿和那摘星手再度說僵而動手，吳凌風得知此人並非自己殺父仇人，而是其子，心中雖仍不平，但聽那落英劍謝長卿竟是正氣凜然，心中不覺漸生好感，這時二人一交手，樹上二人也都盼那謝長卿能夠獲勝。

謝長卿此時已將「七絕手法」使了出來，威勢極大，而摘星手此時也將他成名的拳招「摘星十八式」使了出來。

二人都是江湖上罕見的高手，這一交手，精妙之至。辛捷在樹上觀戰，也不禁暗讚。摘星手每攻落英劍一招，辛捷心上也都爲謝長卿想解救之招，反之謝長卿攻司空宗也是一樣。須知辛捷此時功力極深，是以二人一招一式在心中都能很快的想出破招，但究竟也不由大大讚嘆二人的反應和臨敵經驗！

尤其是司空宗，經驗之富，謝長卿任一虛招都騙不了他，出手狠辣和快捷，實在令人瞠目，不由不覺「三分經驗，七分工夫」的話是正確不過的了。

二人愈打愈快，謝長卿已搶得了上風。

正在這時，忽然山道上又是一陣馬蹄聲，瞬息間已奔近，辛、吳二人一看，只見來者共有二騎，爲首的一人年約七旬，身著葛衣。奔到近處，那葛衣人似也聽到有兵器聲，不覺一停馬勢，回首和身後一人打了個手勢——

這時林內二人已戰至分際，謝長卿已將「七絕手法」最凌厲的十式使出，逼得司空宗連走險招，勉強用「摘星十八式」中三個救命奇式——「鬼箭飛燐」，「雷動萬物」，「天羅逃刑」才擋住不絕的攻勢。

倏的林外有人長聲吟道：「長天一點碧，曉月五更寒……」

話音方落，山左二豪臉色同時一變，謝長卿也是臉色一寒，刷地收招，跳出圈外道：「山左雙豪絕藝已然領教，謝某因有急事，先行失陪！」

話音匆匆，說到最後一字，人已穿出小林子。

辛、吳二人正藏身樹中，回首一看，只見吟詩的人正是那葛衣老者，令人驚異的是此人不但一無龍鍾之態，而且中氣充沛之極。

落英劍謝長卿竄出林來，直撲那葛衣老者，沉聲吼道：「任老英雄，你可也算是成名之人，怎麼一再欺騙在下？」

那姓任的老者冷然一笑道：「好個落英劍，你們點蒼門人自動投入本派，你做掌門人的卻盡找咱們麻煩，也不怕叫人恥笑？」

樹上二人見這任老兒一來，謝長卿便急成如此，大概是有關什麼點蒼派的聲譽問題，同時更摸不清這老兒的來歷，不覺同時一怔。

謝長卿長笑一聲道：「任卓宣老匹夫，可不是謝某有意挑釁，謝某要得罪了！」話中充滿狂怒。

哪知任卓宣並不動怒，竟淡然一笑，回首對身後那個中年人一擺手，二人一左一右分開。

謝長卿見狀，冷冷一笑道：「莫說你們二個，就是頭兒一齊來，謝某照樣接下。」

哪知那任卓宣仍不作聲，手臂一震，兩袖飄處，一股勁風直放向三四丈外一株碗口小樹，掌風到處，樹身彎得一彎，任卓宣驀地吐氣開聲，那株小樹登時徐徐連根飛起，順著他掌力飛來。

這一手露得高明之極，尤其令人驚異的乃是他一掌回收的力道竟絲毫不減於發放的力道。

說時遲，那時快，謝長卿冷哼一聲，身軀有若脫弦之箭，縱立空中，劍走輕靈，閃電般已在樹身上勒了一圈。

樹身緩緩飛到任卓宣手上，任卓宣伸手一接，微一用力，「嗯吱」一聲，小樹齊腰而斷，敢情是謝長卿一劍之功。

謝長卿這一下平白發難，顯得近乎狂橫，任卓宣禁不住冷冷一哼道：「姓謝的休狂，你仔細聽著：『關中霸九豪，河洛唯一劍，海內尊七妙，世外有三仙！』如今河洛一劍屍寒已久，世外三仙不履中土，七妙神君雖然曾傳出現，也只不過傳說而已，芸芸武林中，關中九豪已顯然成了領袖……」

話尚未說完，謝長卿已斷喝道：「閒話少說，就算你有『海天雙煞』撐腰又怎樣？」

任卓宣冷然一笑，繼續道：「海天二位老前輩已決意再組九霸，重整旗鼓，你聽著，關中九霸中除海天雙煞及昔年歸隱二位，共四位外，外加的五人便是山左雙豪，區區在下和長天一碧白兄——」

說著一指身旁的中年人，又道：「還有一個便是你姓謝的師弟，千手劍客陸方陸老弟！」

謝長卿此行乃是爲了追捕一個偷取了點蒼鎮山秘笈的師弟——千手劍客陸方——這時確知那陸方竟已加入關中九豪之一，不由大驚，半晌答不出話來！

任卓宣冷然一笑道：「這可是他自願的，㖿，你看——」

說著探手入懷，拿出一封信緘，丟了過來。

謝長卿接在手裡，拆開略略一看，已知果是師弟手筆，心中大失所望，口中卻道：「那麼那秘笈呢？」

任卓宣答道：「那是陸老弟的事了，老夫並不知道！姓謝的，你一再挑釁，老夫總是隱忍，不過是想借你這張嘴傳遍武林，說關中九豪東山再起，否則動起手來，你還有命嗎？」

說著頓了一下，不等謝長卿答話，又道：「今兒卻要讓你吃點兒苦頭，讓天下人得知關中九豪不是好惹的，五大宗派仍須臣服在咱們之下——」

話音方落，謝長卿已是一聲狂笑，一振手中長劍，說道：「好說！好說！咱就先來試試九豪的威風！」

剛動身，任卓宣冷冷的道：「姓謝的，你仔細估量估量，咱們四人二前二後對付你，你還要逞強麼？」

謝長卿聞言回首一望，果見山左雙豪一左一右站在自己身後尋丈之處，一聲不響。

心中暗自估計，情知逃開無望，他秉性剛直，不再說話，手中長劍一點，直襲向任卓宣。

原來自陸方偷書下山，謝長卿萬里追蹤，一路上幾番都可得手，但總是有人暗中相助陸方逃走，一直追到湖北邊境，卻遇見任卓宣，二人早有一面之緣，任卓宣告訴謝長卿，陸方逃向桐柏山區，謝長卿急追而至，卻逢山左雙豪打劫人家，於是插入一手，怎料任卓宣有意騙謝長卿到此而加以圍擊，是以到他吟出二人名號：「長天一點碧（長天一碧白風）。曉月五更寒（曉月五更寒心掌任卓宣）」時，謝長卿才知是人家的詭計，是以說僵動手。

且說謝長卿猶且孤軍苦戰，一連數招，便被四人合力逼退。

在樹上伏著的辛捷，和吳凌風二人略一商量，辛捷心念一動，給吳凌風一打招呼，掏出一方手巾將臉孔蒙住，刷地縱將下去。

地上五人正戰得急切，辛捷竄入圈中，登時五人一起住手，齊注視來人。

只見來人面蒙一方手巾，上繡著七朵正正的梅花，來人冷哼道：「關中九豪怎樣？梅某年紀雖老，但是——嘿！」

辛捷故意一聲冷澀的笑聲收口，令人生出一種不寒而慄的感覺。

「四豪」倒還罷了，落英劍謝長卿陡然臉色大變，多少年來，每時每刻，這一件事實狠狠的吞噬著他的心，無邊悔意刺痛著他，不想此時真的又見到了十年前的故人——雖然是蒙著面的。

辛捷冷眼旁觀，他忽然覺得他對落英劍謝長卿有著深切的瞭解，但一瞬間，他又冷然一哼，說道：「關中九豪東山再起，就憑你們這一批爛貨？老實說，我梅某人第一個就不服，以你們這等功夫便能和區區齊名？」這一番話說得傲慢已極。

任卓宣原先還吃了一驚，這時聞言大怒，斷吼道：「五大劍派的劍下亡魂，還想在武林中重樹旗幟麼？哈哈——」

辛捷吃他一陣譏笑，心頭火起，怒叱道：「是又怎樣？」

任卓宣這時是怒極而笑，見辛捷怒聲相叱，驀的笑聲有若金鑼相擊下聲，「鏗鏘」而止。說時遲，那時快，任卓宣笑聲方止，雙掌一揚一立，「寒心掌力」已然發出。

他自以爲這一下發難匆促，七妙神君必不會防著，哪知辛捷冷哼一聲，身子不但不向後退，反而前跨一步，左手一捽一帶，一股極強的力道淩空劈出——

二股氣流一撞之下，辛捷順手一揮，任卓宣突覺對方掌力強過自己何止數成，心中一寒，身形不由一窒。

這一下四邊觀戰的人都不由心頭大震，想這海內一代鬼才七妙神君竟然沒有死在五派連手之下，功力確實是超凡入聖了。

山左雙豪中的神劍金鎚林少皋已然沉不住氣，嘿的一聲，一掌劈向辛捷的肘部。

辛捷冷然一笑，掌式稍稍往後一傾，運用「黏」字訣，登時又將林少皋的掌式接了下來。

辛捷此時功力，已被平凡上人用「醍醐灌頂」的手法打通，功力增進一甲子，加上已得梅山民全部真傳的招式，運用起來，必定輕而易舉的可打敗任卓宣和林少皋，但他卻是冒著七妙神君的名兒，竟存有用內力強撞的心意，是以吐掌接住二人攻勢！

任、林二人都是江湖上一等一的魔頭，功力之高，也都曾名震一帶，這時合手之力，可想而知！

辛捷冷哼一聲，「嘿」的吐了一口氣，突然真力溢強，原來他已使出了八成的力道。

任、林二人不想七妙神君的內力如此高強，也齊開聲吐氣，加強掌式！

摘星手司空宗是何等老練的江湖，一望之下已知辛捷乃是要強接，冷笑一聲，跨步上前。

「呼」的一聲，敢情是司空宗一掌劈了上去，辛捷心頭一震，勉強傾掌接住來勢。

司空宗外號摘星手，其掌上造詣可想而知，辛捷一接，心頭一陣狂跳，陡然長吸一口氣，匀和真氣，十成力道已然發去。

要知辛捷此時不但是招式，就是功力也足以和天下任何高手抗衡，但這時以一敵三個頂尖兒的人物，也不免有些兒吃力。

「關中九豪」中三個已出了手，只有「長天一碧」白風尙寒瞼站在一旁。這白風昔年崛起江湖，憑一身絕學打遍大江南北，功力最是深厚，爲人也最是陰險。

以他這種功力和經驗哪還看不出「七妙神君」已是全力施爲，只要自己一加手，對手必傷無疑，但是旁邊還站著一個落英劍謝長卿，自己出手，對方必不放過，一戰之下，鹿死誰手尙未可料，是以遲遲不肯動手。

驀地辛捷又是一聲大叱，原來是體內真氣運轉微窒，登時身形後退。

此時雙方是成勢均力敵之勢，但假若辛捷收掌後退，三人的合力必不會配合的很均勻，以辛捷的功力，必可自保。反之若任、林、司空三人收掌，則辛捷一人之力合擊之下，三人都得重傷，是以表面上看起來是辛捷失利，但事實上那三人卻是成騎虎之勢哩！

但辛捷此時乃是頂冒著「七妙神君」的大名兒，豈可收掌示弱，是以辛捷仍奮力抵抗。

白風在一旁權衡不了，心頭再也忍不住，大跨一步，猛吸一口長氣，準備以神功撞擊——在他意料之中，謝長卿必然會出手阻攔，是以眼角一斜，卻見謝長卿面色木然，握劍之手下垂，似乎已然入迷，一片茫然之色。

——白風心中一喜，右掌緩緩推出，掌心微豎。

說時遲，那時快，林邊一聲暴響，一條人影如飛而出，左掌一圈，右掌一劃，一招二式，合擊而下，正迎著白風一擊之勢。

要知七妙神君揚名天下於卅年前，萬兒之大，名兒之響，實為海內第一人，白風此時，一心一意以為辛捷便是七妙神君，哪還敢有一絲一毫的大意，一掌打去，雖是風聲毫無，但威力卻是奇猛，足可裂石碎碑。

在一旁樹上隱伏的吳凌風早已忍耐不住，這時見辛捷處於危境，縱了下來，硬架一掌。

昔年河洛一劍單劍斷魂吳詔雲一劍稱霸華中，掌上功夫亦是絕頂，吳凌風自幼隨異人學習家傳絕學，掌法那還差得了，一招二式硬撩白風雙肘。

白風但覺眼前一花，敵掌已到，嘿然驚呼，掌心外豎，本來毫不帶風聲一掌突然風雲之聲大起，大概是突然加強的緣故，三丈方圓左右的地方，氣流竟自沖激而旋，聲勢驚人之極。

吳凌風不料敵手掌力如此強厚，冷哼一聲，左手一收，閃電般再向外一沉，一招「開山導流」硬撞而出。掌式藉一收一放之間，真力已叫至十成。

白風急切之間不辨敵友，不敢造次，但對手力道實在太強，也不敢絲毫保留，全力一揮而出。這一下不啻是強碰強，硬對硬，吳凌風陡覺一般絕大的力道把自己凌空下擊千斤之力，硬封上去，自己身體不由上昇數丈，急看那白風時，也吃不住下撞之力，登登連退七八步。

二人一拚之下，吳凌風心中有數，自己的功力是略遜於對方，在空中略一擺手，嗆啷一響，斷魂寶劍撤在手中，抖起漫天劍花，倒撤下來。

白風在硬拚之下，也微覺氣動，見敵人兵刃出手，不敢停留，雙手輕巧一翻，二支四尺左右的精鋼懷杖也到了手上。吳凌風在空中見白風撤取兵刃的手法，便知他兵刃上的功夫必也不弱，清叱一聲，刺將下來。

白風暴叱一聲，懷杖交相擊處，「噹」的響起震耳欲聾的一聲暴響。呼呼風聲中，二人已交上了手。

一旁冷落的落英劍謝長卿，此時那一幕幕的往事歷歷如在眼前，對一旁酣戰不聞不問。是十年前的事了，在那崑崙五華山的絕谷中，神君和四大宗派的掌門人對陣，五派中崑崙凌空步虛卓大俠因在天紳瀑前圍攻吳詔雲受重傷去世，謝長卿的父親也是一戰而死，他爲了名聲和性命，竟不顧一切的下手暗算正在和三大派的高手拚鬥內力的神君。十年來，這事情無一分一秒不在像毒蛇般吞噬著他的心——他下意識的作出一個襲擊的姿態，敢情那是他用點蒼「七絕手法」加害於梅山民時所用的招式。

他突然發狂似的瞪視著雙手，一剎時他彷彿發覺他滿手都沾滿血腥，同時他臉上也作出一個可怕的表情。

驀地噹的一聲暴響，敢情是懷杖和寶劍交觸了一次，他被這一聲驚醒過來，抬頭一望，只見吳凌風和長天一碧二人鬥得正酣，偏首一瞧，那邊「七妙神君」還在和「曉月寒心掌」及「山左雙豪」拚鬥內力。

一個念頭有如閃電般通過他的腦際，他臉上微微一陣痙攣，那張俊秀的臉孔此刻變成猙獰可怖的了。

他張目一望吳、白二人的戰勢，心中立刻下了一個斷言，任何一人不可能在一時半刻中分出手來。他再看了看「七妙神君」，倏地十年前的情景又如歷歷在目，只不過那三大派的高手卻變成了「山左雙豪」和「曉月寒心掌」罷了。

「七妙神君好像並沒有對我抱有報復的意志！」他忖道：「但是我那一擊無論如何至少使他功力全失的，怎麼他竟——」

「不過現在只要再用『七絕手法』點他的『天靈』、『天促』穴道，哪怕是鐵人也會立斃！嘿！這次下手不可再保留一些了！」

「呵！不對！他到底和我有什麼大仇恨呵？我豈可一再暗算於他！」這個念頭倏然升起，不覺使他臉上微微一紅。

「不！不！我如不下手，他豈不要置我於死地！早聞七妙神君是一個極毒辣的傢伙呢。」他自我解嘲的暗道。

一連串的念頭像閃電般晃過，但他俊美的臉孔上已變換了數種不同的面色！

「我的年紀還不算大，爲什麼要隨著一塊兒死去？」他不解似的自問。

陡然他念起在十年前他也是爲了這一個可怕而可卑的念頭才下的手——

「生命和名望又算得什麼？」這一句話在他第一次下手暗算梅山民後常自愧自悔的自問，此時想到卻格外覺得刺耳。

現在他感到了真正的困惑——

雖然他在那漫長歲月中無時無刻不在自責，但到了這「良機」再來臨的時候，他卻又興起了這種念頭。

驀地他又想到了那追悔的痛苦，那受著慢性心靈上挫折的難堪，他「嘿」的吐出吸滿全身的真力！

「我豈能一錯再錯？十年的痛苦還不夠麼？」

他恨恨一跺腳，反手插上長劍。乾硬的土地上霎時裂開一大片來！

二十　決戰前夕

山風吹著樹葉沙沙發響，晴空萬里，宛如藍色的牆幕垂在四周，只西方山峰與天相接的地方，一朵孤單的白雲停在那兒，那潔白更襯出了天的藍。

謝長卿仰首觀天，他的心突如小鹿般亂撞起來，他不停地自問：「我該不該助這『七妙神君』一臂之力？」

一分鐘前他還在不住考慮：「我該不該再下毒手？」但這時他的心情作了一百八十度的大改變。

說出來也許謝長卿自己也會吃驚，他從十年前第一眼見了七妙神君，心中就深深地欽佩梅山民的風度，而這念頭十年來不但沒有因爲他的暗算梅山民而減退，反而在心的深處不斷的滋長，只不過一當他念及此時，他立刻盡量把梅山民想成一個毒辣驕傲的傢伙，以寬恕自己的罪行。

這時他心中交戰著，老實說，他是想上去助「七妙神君」一臂之力的，但是真要他上去時，他竟懷著一種「不肯認錯」的心情，矜持著不肯上前。

這時，忽然「嘿」的一聲悶哼傳了過來，謝長卿舉目一望，只見「七妙神君」力敵那山左雙豪及曉月寒心掌任卓宣，已到了千鈞一髮的關頭。

當年七妙神君以內力硬敵三大劍派掌門，而如今山左雙豪及任卓宣的內力造詣較之十年前的三派掌門並不多壞，由此可見出辛捷此時功力之深厚。

驀然，呵呵一聲長笑，林中縱出一個人來，只見他年約三旬，一襲黃衫，腿上卻打著一條綁腿，顯得有點不倫不類。

謝長卿回首一看此人，臉上顏色大變。

那人卻單掌一揚，挾著勁風向「七妙神君」打去。

辛捷此時正以全力和對手扯成平手，那人掌力再加上來，躲無可躲，勢必落個重傷的場面，他一急之下，心神一亂，立感對方內力逼了進來。

驀然一聲清叱：「叛徒，認得我麼？」

只見謝長卿手持長劍，一個「風擇碎絮」的式子，縱了上來，劍尖直指來人腕上要穴。

辛捷同時也是清嘯一聲，一種潛在的內力陡然發出，本來緊貼在一起的手掌，突然跳了開去，雙方掌間保持著半尺的距離。

任卓宣及山左雙豪雖則大驚，但豈甘示弱，掌上齊齊加勁，又向上逼進了一些——但是那麼一點，他們的掌力就如碰在鐵壁上一般，半寸也難前移。

這樣雙方隔空逼著掌力，辛捷又是一聲長嘯，身形一晃，雙掌猛然向後一帶，呼的一聲將對方掌力帶至後方，他卻橫跨一大步。

山左雙豪只覺對方抗力突失，不由自主向前一撲，接著被人家一帶，掌力落空，三人幾乎同時猛然向前踏出一步才穩住身形，「撲」的一聲，將地上的黃土踢起漫天灰沙。

這一下硬拚的僵局打開，山左雙豪、任卓宣雖覺臉上有點掛不下，但也有一點輕鬆的感覺，敢情他們也知道僵持下去落不得什麼好結果。

蒙面中的辛捷向左面望去，謝長卿橫著長劍，正和那後來之人怒目對視，辛捷何等機智，一望而知此人必是那個點蒼叛逆陸方了。

再看右面，那長天一碧白風雙掌如飛，虎虎有聲地盤旋疾轉，而吳凌風卻一劍寒光閃閃，劍式綿綿不絕，似乎在逐漸縮小圈子，辛捷雖知白風功力在吳凌風之上，但在吳凌風那「七十二招斷魂劍」未施完之前，他也必然不能搶得攻勢，是以他放心地回首再看那謝長卿——

這時謝長卿已開始對竊經叛門的師弟動上了手，只聽他斷喝一聲：「叛逆還不與我束手就擒！」

劍尖抖出一片星光直刺陸方左肩，陸方沉著一張臉，冷哼一聲，向右跨出半步，左手一翻，背上長劍已到了手上，「叮」的一聲，兩劍相交，各自蕩了開去，陸方卻藉勢再向右跨出一步。

陸方左手持劍，冷聲道：「謝長卿，你我師兄弟之誼已絕，此後我陸某所行所為不煩師兄費心——」

雖然他說師兄弟情誼已斷，但幾十年喊慣的稱呼，一時改不過來，是以他不自主仍喊出

「師兄」兩字。

謝長卿按劍不動，左手卻突向腰間一掏，取出一個鼎形小牌，朗聲道：「陸方，你見了師門『聖鼎』還不跪下？」

陸方臉上抽動了一下，但立刻又恢復了原來的冷面孔，他陰惻惻地道：「我早就告訴你，陸方正式脫離了點蒼派，你『聖鼎』又怎地？」

謝長卿見他竟敢蔑視師門「聖鼎」，不禁氣得渾身發抖，他喝了一聲：「你……你竟敢……」就口結說不下去了。

那曉月寒心掌任卓宣一直陰惻惻地注視著謝長卿，這時見他被氣得口瞪目呆，忽然單手一抖，一點寒星勢比流星地奔向謝長卿左腰「天枕」死穴。

謝長卿左手高舉「聖鼎」，一直沒有放下，是之腰上「天枕」完全暴露，此時他急怒以下耳目失聰，眼看那暗器就要打上——

噗的一聲，那暗器被橫裡飛來一物撞落地上。

謝長卿陡然一驚，向地上一看，那擊落暗器的竟是一粒細沙；不消說，這是辛捷所發的。

那吳凌風與白風此刻也停下了手，陸方忽然一揚手勢，山左雙豪背向辛捷，卻齊齊反手一掌劈出，兩股勁疾的掌風合而爲一地突擊辛捷——

同時曉月寒心掌任卓宣雙掌也陡然發難，挾著雙股寒風擊向驚愕中的謝長卿——

陸方卻出人意料之外地反手一劍刺向背立著的吳凌風，「七禽展翼」這招古怪的招式，在他左手施出之下益更顯得怪異；吳凌風正待反身應敵，背上又感受襲，敢情長天一碧白風也乘機動手——

這一下五人有如事先預備好的一般，各各出人意料地偷襲出手，實在太過陰毒，吳、辛、謝三人立刻陷入危境——

首先辛捷發覺山左雙豪動手時，敵人掌風已是襲胸，他知兩人功力非同小可，雙足陡然衝起，一面單掌藉勢發勁，堪堪避過險招，同時「卡」的一聲，在他落地之前，一柄長劍已到了手上。

謝長卿雖從驚愕中匆促發招，但他經驗豐富，不假思索地一劍斜斜刺出，直取任卓宣「肩胛」穴。這一劍根本不成招式，但在此時卻是唯一的妙招：「攻」正是最好的「守」。

但他眼角卻瞥到吳凌風的危景——

陸方的「七禽展翼」在左手劍式施出來，端的古怪得很，吳凌風臨敵經驗不夠，一時竟窒了一下——

這還不打緊，更糟的是長天一碧白風的掌已到了他的身後。

陸方的「七禽展翼」雖然怪異，但也要看對手是何人，若是換了辛捷，縱他臨敵經驗不足，「虬枝劍法」必然會身不由己的施出，不僅「七禽展翼」迎刃而破，陸方必然遭到致命之反擊。

而吳凌風此時最大的危機是在背後白風的掌襲，辛捷雖然甚爲輕鬆地躲過山左雙豪之擊，卻一時沒有發覺吳凌風的危局，等他發覺時，只見謝長卿一聲悶哼竟盤旋撲去——

謝長卿見到吳凌風的危境，不知怎的忽然熱血上沖，使他忘卻一切，他把已點出的一劍硬硬收回，不顧任卓宣的掌力，猛然躍起，也是一招「七禽展翼」撲向白風，只聽得噗的一聲，任卓宣的掌已打中他的左腿，但他還是縱了過去。

任卓宣的掌力在謝長卿一劍刺出之時，已自收回五成，是以雖然打實，卻受傷不重。

「七禽展翼」到了點蒼掌門人的手上，威勢又自不同，只見四方八面都是劍影劈下，真如七禽同展十四隻翅膀一般。

白風只好猛然收掌，倒退三步而避開謝長卿一擊，刷的一聲，謝長卿越過他的頭頂，落在地上，落地身形踉蹌，顯然是左腿受傷之故。

同時叮叮一陣亂響，敢情吳凌風危急中施出「斷魂劍」中的「無常撤網」，封住了陸方的「七禽展翼」。

關中九豪中五豪齊施暗算，但卻都落了空——除了謝長卿腿上挨了一下子。

吳凌風雖然知道殺父之仇並非謝長卿，但無論如何不願和這仇人之子並肩作戰，辛捷也有著差不多的意識，但是目下的形勢，自然地把三人拉在一條線上。

世上的事總是相對的，吳凌風這樣想，當然是依他的觀點，事實上謝長卿之父謝星當年雖曾參加圍襲單劍斷魂吳詔雲，但卻死在吳詔雲的手中，如果從謝長卿的觀點看，吳凌風豈不也成了他的「殺父大仇」之子？當然，此刻他並不知道吳凌風的姓名。

「嘶」的一聲，吳凌風斷魂劍挾著一縷寒風向對面的長天一碧白風當胸劃到。

同時一聲更尖銳刺耳的嘶聲發自辛捷，辛捷雄厚的內力從劍尖上逼出，離山左雙豪尚有五尺，已令雙豪感到勁力撲面，司空宗和林少皐的長衫吹得直向後飄。

縱然當前都稱得上一流的好手，但是辛捷這種「劍氣」他們還是第一次見到，司空宗和林少皐不禁暗中生了怯意。

謝長卿也立時配合行動，刷地一招「橫飛渡江」刺出，所取的部位卻是白風後面三寸處。

雖然三人分別動手，那時間卻快得像是同時發招一般，白風見吳凌風劍式飄忽不定，不易封架，正待閃身退後，謝長卿的劍尖正好遞上，他忽然覺得背後寒風覆體，憑經驗知道敵人劍尖離自己不會超過三寸，只要自己略動，立刻等於自動湊上去受戮一般，急忙中只好陡然發出掌力，以攻代守。

吳凌風身子略側，避開他的掌勢，手中劍依然斜劃下去，嚓的一聲，兩人各向左右躍開，白風的長袖已被削去半截。

謝長卿略一揮劍，一記極平常的招式就逼得長天一碧白風狼狽不堪，這就是經驗可貴。

一聲怒吼，曉月寒心掌任卓宣和千手劍客陸方撲了上來，尤其是陸方，雙眼中射出猙獰的殺氣，顯然他想藉著這以眾凌寡的機會除去這個心腹大患的師兄。

其他四豪又何嘗不如此打算？只聽得一片暴吼聲中，五人各施絕技合手攻了上來，山左雙豪更取出了兵刃。

試想海天雙煞自原來關中九豪散夥之後，蟄伏十多年，一旦東山再起，其收羅的人選必是一等的好手，而這五個新血聚於一起，合力施為，那威力是可想而知了。

五人心中也都是這種想法，那凌厲的攻勢從五個功力深厚的手中發出，威力真大得驚人，尤其曉月寒心掌及長天一碧兩人，雖是以肉掌攻敵，威勢卻尤其令人難防。

謝長卿見關中五豪這等聲勢，暗驚道：「就是當年四大派掌門人聯手時，威力似乎都不過如此呢！今日只怕……」

吳凌風還是第一次遭到這等大場面，更是緊張得手心沁汗。

然而這七個人都料錯了一點，他們仍沒有摸清辛捷此時的功力——

只聽得他那嘶嘶劍氣，陸盛尖銳的響聲在洶湧的金風拳浪中高高升起，辛捷蒙巾上的雙目中射出令人戰慄的光芒，「大衍十式」的絕著已然使出——

由於對手多不是五大劍派的門人，梅山民的「虬枝劍法」雖然神妙，但似乎失去了「正好相剋」的特性，是以辛捷索性使出「大衍十式」。

這劍式當日平凡大師曾誇口「天下無雙」，辛捷每使一次，總能多發現其中一些妙處，而其威力無形中也增加了一些。這時嘶嘶劍氣中他長劍半劈半指，一瀉而下，正是「飛閣流舟」一式，只見他劍光飄忽，宛如天馬行空，無所不至，顯然威力比力鬥海天雙煞時又增進了一層。

對面的正是山左雙豪，司空宗揮著獨門兵器五行輪一招「霸王抗鼎」向左封出，而林少皋的一劍一鎚卻雙雙向右封出，劍、鎚、輪在虎虎風聲中構成一銅牆鐵壁，端的毫無破綻。

辛捷長劍續刺，勢必碰上三種兵器，但事實大出意料，「滋」的一聲，辛捷的劍尖竟透了進去，直取林少皋的咽喉，卻始終沒有兵器相接的聲音。

林少皋直嚇得魂飛魄散，仰天後倒，一個「鐵板橋」功夫施出，呼的一聲，辛捷劍又收回，但已在林少皋頸上留下一道血痕。

林少皋到縱開之後才感覺到疼痛，一縷鮮血從喉上滴了下來，如果再深一分的話……

山左雙豪被打得迷迷糊糊，不服地相視一眼，齊齊揮動兵刃主動攻上，辛捷冷哼了一聲，劍式倒轉，平緩刺出去，持劍的手穩如泰山，但劍尖卻在勁風中閃閃地不住跳動，正是大衍劍式中的「閒雲潭影」——

另一邊，謝、吳二人雙戰陸方及任、白三人，情形大不相同。吳凌風在任、白二人雄厚的掌力中，斷魂劍施不出威力，而陸方的一路左手劍法更覺鬼奇毒辣，所幸謝長卿識得他劍法要訣，展開點蒼劍法苦苦支撐。

任何笨蛋也知道老是挨打是最危險的戰略，吳凌風心一橫，鋼牙一挫，手中斷魂劍順著任卓宣擊來一掌之勢猛來一翻，一縷寒光突如其來地到了白風額前，正是「七十二路斷魂劍」中救命攻式「鬼王把火」。

任卓宣掌勢用老，一時不及收勢，白風被吳凌風「鬼王把火」一記怪招突襲得一時不知所措，陸方見勢大驚，刷地一劍橫飛過來想刺吳凌風「曲池」。

謝長卿何等經驗，一見吳凌風發招情形立刻知他用意，暗思這一下轉守爲攻的轉捩點，豈能讓陸方得手，刷地一挑，腕上叫足真力，竟硬往陸方劍上迎了上去。

雙劍相交，迸出一縷火星，但卻發出「噗」的一聲，不像是金屬相接，敢情雙方都是以內力貫注在劍身上。

「吱吱」兩聲跳震之聲，陸方踉然退了一步，論功力，他要輸師兄一籌。

而同時那一邊，長天一碧白風雖然倒縱避開劍尖，但是吳凌風立刻緊接著施出「五鬼掄叉」，雪碧劍光中五路攻出，一時轉守爲攻，綿綿而上。

等到任卓宣和陸方趕上擊出時，雖然吳、謝二人仍居劣勢，但已不再白挨打的情況了。

曉月寒心掌狠狠橫劈兩掌，打算速戰速決，而長天一碧和千手劍客也存著同樣的心思，一個雙拳直搗，一個長劍封後，一時拳聲劍影密佈，疾勁迫人——

就在這時，忽然一聲悶哼，接著鏗然一聲，夾著一聲痛苦的低嗥，使三人同時發出的狠招一齊住了手，回頭一看，只見神劍金鎚林少皋垂著右手金鎚，左手長劍落在地上，肩上衣衫翻裂，隱隱透出一道血痕，那摘星手司空宗手上兵刃雖沒有出手，但左襟從領口下到袖子根本不成衣衫，被削成片片碎布。

那「七妙神君」卻手橫長劍，穩然挺立，注視著山左雙豪。

曉月寒心掌任卓宣在新九豪排行較高，儼然以首領自居，他略一盤算，心想：「這『七妙神君』再現江湖，武功端的高強，這謝長卿也不好鬥，就是另外那小子劍法也極了得，林老弟顯然又掛了彩，再打下去只怕凶多吉少——」

一念及此，他向同伴喝道：「點子爪子硬，併肩子扯活！」同時當先施開「曉月寒心掌」，對著吳凌風衝了過去。

千手劍客陸方也看出吳凌風是較弱的一環，長劍揮處，也跟了上去。白風和司空宗護著林少皋也往外衝。

辛捷橫劍冷嗤一聲，並不阻攔，謝長卿見辛捷不動，也按劍不動，吳凌風閃躲任卓宣的「曉月寒心掌」，一躍縱起數丈，等到落地時，關中五豪已縱出老遠了。

關中九豪東山再起，但幾個成名高手首次出手就吃了虧，誰叫他們碰上了「七妙神君」呢？

一下子就靜了下來，辛捷看那被山左雙豪殺害的車伕僕人總有十多個之多，屍首躺著一大堆，血流遍地，慘不忍睹。

忽然吳凌風一聲驚呼，辛捷回頭一看，只見那落英劍謝長卿不知何時已經悄悄走了，抬眼望時只見遠處平蕪盡處，依稀可辨出他模糊的背影。

吳凌風輕嘆了一聲：「捷弟，這謝長卿倒是一條漢子，只是——只是他乃是暗算梅叔叔的正點兒，咱們豈能——」

他實在不好說「謝長卿乃是他殺父仇人之子」，他不自知地對謝長卿已有了相當的好感。

辛捷也正自想著這位並肩作戰的「仇人」，輕輕嘆了一聲。

山風送來陣陣悲切的泣聲，使他們兩人想起還有一個未遭兇殺的女子，齊齊轉身走近，只見一個青衣女子伏在一具屍身上痛哭，那女子看來年紀甚輕，最多不過十八九歲，修長的身軀在不停地起伏著，令人生憐。

地上的屍首是一個老者，鬍子已有點花白，胸膛上被刺了一劍，早已死去，看來倒像是這女子的父親。

兩人走到女子身後，那女子猶未發覺，那悽悽泣聲宛如巫峽猿啼杜鵑泣血，催人斷腸。隔了半天，還是吳凌風輕喚了一聲：「姑娘——賊子們都已經走了——」

那女子似乎一驚，緩緩轉過頭來，這一轉頭，令辛捷及吳凌風心靈一震。敢情這女子竟是出奇的美，捲髻雲鬢下是一張鵝蛋形的面頰，細眉如柳，鼻若懸膽，雪白的皮膚裡卻隱隱透出一絲紅暈，大眼睛裡兩眶淚水，益發顯得楚楚動人。

吳凌風陡然一震，心中像是一張平靜的弓突然被人拉動弦索，抖顫不已，他暗道：「這姑娘實在太美，只有用『增之一分則太長，減之一分則太短，施粉則太白，傅朱則太赤』來形容才恰當。」

辛捷也覺得這女子絕豔驚人，比之自己認識的方少堃、金梅齡猶有過之，似乎只有那無極島主的掌珠菁兒才能和她一較長短。這一下，那幾個美麗的影子頓時飄入腦海，少堃的嬌憨，梅齡的溫柔，菁兒的絕艷，的確，這些是多麼值得回憶的事，但是現在，這一切都成了幻景，他想到少堃及菁兒葬身狂濤，梅齡生死不明，不禁鼻頭一酸。

那少女原來哭得甚為悲切，回頭一看，只見兩個男子站在身後，頓時止住了哭聲，瑩瑩淚光依稀可見一個是蒙著面孔的人，另一個卻是俊秀無比的少年，不知怎地，她臉上忽然一陣紅暈，她自己也不知道是什麼原因，心中一陣發慌，那美少年雙眼中射出關切的光輝，令她不敢正視，終於，她一低頭，又低聲哭了起來。

辛捷從幻景中被驚醒，他刷地插好了劍，見那少女正低頭抽泣，吳凌風的臉上卻滿是焦急和關懷的樣子，他怔了一怔，立刻明白了吳凌風此時的心境。

辛捷走近了兩步，腳步聲令那少女抬起了頭，她看了看辛捷面上蒙巾的七朵梅花，似乎有些害怕地退縮了一下，辛捷問道：「請問姑娘芳名？姑娘是怎樣和這批強盜遇上的？」

那少女止住了哭聲，悽悽慘慘的說出她的經過。雖然是辛捷問她，但她回答時卻一直看著吳凌風，似乎有點害怕辛捷的模樣。

原來這少女姓蘇，芳名惠芷，父親蘇鴻韜本是朝廷一個吏部侍郎，中年喪妻，僅得一個女兒，視若掌珠，蘇鴻韜愛妻甚篤，一直不曾續絃，父女二人相依為命。那年頭吏部侍郎官雖不小，但若只憑一點薪俸實在少得可憐，蘇鴻韜是寒苦出身，舉目無親地自發自憤，才憑科舉做了官，他稟性正直，哪裡會得貪污搜括的那一套，是以官雖不小，卻落得兩袖清風，四壁蕭然。

然而其他朝廷大員卻無一不貪污搜括，視財若命，蘇鴻韜一腔報國雄心，被磨得冰消瓦解，他終於看破這一套，辭了官攜帶女兒打算回湖南家鄉，以度晚年，雖然在家鄉也沒有什麼親人，但是「人不親土親」，他老人家漂泊一世，總想骨肉歸葬故土。

山左雙豪卻看走了眼，只打聽得蘇鴻韜是個朝廷大員，卻沒料到蘇鴻韜是個兩袖清風的清官，他們見蘇家車輛往桐柏山走，正好任卓宣命他們到桐柏山會合，預備圍擊落英劍謝長卿，於是一路跟了上來。

蘇鴻韜的車馬只有一輛大車，完全不是一個大員歸鄉的模樣，但山左雙豪卻料到這車輛愈少，足見車中必是珍貴的東西，這一下更下了動手的決心。

可憐蘇鴻韜及一干僕人都遭了毒手，雙豪卻連一個銅錢也沒有搜到，正待逼問蘇蕙芷時，卻碰上落英劍謝長卿，雙方才動上了手。

以後的事，蘇蕙芷伏在老父屍上痛哭，對辛捷等人的廝殺根本不聞不問，是以不清楚。

蘇蕙芷說到這裡不禁悲從中來，又低聲哭了起來。

吳凌風和辛捷對這一個哭得梨花帶雨的大姑娘，實在感到束手無策。

吳凌風對辛捷望了望，又對蘇姑娘望了望，正想啓口，辛捷卻搶道：「大哥，你快勸勸她吧。」

吳凌風臉上一紅，但仍上前對蘇蕙芷道：「姑娘請暫節哀，目下還是先將令尊遺體安葬才是要緊。」

那蘇姑娘果然止住了哀泣，辛捷和吳凌風抽出長劍在地上掘了一個洞，將蘇鴻韜的屍體埋了進去。又另挖了一個大坑，把車伕、僕人的屍首一齊埋好。

吳凌風忽然從樹下搬來一方巨石，準備用劍在上面刻幾個字，辛捷接過巨石，伸出右指，猛提一口真氣，真力貫注指尖，略一思索，在巨石刻下「吏部侍郎蘇鴻韜之墓」幾個大字。

只見他運指如風，石屑粉飛，所刻之字一筆不苟，有如刀斧所刻鑿，普天之下功力所及此者，恐怕寥寥無幾哩。

辛捷刻完之後，長吁一口氣，這其中包含著一絲自慰的喜悅。

蘇蕙芷對這一幕絕頂武功表演絲毫不覺，滿含的淚眼不時偷看吳凌風一下，臉上現出一種奇怪的表情，真不知是悲是驚。

直到兩人把這一切都忙完了，蘇姑娘才向兩人謝道：「難女承兩位恩人搭救，又承爲先父收斂骸骨，此恩此德永世難報，請先受我一拜。」說著就要跪下去。

吳凌風一急，伸手想扶住，忽然一想不妥，伸出的手在半空中停了下來，幸而辛捷雙袖一拂，一股無形的勁力硬將她托住。

蘇姑娘根本沒有什麼可依靠的親戚，想了好半天，才想起父親有一個親信的部下在濟寧做知縣，可以投靠，辛、吳兩人商量一下，決定護送她到濟寧。

蘇蕙芷感謝之餘，哪裡還有別的意見，於是三人一起上路。

吳凌風第一眼見了蘇姑娘就從心底中震蕩起來，一路上雖然辛捷在旁，但那關注呵護之情仍不時自然流露，蘇姑娘新遭大變，舉目無親，在蓬車不時暗中彈淚，唯有對吳凌風的關注問候，除了由衷的感謝外，另有一種親切之意！

僕僕風塵，兩人護著蘇女把行程頓時減慢了下來，到濟寧時，算算距泰山大會日子不過五天了。

車停在知縣公館門口，蘇姑娘拿父親的名刺，請衙役送了進去，辛、吳兩人不願多耽擱，便欲辭別。這些日子以來，蘇姑娘已隱約知兩人都是江湖中的俠士，知道留也無益，只得含淚道別，吳凌風在那瑩瑩淚光中，另感到一番銷魂滋味。

「兩位辦完事以後，千萬請來與小女子再見一面……」她說到這裡，已是哽咽，而衙門裡已傳來一陣喧鬧，敢情知縣以爲蘇大人親到，連忙出迎。

辛捷向蘇姑娘道聲珍重，一拉吳凌風手，喝聲：「走」，兩人匆匆而去。

一直走出城門，兩人一直都沒有講話，辛捷看吳凌風那心不在焉的樣子，忽然故意問道：「大哥，咱們到哪裡去啊？」

吳凌風陡然驚起，一時結巴半天才想出來道：「咱們當然是──是──是去泰山啊！」

辛捷向他神秘的一笑，吳凌風俊臉上一紅，兩人的身影逐漸消失在滾滾黃塵中。

晴空一碧。初秋的時分，華中已微透一二分寒意，雖然是艷陽當空，但卻充滿著冷冽空氣。

泰山號稱天下第一嶽，就是入山的路徑也有一里半長，卻因終年行人遊客不絕，道路寬闊得很。

路旁隔不多遠便有一株大樹，兩旁對立，樹蔭差不多要將整個道面遮蓋起來了。

路面左右都是一片青蔥的草地，綿延大半個山區，大約是太茂盛的緣故，雖是秋季，卻還是青翠如春。

陣陣微風不時帶來樹葉窸窣地搖響聲，放眼望去，小徑雖蜿蜒如蛇，但如是眼力好的人，仍可辨出那小徑的端頭結束在一片光熠熠的石林中。

「的得，的得」，馬蹄聲，鑾鈴聲不絕於耳，想是那名震天下的「泰山大會」吸引著更多的武林人士，往來這靈山。

再有一天便是「泰山大會」的日子，這武林夢繫掛懷的盛典，將要決定五大宗派下一代的形勢。

稍為有一些經驗的人便可以知道這次泰山大會卻隱伏著大大的危機，重則整個武林將腥風血雨，輕則五大宗派支離破碎。當然，這危機還完全是由於「七妙神君」再現江湖所致！

廿一 名門秘辛

未牌時分，艷陽當空，道旁那熟悉而悅耳的轡蹄聲再度揚起在這正午一刻平靜中，剎時道邊轉出二人二騎。

二人都是一般年輕，也都具有一般俊美的面容，優美而挺直的身材，端正的坐在馬上，被陽光照映著，半邊透出可愛的米黃色，而地面上卻斜斜的印出二個短短的影兒。這二人大概也是來見識這泰山大會的，尤其是左邊那人，背上且配著一柄長劍，倒像是武林中人。

大概是由於路途的勞累，二人沒有開口交談，但聞得得蹄聲，清脆鈴聲，二人已匆匆而過。

這泰山大會雖是聲名遠播，但此次卻是第二次開會，遠在一十五年前，那時五大宗派召集天下英雄聚於泰山，以武論友，並推出天下第一劍。

當時武林中關中黃豐九豪已星散零落，並沒有人參加，世外三仙遠在中原以外，更是不屑入中原，中州二大奇人之一七妙神君卻又因心氣高傲，不屑與五大宗派那一批「凡夫」爲伍，倒只有單劍斷魂河洛一劍吳詔雲一人一騎到了泰山。

以吳詔雲的功夫，五大宗派自知不敵，當時崆峒厲鶚便極力主張五派聯手在會期前先擊斃吳詔雲，於是崑崙的凌空步虛卓騰，點蒼的迴風劍客謝星，武當的赤陽子，峨嵋的苦庵上人和劍神厲鶚五劍合壁，將單劍斷魂吳詔雲斃在天紳瀑前，而劍神厲鶚便坐上武林第一劍的寶座。

十五年後，泰山大會再度臨台，雖是規定上一屆參與者皆不得出手，但五大派的人才濟濟，難免又要發生衝突，其中包藏禍心，各存心機，大有張弓拔弩之勢！

且說二個少年來到路頭，歇片刻，左面那人道：「捷弟，前面地勢突變，溪水淙淙，清涼且淨，倒別有一番情趣哩！」

敢情他倆便是匆匆趕來的辛捷和吳凌風。

辛捷聞言微微一笑，打眼望去，只見十丈前道路突斷，被一條不大不小的溪水隔斷，只有一座拱橋爲通路，橋的那一端卻是一片叢林，林深不知處。

二人一路行來，僕僕風塵，此時來到溪前，倍覺淨爽，一時竟陶醉在如畫的情景中。略爲休息，齊出小橋，穿入密林。

忽聞不遠處陣陣雷鳴，聲音沉悶無比，二人齊齊一怔，急循聲行去，張目一望，卻見是一條瀑布。

二人立身處距瀑布約莫廿丈，但覺瀑布水勢極勁，遠看只見一匹白絹直往下瀉，故而發出雷鳴的聲音。

瀑布低處不知深有幾許，只是一片白茫茫的水氣，使密林中更感潮濕，敢情那條小溪便是由此瀑布構成。

二人正感嘆造物者之神奇，吳凌風眼快，突地一伸手，指一指那匹絹的左方，喃喃唸道：「天紳瀑！」

辛捷隨他所指望去，但見極高的瀑布左側果然刻著「天紳瀑」三個字，回首一望吳凌風，果然神色大變。

辛捷是個過來人，有過類似的經驗，他體會得出吳凌風此刻的心情，但他又能說什麼呢？天紳瀑的水勢好比銀河瀉地，沖激在深壑中發出雷鳴，氣勢何等壯麗優美，吳凌風對這一切如不聞不問，只緊咬著牙，喃喃的低語。

驀地吳凌風微緊馬韁，得得上前，辛捷茫然跟在身後，一直來到瀑前不及三丈才停下馬來。

吳凌風飄身下馬，走向一個矗立的山石，辛捷隨眼望去，只見大石上劍痕累累，且都深深刺入石中。

辛捷微微嘆了一口氣，他的眼前立刻構出一幅廝殺的圖樣：斷魂劍竭力苦鬥五名高手，而血染瀑前！

吳凌風低低一吼，驀地虛空奮力打出一拳，拳風激蕩處，那急勁的流水也被沖得微微分開一隙。

「好掌力！」

驀的左方一人大聲喝采，辛、吳二人循聲尋去，只見遠處走出兩人，二人眼力銳利，已看出是崆峒的于一飛和另一個漢子。

走到近處，方才辨出那一個漢子卻是在那荒廟前曾攔阻金老大而出手的姓史的漢子。

于一飛一路跑來，老遠便笑道：「辛老闆別來無恙——」

辛捷微微一笑道：「很好！很好！」微微一頓又道：「于大俠此來必是問鼎劍會了？」

于一飛嘿嘿一笑道：「辛老闆果真嗜武如狂，倒不料你比我還先來一步哩。」

辛捷見于一飛絕口不提比武之事，心中暗笑，已知他連受挫折，狂橫之態大減，隨口應道：「哪裡，只不過想藉此瞻仰天下英雄風采罷了。」

地絕劍于一飛哈哈一笑道：「辛老闆先行也不通知我一聲，倒害我往武漢白跑一趟哩！」

須知月前辛捷和于一飛約定在武漢會齊一同前往泰山，哪知辛捷行跡匆匆，早就把此事忘去，這時急切間聽到于一飛如此說，乍聞之下似覺于一飛話中有因，臉色一變，好在于一飛並沒有看見。

辛捷正準備信口胡扯幾句，那于一飛又道：「呵，對了，那掌櫃的說你半月來不曾回舖……」

辛捷臉色一鬆，微微一笑，胡謅道：「在下最近接辦一宗極大的買賣，是以忙得馬不停蹄，萬幸如期辦妥，否則便要誤了會期呢！呵，那宗買賣裡有一粒拳頭大小的紅鑽石，不瞞于大俠說，小弟雖是幹這一行，到也從未見過如此大的鑽石哩！」

他後面半段話完全是看見于一飛面色微帶猶豫而信口胡吹的，不想于一飛倒真的「啊！」

了一聲道：「有這等大的寶石？下次小弟倒要見識見識！」

辛捷只得不置可否的嗯了一聲，開口岔道：「這位是小弟新近結識的吳凌風兄。」說著指一指吳凌風，同時也將于一飛介紹給吳凌風認識。

吳凌風見辛捷機智如此，心中也不由佩服，也裝著從未見過于一飛的樣子，道了聲久仰。

于一飛倒爽快，將那史姓的漢子介紹了一下，那姓史的喚著史和康，是于一飛的師弟。

于一飛接著又道：「這位吳兄的功夫可真不弱——」

辛捷微微一笑道：「吳兄是小弟新近結識的，掌上功夫是有名的——」

于一飛點點頭道：「單憑剛才那一拳勁道，足可躋身天下高手之列哩！」

吳凌風連道：「過獎！過獎！」心中倒也佩服于一飛的眼力和經驗。

再談得數句，于一飛道：「小弟此次參與劍會，是和家師及師兄來的——」

辛捷假意「呵」了一聲，于一飛繼續道：「不過，依小弟之見，此次劍會必會引起武林中一場劇烈的戰鬥！到時候場面定是混亂得很，辛兄身無武技，會不會有什麼差錯——」

辛捷微笑道：「小弟也風聞些『關中九豪』、『七妙神君』出世的事情，但到底不信他們還能強過貴師！」

于一飛苦笑點了點頭，道：「但願如此。」

說著微微一嘆又道：「小弟得先趕回會場，去見見各派的精英俊傑，咱們就此告別。」

辛捷點點頭，揖手作別。

送走于、史二人，辛捷笑著對吳凌風道：「咱們這一計又生了奇效，到時候七妙神君、河洛一劍齊現會場，五大派的傢伙不知要多麼吃驚哩！」

說著一齊跨上坐騎，奔向山去！

泰山劍會會場設在日觀峰頭，二人略辨地勢，加快坐騎，驀地背後一陣急奔聲急傳過來，顯得趕路者腳程不凡，二人微微一怔，心想可能是別派英雄趕來聚會，於是也不放在心上。

那趕路者好快的腳程，只過一刻，追者和馬兒首尾相銜，連辛、吳二人也覺一驚。

泰山山道本寬，但是在這上坡之勢，也僅能容二馬齊過。來者似乎不防有人馬在此，一時收不住足，大叱一聲，硬生生飛起身來，竟從辛、吳二人頭頂飛越過去。

來人似也知理虧，不敢稍停，腳才落地，便如飛而去。

辛、吳二人何等眼力，早已瞥見正是那天絕劍諸葛明，相對一笑，隨即跟上。

來到日觀峰前，只見人影晃晃，先到者甚多，二人考慮在公共場所出現太頻，必有所失，是以稍微商量結果，齊轉向泰山北面，準備一遊岱宗丈人峰。

丈人峰部位奇險，亂石磋刺，棘叢遍地，二人好容易才爬到峰頂。

泰山號稱五嶽之首，這最盛名的峰頭果真不凡，雖然是秋季，但仍風光如畫，二人立於頂峰，頓覺天下之小，宇宙之大，心中同有所感。

尤其是百感縈心，感慨萬分，想到家仇，師仇如海，不由發聲長嘯。

辛捷為人心細無比，在此抒情發意之時，仍能控制不讓內力滲揉於嘯聲中，但中氣已比一般人要充沛得多，清蕩的遠傳出去。

驀地一絲驚呼和一聲叱聲傳了過來，二人微微一怔，齊俯腰望下去，但見山腰處隱約站有二人，還似正在爭吵。辛捷一打手勢，兩人齊縱下去，找一片隱石藏身，只見一個蒙面的人和一個年約六旬的老人在爭吵。

那老人說道：「老夫好意教你不要自殺，你卻如此不識好歹——」

話未說完，那蒙面人揮揮手止住話頭，也不說話，驀然呻吟似的狂呼一聲，轉身如飛而去，卻隱約傳來陣陣抽泣之聲！老人罵了一聲：「真是瘋子。」

辛、吳二人看得好不糊塗，卻瞥見旁邊地上橫著一柄長劍，才知大概是那蒙面人動念自絕，而那老人救他一命，同時心中也奇怪那蒙面人竟有什麼事不能放下心而欲一死了之？

這時那老者見那蒙面人反身便走，不覺一怔，隨即微一嘆息，拾起地上長劍，信步走來。

辛、吳兩人躲在石後，心中大為吃驚，敢情這傢伙正向著自己隱身之地行來，無論如何也躲不開去。

辛捷頭腦清醒，心知這老者並無惡意，不妨出身一迎，隨即一拍吳凌風，哪知吳凌風會錯他的意思，驀地一立身形，嗆啷一聲，精光暴長，長劍出手。

那老者本是無意走來，湊巧正朝著二人藏身之地，此時突見一劍橫擋，不覺一怔，大驚後退。

吳凌風微微揮劍，紅光吞吐，聲勢驚人！

驀地那老者發狂似地暴叱一聲道：「啊！斷魂劍──」

旭日初昇，朝露迷茫，泰山劍會第一天開始。

日觀峰前，群雄畢集，泰山勢高，這日出奇景更是奇絕甲天下。但見霞光萬丈，彩虹微托持著一輪旭日冉冉上昇，群豪都不意沉醉於奇景之中。

此次泰山劍會乃由天下第一宗派武當主持，禮鼓聲中，武當掌門赤陽道長昂然而出。

泰山劍會本是以武會友，不限宗派，但芸芸武林中又有幾人能超得過五大宗派的人才？是以每次雖說是以武會天下豪傑，但卻是五大宗派的爭鬥。

然而這武林盛集，卻是十年難見一次的盛會。沒有人願意放棄這個觀摩機會。

赤陽道長昂然走到會場中央，微微稽首，啓口道：

「一十五年前，岱宗之頂，敝派首發泰山劍會，結果天下公推崆峒的厲大俠為天下第一劍──」

他說到這裡，微微一頓，崆峒的門人立刻響起震天價的一聲歡呼！

赤陽道長微微一笑，繼續說道：「十五年後的今日，天下武林人物重集此地，並欲推出天下劍術之主，但有一個規定，嘿，凡是上一次參加過的英雄就不得再參加！」

他在崆峒派人的歡呼之下輕言細語，但仍清晰的傳入每一個人的耳中，可見他功力的不凡！」

赤陽道長接著又道：「咱武林中人，不善虛禮俗套，就請各位英雄賜教！」說罷再一稽首，緩步退下。

別看這一群英豪站滿大半個日觀峰，但大多數都是抱著見識的心思，是以赤陽這邊一退，大家便竊竊私語的談了起來。

首先最爲大家所注意的莫過於峨嵋、崑崙二派尙沒有一人參加，其次便是點蒼派僅到了一個千手劍客陸方，這三派遠不及崆峒和武當二派的人手眾多。

正在這時，日觀峰下忽然上來了一個面容清瞿的老和尙和二個年輕和尙，群豪見了，一齊肅然動容。

那和尙上得峰來，高聲道：「阿彌陀佛，老僧遲了一步！」

赤陽道長見了忙上前稽首道：「苦庵上人，一別十年——」

話音方落，苦庵已長笑道：「道友不必客氣，貧僧此次出山，只不過是不想破那十五年前的誓約罷了！」

赤陽道長臉上微微一熱，默默坐下。

群豪見峨嵋苦庵上人率門人及時趕來，又不覺竊竊私議，嘈雜個不了。

赤陽道長等人聲稍停，高聲叫道：「泰山劍會這就開始，有哪位英雄能夠首先——」

驀地人群中一聲暴吼，刷地縱出一人，打斷赤陽道長的話頭，高聲叫道：「二十五年前泰山劍會也是由咱們草莽綠林英雄洪老前輩首先亮相，難道五大派的高手都只會觀人虛實，才能動手嗎！」

這一番話確實狂妄已極，竟連五大派全給罵上，赤陽道長冷哼一聲，閃目一望，不由大驚，洪聲道：「原來是山左雙豪林施主，貧道有失迎迓！」

林少皋傲然一笑道：「林某但憑掌中一支劍，斗膽敢向天下英雄請求賜教！」

他本來說的是一番場面話，但因他口才不好，又因氣勢凌人，是以別人反誤以為此人狂傲不可一世，但又鑑於山左雙豪之名，只敢暗中咒罵。

驀地一條人影排眾而出，戟指罵道：「閣下口出狂言，必有什麼過人之處？」

眾人一看，卻是崆峒的地絕劍于一飛。

于一飛這一出現，眾人都知道劍會立刻開始，不由退後一步。于一飛話方出口，林少皋長笑一聲，「嗆啷」寶劍出手，他用的是左手劍，是以招式甚是怪異。

于一飛冷然一笑，長劍帶一道虹光，斜戳向林少皋左肋，林少皋一式「少陽再引」，左手劍式一吞，把于一飛攻勢登時窒住！

于一飛本是受厲鶚指示出來，已教了他制敵之招，是以並不慌忙，長劍略收即放，仍戳向神劍金鎚林少皋胸前紫宮穴道。

林少皋原式不變，右掌突沉，以「孔雀開屏」之式想封住劍勢，好用左手劍反攻。哪知于一飛長劍不劈，再力猛戳，突地化為「厲鳳朝陽」之式，林少皋不料于一飛竟如此膽大，用走中宮、踏洪門的招式攻來，不由微微一驚，身體倏地仰天翻下，右掌卻用一招「拍腿肚」反拍而上。

于一飛招式走空，敵式已到，忙躍在空中，長劍一陣震動，猛烈向下戳去十餘劍。

林少皋身子已成水平，不能再閃，驀地「嘿」的開氣吐聲，足跟釘牢，左手劍式化作「太公撒網」，在面前佈成一片光幕，劍身擺動時，可見其真力溢發，隱約帶有風雷之聲，敢情是想用內力相拚。

只聽「嚓，嚓」數響，于一飛劍已「托」的被彈起一尺多高，林少皋坐立不安，微退半步，立起身來。

名家交手，到底不凡，尤其林少皋在危中求勝，更用得漂亮。

四周觀戰者無一庸手，自然也是行家，看到此處，不約而同大聲喝采。

于一飛好容易搶到優勢，卻被林少皋搶回，不由微感氣餒，不敢輕舉妄動。

林少皋雖然自知功力在敵手之上，但鑑於剛才失機的情景，再也不敢輕敵，因此不願先發難。

二人抱劍凝視，形勢大爲緊張，正是張弩拔劍之勢。正在這時，忽然人群中刷地竄出一個年約六旬的老年人，高聲叫道：「停手，停手！」

于、林二人正抱劍對立，雖聽見那老人的話，卻誰也不敢分神。

那老者驀地淒厲一聲長笑，緩步走向場中，眾人見這老者面貌不凡，但卻被一種難以形容的表情使得面容猙獰可怖。

尤其是那一聲怪笑，饒是光天化日，眾人都微感寒意。這時，于、林二人也收住了劍，那老者這一出現，倒引起全峰的注意。

赤陽道長冷嘿一聲道：「老施主也想來論劍麼？」

那老者驀地回首，向赤陽道長狠毒一瞪。

赤陽道人何等功力，但被這老人一瞪，心中不覺一凜，不敢直視。

須知赤陽子雖身歸玄門，但一生中卻做過數件不光不采的事，所以那老者翻眼一瞪，倒有點使他心虛！

那老者驀地回首，齜牙衝著厲鶚怪笑，腳下且一步步走向厲鶚停身處。

那老者好生離奇，舉動似有些失常，厲鶚見他朝自己走來，心中雖是不懼，但卻也有些發毛。

但厲鶚既稱「天下第一劍」，哪能露出絲毫怕意，是以也直眼望著那老者。

那老者來到近處，驀地一立，臉上微微一陣抽搐，雙目中隱約露出一股毒光！

厲鶚心中一驚，老者卻啓口道：「你老便是劍神厲鶚吧？」

厲鶚何等倨傲，冷然不語，挺直的身子動也不動，僅有首級微微下沉一下，又恢復原狀，算是回答。

那老者驀地又是一陣淒然長笑，高聲道：「十四年了，老衲無時無刻不記得你！」

自那老者出現後，衆人都默默詫視，是以四周甚是沉靜，那老者這一聲怪笑，有若怪梟啼哭，在靜寂中蕩起衆人的心弦，都不覺徹感寒意。

厲鶚看那老者的口氣像是和自己有著什麼血海深仇似的，但自己怎麼也不能夠記起曾經識得這麼一個人。

那老人驀地伸出右手，遞到厲鶚面前。

口中卻怪聲道：「你看看我的手——」

厲鶚倒以爲什麼仇恨全關於這一隻手，不禁低首注視著，卻並沒有發現任何怪異。

說時遲，那時快，老人左手一翻，一柄匕首露出衣袖，順勢一送，插向厲鶚腹部。

厲鶚全被一隻右手所吸引，但卻並沒有發現什麼怪異可怖之處，他是何等老練，情知必是上當。

老人的匕首只離厲鶚不到三寸，厲鶚驀地翻腕一劃。

這招「玄烏劃沙」厲鶚在這等危境使出，且夾上了「金剛掌力」，只聽得「喀嚓」一聲，匕首竟自他手指拂處折斷。

驀地又是一條人影衝出，看樣子是想協助老人，厲鶚冷哼一聲，右手一吐，一聲慘叫，那老人已被打出一丈以外。

那在空中的人來不及救助，只急得大吒一聲，刷地倒竄下來，扶起將要倒地的老人。

總算厲鶚手下留情，老人只吐出二口鮮血，仍能勉強立在地上。

四面的英豪都爲這突起的事故驚得呆了，反而止住了嘈雜的驚呼。

厲鶚雖逃過大險，但卻也驚出了一身冷汗，怒氣勃勃的說道：「老夫與閣下無怨無仇，何以要下此等毒手？」

那老者勉強喝道：「厲賊，我與你誓不兩立，不共戴天，還說沒有怨仇——」而後又喃喃自語一陣，再喝道：「今日天下英雄畢集，老夫如不把你的賊行盜爲抖出來，死也不能瞑目！」

說著又似發狂般對厲鶚等道：「老賊，十五年前天紳瀑前的事你們還記得麼？嘿嘿！你們都是大英雄，這等小事怕早已忘了，老衲余忠對當時情形卻是歷歷如在目前！可憐我那主人慘死，十幾年來卻讓你們逍遙法外，天可憐見，今日我主人後代長成，我只恨方才沒有刺死你這老賊，但是自有取你命之人——」

群豪一聽原來是天紳瀑前的事，頓時聯想到十五年前中州怪傑單劍斷魂吳詔雲的一段分案，不覺立時寂靜下來。厲鶚想已知道是何事，臉色不由鐵青。

要知昔年單劍斷魂吳詔雲慘死天紳瀑前，天下雖無人不知，但明白其中細節的卻少之又少。

老者見群豪靜了下來，用極其怪異而又極平靜的聲音說道：「老衲余忠本是吳大俠吳詔雲的家僕，十五年前，五大宗派遍邀武林同道赴岱宗論劍，那時吳大俠年方四十餘歲，自是不甘示弱，便準備出發赴會！」

「那時吳大俠有一個快樂的家庭和六歲的大兒子，不幸吳夫人卻在生子後第二年死去。於是照顧兒子的工作便由我余忠辦理，那孩子活潑聰明已極，確不愧爲吳家後代。」

他說到這裡，痛苦的臉上漸漸露出一絲笑容，像是在回憶著那昔日的時光。

群豪主要是要聽吳詔雲的死因，這時卻聽那余忠儘說些不關要緊的話，不覺微微詫異，但也無人出聲。

那余忠頓了一頓，陡然大聲對厲鶚等道：「老賊，你看清楚點罷，這便是吳家的後代吳凌風，也便是你們的催命者——」說著一指身邊扶住他的少年。

厲鶚臉色鐵青，右手已按在劍柄上，但以他的身分，豈能夠在眾目炯炯下一再向一個武技極低的老人下毒手？

余忠想是神情太已激動，忍不住張口吐出一口鮮血，顫抖著道：「吳大俠號稱單劍斷魂，五大派有哪一個能夠是他對手？是以吳大俠自負得緊，孤身前往，連兵器『斷魂神劍』也都沒有帶去！」

「五大宗派的本意大概以爲吳大俠絕不會赴約，哪知吳大俠血氣方剛，真的如時抵達。他這一到，天下第一劍必是非他莫屬了。五大宗派起了恐慌，於是便想出一個極其卑鄙的手段！」說到這裡，神情甚是激動，咬牙切齒，憤慨已極！

「當時老衲和吳大俠一同出山，吳凌風寄託在一個友人家中。那是劍會的前一天，吳大俠和余忠一同在天紳瀑下散步，五大宗派的掌門人一齊來到，吳大俠似不願我在身邊，便叫我立到一旁去，但老衲怎能放得下心，是以遲遲不肯走開，吳大俠見五大掌門人已近，向我喝道：「『你若認我是主人，就快快離開。』我只好躲在一旁的大石縫中。」

「五派的人手是厲鶚、赤陽、苦庵、謝星和凌空步虛卓騰卓大俠！哈哈！我沒有記錯吧！」

厲鶚冷然哼了一聲，心中卻在想如何制止他說出來。

余忠繼續道：「吳大俠很客氣的迎著五人，五人卻非要分勝負不可！老夫當日若非聽主人的話躲了起來，必也遭了毒手，豈能此刻來抖露你們的臭史？」

「六人說個不了，終於說僵動手，苦庵上人首先說比鬥內力，吳大俠自然答應！」

「但比試的方法是五人中選出四人和吳大俠一人對掌，另一人在旁做裁判，以卅數爲計，哼，真公平！」

「吳大俠不知對方鬼計，傲然出掌，五人中只有卓騰未出掌，在一旁計數。數到第廿下時，吳大俠已微居下風。」

「須知卅下爲時雖暫，但是四個掌門人都是一等一的內家高手，吳大俠又能持得住實已不凡。」

「吳大俠驀地雙目一睜，內力陡長，頓時扳回平局。這時已數到廿一、廿二，卓騰卓大俠好像有什麼難事不能考慮決定，臉上陰晴不定，但終於做一個堅決的表情，剛好這時也數到第卅！當時我不懂爲什麼卓騰會做出這個表情，但後來我明白原來是這五人的鬼計，想乘吳大俠正在全力使爲的時候，由卓騰偷襲，但卓騰到底是正道中人，沒有作出此事。」說到這裡，群豪都驚呼一聲，厲鶚等人都鐵青著臉，不發一言！

老人卻斷續道：「吳大俠一躍而起道：『內力已領教，不知五位還要賜教些什麼？』」

「厲鶚等人大概是不滿卓騰沒有實行他們這種下流的勾當，是以都狠瞪了他一眼！」

說到這裡，群豪都發出驚呼，但大都不能置信。

余忠的中氣越發衰弱，吳凌風緩緩的拍著他的背，輕輕喚他不要再勉強支撐下去。

余忠微微搖頭，用更微弱一些的聲音道：「卓騰臉色微變，但厲鶚卻轉向吳大俠，要求比試劍術，吳大俠號稱河洛一劍和單劍斷魂，其劍上造詣可想而知，當然五位掌門人也不會疏忽這一點，是以五人合擊！吳大俠斷魂劍並不在身，僅削一根樹枝做劍，和五大宗派的掌門人廝殺！」

「這一戰是老衲一生所僅見的惡鬥，五人所佈的劍陣甚是怪異，好像專門是守，但卻守得有如銅牆鐵壁！」

「吳大俠吃虧在寶劍不在手中，一枝樹枝究竟有所顧忌，是以很想搶奪五人之一的兵刃，但五人的功夫都是一等一的，哪會上當。」

說到這裡，余忠的聲音益發微弱，眼看是內傷轉重，吳凌風正要啓口請他休息一會，余忠卻失聲叫道：「讓我說下去！讓我說下去！」臉上肌肉一陣抽動，形相更猙獰可怖。吳凌風抬頭望了望厲鶚、赤陽、苦庵，只見他們都陷於沉思中，臉上鐵青，毫無表情。

驀地厲鶚微一擺手，那崆峒門人史和康會意，排眾而出。余忠何等經驗，已知必是厲鶚不好親自出手，是以打發徒兒想殺去自己，心中怒火高燒，狂叱一聲，瞪著史和康——

史和康見余忠滿目紅絲，狠狠瞪著自己，心中不覺發毛，驀地余忠身旁吳凌風暴吼一聲：「住手！」更覺正氣凜然，史和康心中一虛，「噹」的一聲，長劍落地！

余忠見史和康長劍落地，也不禁滿意的乾笑一下。

史和康心中雖然羞愧難當，但也不好說什麼，竟僵站在那兒。

這一切群豪都看在眼內，心中不由對厲鶚大起反感，余忠又乾咳一聲，才開口道：「吳大俠連試幾次，都不能搶到一柄劍，老衲當時心急如焚，真想上前相助！」

「驀地那卓騰似是不忍，招式微微一放，老衲功夫雖是不成，但也看得出那是有意的，吳大俠良機豈可錯過？一閃便出了劍陣。」

「剛好這時赤陽道士一劍削來，吳大俠早已出陣，哪還把他放在眼中，只一伸手拍在赤陽肘上，便奪下一柄長劍。」

群豪此時都聽得津津有味，不約而同向赤陽道士看去，赤陽道士蒼老而白皙的臉上，也不由微微泛出紅潮來！

「吳大俠有劍在身，如虎添翼，哪知那迴風劍客謝星突地一劍刺向那崑崙的凌空步虛卓騰！」

「卓騰此刻也知自己倒戈已被他人看出，不好解釋，只好一劍封去，此時他身側的苦庵上人卻也掌劍齊使，配合謝星的劍式，齊攻過去。」

「戰場變化一瞬千里，卓騰不料前後受敵，當場中了謝星一劍！」

「吳大俠何等人物，已知卓大俠數次相救，此時反而受傷，大叱一聲，一劍改向迴風劍客謝星。」

「這一招是吳大俠含憤而發，已是全力施爲，但卻疏忽身後還立有二個強敵。」

「厲鶚一劍勁斬而下，吳大俠大吃一驚，努力平下身子，但長劍已與謝星相交。」

「吳大俠身體一軟，內力當然使不出來，謝星長劍一挑，吳大俠劍已出手遠飛。」

「吳大俠這一失劍，局勢當然更危，卓騰驀地一聲長嘯，身子騰空，向那脫手長劍追去，敢情是想把長劍抓還給吳大俠。」

「卓大俠人稱凌空步虛，輕功卓絕已極，不消一竄，已抓著劍柄，哪知忽的發出一聲慘叫，身形急急墜下。」

「老衲當時身在隱處，一時慌亂，並未看清是誰下的毒手，但隱約可辨卓大俠中的是一枚環形暗器。」

「卓大俠身影急墜，身下便是天紳瀑的谷底，落下是準死無生。」

「老衲親見卓大俠曾努力掙扎二次，但卻無法再竄回崖邊，老衲藏身之處與地面平行，但見他臨墜下時，抖手將長劍擲出。」

「吳大俠見卓騰三番四次營救自己，見他遇難，哪能不急，狂呼一聲，已自撲到。」

「迎面虹光一閃，吳大俠伸手抓住卓大俠擲出之劍，身軀陡然一挫，不差分毫的停在崖邊。」

「吳大俠猛然彎下腰身，儘量伸出左手想拉起卓大俠，但老衲親眼望見只差上一厘，吳大俠的手尖便能觸及卓大俠的頂心髮髻兒，但還是落空了。」

「吳大俠一把撈空，登時一聲狂呼，說時遲，那時快，謝星、厲鶚二劍攻向吳大俠下盤，而赤陽道士卻徒手硬用劈空掌打向吳大俠後心。」

「禍起蕭牆，吳大俠再也料不到在悲痛之時遭三個高手連擊，最糟的便是吳大俠立足地無向前移的餘地了！」

「哪怕是神仙也不能躲避三個不同方位襲來的絕妙攻勢！老衲的一顆心將要跳出來了，驀地吳大俠不服氣的一哼，左掌猛烈向後一拍，同時身體向前一縱，右手長劍用『倒陰反把撒手』加上『小天星』內家真力擲出！」

「這二下攻勢是吳大俠畢生精力集聚，真是可以開山裂石，迴風劍謝星登時悶哼一聲，被結實的打在胸前，飛出一丈多遠。」

「那擲出的一劍卻準確的襲向厲鶚。厲鶚不料對手在勢竭之時猶能出此奇招，沒命一劍封去，但內力修爲，強弱立判，『叮』的一聲，厲鶚的劍被震得脫手飛開尋丈！」

「那長劍仍力勢不衰的直進，卻正好奔向正在發掌的赤陽道士，赤陽道人見長劍來勢太強勁，劍身風雷之聲強極，哪敢輕妄用劈空掌硬拍！只見他忙著蹲下身子，總算他見識多廣，及時閃躲，只聽得『噗』的一聲，他的道髻兒齊根剃去！」

「那長劍爲勢不衰，再往前奔，好一會才墜落在上。」

「老衲急看那吳大俠時，已不見蹤影，眼看是被害了，厲鶚正木然立在崖邊上，望著深崖出神。」

「苦庵上人在一旁看探那迴風劍客謝星的傷勢，天紳瀑前登時沉靜如死寂！老衲當時曾數次想衝出拚命，但想到吳家少主尙託在友家，只好按捺一口氣，悄然逃去。」

「回到家中，友人告訴老衲，少主在數天前突然失蹤，這不啻晴天霹靂，最後一點希望也自破滅了，真是欲死不成。毒深的仇恨使我隱忍了一十四年，天可憐見，昨天在丈人峰下巧遇吳家少主，已長大成人，吳家有後，老衲雖死無憾，便準備拚命刺殺厲賊你們這一班狗狼，來報吳大俠的深仇和答謝卓大俠的厚恩！」

這一段往事，余忠一口氣說完，群豪都聽得如癡如醉，哪裡還有一絲一毫懷疑，想不到這領袖武林的人物竟是如此卑鄙的小人。

偌大的日觀峰頭此刻沉靜無比，雖然是白天，但高處風寒，金風送爽，松嘯如濤，情景莊穆已極！

廿二　變生肘腋

驀地幽幽一聲長嘆，在靜地裡傳出老遠老遠去，眾豪齊向回音發聲處望去，只見林木密密，不見人影。

密枝中，坐著一個人，藉著樹枝擋住了眾人的視線，他正陷入極度的痛苦中，那俊美的臉上，肌肉抽搐著，他便是那落英劍客謝長卿。

落英劍來到峰頭已久，是以余忠一席可歌可泣的話全部收入耳中，當他聽到卓騰能夠在極度矛盾中仍不失於俠儀，心中宛如刀割，可見一念之差，恩怨立明，自己一失足成千古恨，忍不住長嘆失聲。

厲鶚驀地心中一動，曼聲吟道：「五劍振中原——」

話聲方落，樹葉槎枒上果然一陣窸窣搖動。

一十五年前，五大宗派合壁連攻七妙神君，當時他們也曾料到這蓋世奇人必有後人來找他們報復，是以他們定下一個切口——「五劍振中原」，只要其中任何一個人聽到此語，則必及時趕到合佈劍陣，對付仇人。厲鶚方才聽著那一聲浩嘆，心想可能是謝長卿，是以吟出切口相探，謝長卿在樹上聽得，心中好生激動！

正在這時，那老僕余忠的生命油燈已燃到了極點，只聽他吸進一口氣，嘶聲叫道：「殺呀，殺死這紳賊子呀！」

群豪中饒是有些是殺人不眨眼的魔頭，但也禁不住熱淚盈眶，可憐的老人吐出最後的一口氣，萎頹倒在地上。

吳凌風再也忍不住，斷魂劍挾著虹光如瘋如狂撲向厲鶚，厲鶚不敢絲毫大意，全神一劍封去。

且說當日辛捷、吳凌風二人在丈人峰底遇見那怪老人，書中已交代過，正是那老僕余忠，余忠當日認出斷魂劍，欣喜欲狂，當著吳、辛二人將一十五年的恩怨詳細說了一次，依吳凌風要找四大派（崑崙已不算在內）在天紳瀑前決鬥，但余忠卻主張次日由他出手行刺。

哪知刺殺不成，只好在天下英雄面前抖出這一段公案，更使厲鶚等人難堪。

余忠受傷，辛捷不是沒有看見，只不過他爲人心細，心想時機尚未成熟，不能以「辛九鵬或七妙神君」的後代姿態出現，是以仍然混在人群中。

這時見吳凌風竟躍出拚命，心中大急，閃眼一望，見群豪都全神貫注鬥場，心念一動，用最快捷的手法脫下外面的灰色罩衫，露出一襲青袍，並張上一幕蒙巾，反手將灰衫擲入身後林中，刷地竄入戰場。

辛捷的一切動作不過在極短的一瞬間完成，而全心注視鬥場的眾豪自然沒有發現，但辛捷卻忽略了在林中居高臨下，端坐著的落英劍客謝長卿。

謝長卿把他一切動作清楚的看在眼中，他可是大大的吃驚了！

他也曾和「七妙神君」會過面，以七妙神君的身手，使他在無可奈何的情形只得相信他死裡逃生，但是此刻他卻親眼看見那又掀起一度風暴的「七妙神君」是一個俊美的少年，想來這便是他為何每次出手都要用蒙巾的原因了。

假定這少年是神君的傳人，但為何有如此高妙的功夫？這一點確實令他百思不得其解。

「七妙神君」像鬼魅一樣出現在日觀峰上，群英都不約而同驚惶出聲，「梅山民」並不發言，僅冷然一哼，微微揮動長劍。

虹日射著劍身，隨著劍身的擺動，閃耀出一圈一圈的光輝，刺眼奪目已極。

厲鶚已和「七妙神君」對過一面，倒不怎麼樣，峨嵋的「苦庵上人」，武當的「赤陽道士」僅僅聽說過「七妙神君」重現江湖的消息，但並沒有親身目睹。

此刻「七妙神君」端然立在自己面前，二人的心都沉重的跳動一下！

「七妙神君」的目光正好轉注在二個玄門高手身上，二人不禁手心微淌冷汗。

群豪都是薄具聲名的人士，哪會不知道海內第一奇人七妙神君的名頭，雖然都懷著將信半疑的心理，但也不禁屏息而觀。

泰山絕頂，一日之間，天下赫赫聲名的頂尖人物幾乎齊聚，這倒是芸芸武林中很少見的一回事。

吳凌風用出「斷魂劍法」中攻勢最凌厲的招式，厲鶚雖然功力深厚，也一時無法還手。吳凌風雙目欲裂，猛砍出一劍「鬼王把火」，厲鶚嘿地吐氣開聲，猛吸一口真氣，劍身揮動，「倚虹」劍精光暴長，登時將吳凌風攻勢盡數封下，搶回主動。

「七妙神君」冷然一哼，右手長劍閃電般戳出，「呼」的接住厲鶚攻勢，他不是不知「倚虹」寶劍的神妙，是以強用內力洶湧貫注，「嚓，嚓」，「倚虹」劍在長劍上跳動不停，但都絲毫不能損及七妙神君的兵器。

厲鶚已領教過「神君」的功夫，不敢稍怠，努力收招後退，神君長劍一彈，彈起「倚虹」神劍約有半尺，長笑一聲。

四周林立的眾豪同大吃一驚，天下第一劍竟在第一個照面下便吃了虧，這等功力，莫非那海內奇人「七妙神君」親身才能辦到！

厲鶚跳後尋丈，高聲吟道「五劍振中原」，聲音已有些顫抖。

苦庵、赤陽長劍迎日而出，謝長卿在枝頭上猶疑了一下，他是一個鐵錚錚的漢子，不能背信失約——雖然他是極不願意的！

他腳尖微微用力，身體騰空而起，縱落場裡。

厲鶚向他微一頷首，說道：「謝世兄別來無恙？」

謝長卿勉強點了點頭，嗆啷一聲，長劍也自出手。

辛捷早就從神君那裡聽知這四大劍派所佈的劍陣的厲害，尤其是防守方面，更是密集有若千軍萬馬。

心念才動，四人已立好方位，一種熟悉而自然的習慣使謝長卿也輕快的立在自己的方位下。

點蒼的掌門人一到，群豪也不覺一怔，尤其是自那桐柏山一戰，陸方和林少皐二人拚命逃了出來，這時又見對手，都不禁心寒。

「七妙神君」清嘯一聲，長劍抖動有若塞外飛花，吳凌風的家傳劍式可也不弱，從辛捷密麻的劍式中遞出一劍，冷不防攻向赤陽。

厲鶚「倚虹」劍一舉，劍陣立發，但見劍光密麻，交織若網，劍陣果然不同凡響。

辛捷長劍急揮而上，一指「寒梅吐蕊」驀地變作「冷梅拂面」，迎面猛刺厲鶚，而吳凌風忽的倒發一招「鬼王把火」絕頂攻勢，反刺在定位上的苦庵，二人聯手威力之大，也確實驚人。

辛捷不但不守，而且還全力搶攻，長劍震幅漸漸擴大，到最頂的時候猛的一式「梅花三弄」，長劍嗡嗡之聲大作。赤陽道人長髯無風而動，敢情內力也叫至絕頂，一劍封去。

吳凌風斜地裡一劍閃電刺出，噹的擋了一下，這卻是六人六柄長劍第一次相擊發出的聲音。

激戰中辛捷引劍猛刺謝長卿，謝長卿人稱「落英劍」，輕功自是不弱，步履微滑，閃出空檔。

辛捷一劍走空，斜地裡一劍飛出，百忙中瞥見正是那吹毛可斷的「倚虹」劍，心中吃驚，鐵腕一收，內力貫注劍身，微微一挫。

厲鶚劍走輕靈，「嚓」的一聲，已在劍尖上勒得一勒。

辛捷雖內力貫注，但倚虹乃先天神器，仍在劍尖上勒了一條口子，饒是這樣，厲鶚也驚佩辛捷的內力修為了。

辛捷鐵腕一挫，長劍自右至左，劃一道圓弧，停在面前。

他冷嘿一聲，食指閃電彈出，「托」的一聲，那一寸多的劍尖已自厲鶚勒口而斷，只見一點寒光飛向正前方的赤陽道士。

赤陽道士長劍一揮，把那一段劍尖兒拍落塵埃，而吳凌風一口長劍已自使用「鬼箭飛燐」遞至身前不及三寸。

急忙中猛吸一口真氣，胸前內陷，足下不動，饒是這樣，也聽得「嗤」一聲，胸衣被割破一條口子兒。

激戰中「七妙神君」驀地一式「李廣射石」，劍尖挾著一縷寒風急奔而出，走的方向卻是神劍厲鶚必經之地。

厲鶚心中大喜，「倚虹」劍平平拍下，想一舉折斷「七妙神君」長劍，哪知辛捷嘿嘿一聲冷笑，長劍猛然一收，巧妙的一旋，倚虹劍虹光過處，僅削去那已斷的劍尖頂端的一半，立刻那折尖的劍又成了一柄銳利的劍子，只不過比原來短了一寸而已。

「七妙神君」驀地又是一聲長嘯，劍招突變，一時圈內漫天劍光立刻收止。

「七妙神君」長劍突然一慢，緩緩刺出，劍身改變直削而爲平拍之勢，劍光有若驚濤裂岸般沖拍而去，劍尖還不時跳動，專點向胸前腹上的主要穴道。這正是當今天下第一劍術「大衍神劍」的起手式——「方生不息」。

大衍劍招一共十式，其中每一式卻又含五個變化，一共是十招五十式，正合大衍之數。

「七妙神君」首招「方生不息」才出手，倏地劍身一沉一劃，立時使出五個招式。

這一招五個變化好似是五個人同時使出一招，而每人的招式卻都非平凡招式可比，其攻勢之強可想而知。

四大宗派的掌門人見此招攻勢奇大，其中有削，有點，有戳，甚至還有劃，攻勢之強，實在可稱奇絕天下。

不得已使出劍陣的救命守式「八方風雨」。

只見四支長劍破例的相觸，「噹」的洪響一下，四支劍子彈開，四人各借此一彈之式，在身前佈上一張劍幕，好不容易才封開此招。

「大衍神劍」既已使出，奇招連綿不絕，「閒雲潭影」，「物換星移」怪招迭生。

四人經驗何等老到，在全神應付下，尚能勉強困住辛、吳二人。

四人中謝長卿本來毫無戰意，但他是鐵錚錚的漢子，既已出手而且又曾允諾的事，豈能失信而留下話柄，爲天下武林同道說嘴？再加上他也愈戰愈激發豪性，是以他施全力周旋，「七絕身法」、「百禽劍法」也使到十成。

四大派中倒是以峨嵋苦庵上人守得最好，一套峨嵋『抱玉劍法』守得有如銅牆鐵壁。而也只有厲鶚仗著倚虹神劍和較深內力能偶爾攻出數招。

這一場戰爭確是武林罕見，十五年前五大宗派合擊吳詔雲和七妙神君都是在絕人跡的地方舉行，是以很少有人目擊，這一場由四大派和「七妙神君」、「單劍斷魂」的後代拚鬥，確是十分可觀的了。

四大劍派的後一輩全都按劍而立，但始終找不著機會加入協助，于一飛心中甚驚那日和辛老闆一行的吳淩風，竟會是吳詔雲的後代，心中想到辛捷，四周一尋，卻並沒有辛老闆的蹤跡。但他卻絕對想不到辛捷竟會是冒名的「七妙神君」，尤其是辛捷既蒙著面，又換了衣袍！

驀地裡山腰上一聲長嘯，刷地縱上一人。

可怪的是那人也是蒙著面的，而且步伐踉蹌，瘋瘋癲癲。這時日觀峰四周都圍滿了觀戰的三山五岳的漢子。那蒙面人入路被阻，驀地一撞，硬擠過去。

站在山石口的是一個喚作飛天虎的漢子，冷不防被蒙面人一撞，跌跌衝衝好幾步才停止。

飛天虎回首一看，那蒙面人正擠過來，心中大怒，怒喝道：「你是什麼人，亂擠亂撞什麼？找死嗎？」

那蒙面人聽了，驀地裡一掌打向飛天虎，飛天虎見來人毫不講理，心中更怒，一拳反擊而上。

「啪」的一聲，那蒙面人好大內力，飛天虎手腕當場震折，慘叫一聲，倒在地上。

眾人正呆得一呆，蒙面人驀地發足衝入戰圈，敢情他也有一柄劍，拔出奔了上去。

辛捷、吳凌風百忙中一瞥，那蒙面人好像正是昨日在丈人峰下想尋自盡的蒙面漢子。

四大宗派的掌門人好不容易封住辛捷二招攻勢，這蒙面人忽的奔入，劍陣立刻混亂。良機不可復得，辛、吳二人正想竄出劍陣，哪知那蒙面人一連數劍卻又攻向兩人，辛、吳二人凝神接了數招，那四大派的劍陣又趁機重新佈置一下。

那蒙面人一連數劍攻不下，驀地大喝一聲，反身刷刷就是二劍，反迎面刺向厲鶚和苦庵。這蒙面人不守規矩，胡亂衝入四大劍手的合陣中，指東打西，聲南擊北，功力又深得緊，但看來也不像是幫助「七妙神君」的，因爲他也不時發出極兇狠的招式攻擊「七妙神君」，看他情形有點近於瘋狂。

五大劍派的陣法乃是十多年前爲了合捕一種武林奇珍「蜂鳥」所練成的，不過當時只有圍守之式，而沒有圍攻之勢，自從十年前他們圍攻梅山民之後，又合力加入許多厲害攻勢，端的堪稱絕無漏洞。

那蒙面人的招式十分古怪而毒狠，只有辛捷看出來，正是那名震天下的毒君金一鵬所創的「百足劍法」，而這蒙面人不用說定是那「天魔」金欹了。而且辛捷發現這蒙面人正是目前在丈人峰準備自殺的蒙面人，心想看他瘋瘋癲癲，難道真有點不正常了？

這時天魔金欹一連三招都被苦庵上人封了回來，不知怎地忽然狂性大發，雙足一蹬，身劍合一地往前直刺，五人所合的陣心不過六七尺方圓，他這奮力一縱，勢必立刻撞上對面的赤陽道長及厲鶚的劍幕，但是金欹卻絲毫不退縮地直刺上去，只聽得叮咚一陣亂響，赤陽道長被他拚命一刺，竟有點封它不住，只聽厲鶚一聲暴叱，長劍一伸，藍光斗長，嗯折一聲，金欹長劍只剩了一個柄兒。

同時一聲清嘯，宛如老龍清吟，兩條人影有如行雲流水般，竟從密集如網的劍幕中走了出來，而且步履安詳，有若緩步行出一般。

叮的一聲暴響，三支劍子撞在一起，敢情是赤陽、苦庵、落英劍三人同時發招阻攔，但卻落了空，幸好沒有厲鶚在內，否則其他二支劍子必被折斷。

「七妙神君」挽著吳凌風的手，優雅地站在一丈之外。

只有謝長卿是知道「七妙神君」乃是一個青年人喬裝的——雖然他並不知道辛捷的姓名——但他此時正思索著這青年一身奇絕的神功，他想：「十年前梅山民本人也不過如此呵，長江後浪推前浪，唉，我是該被淘汰了。」

事實上，他不過才三十七歲。

其他三個掌門人也怔怔地苦思著，辛捷出陣的步伐實在太怪了，他們苦苦思索不出自己陣法到底有什麼破綻？

事實上，他們的陣法是沒有破綻的，倒楣的是他們碰上了慧大師「詰摩神步」，再加上金欹的一掄拚命亂刺，才被辛捷利用上機會，「詰摩神步」的神奧，又豈是這幾個老兒所能想通？

刷地一下，金歆乘幾人怔著時也躍出了陣心，立在辛、吳兩人身邊不及一丈。

辛捷也在想：「這劍陣想不到這樣難鬥，還有那厲鶚的寶劍也是個麻煩，哼，等我那『梅香劍』重治成功後，咱們再鬥鬥看。」

厲鶚極快地盤算著：「想不到梅山民真的死而復生了，那吳詔雲的兒子雖較弱，但也不容忽視，還有那個瘋瘋癲癲的蒙面人，不知是敵是友，今日再鬥下去，實在不上算……」

想到這裡，立刻朗聲道：「今日泰山大會暫時停止，容以後再訂日比賽。」說罷對苦庵等人作了一個眼色，幾人也有同樣的心理，各向弟子門人打個招呼，喝聲「走」，幾十條人影一齊躍起，落在崖下，只有謝長卿微微一怔，從反方向也縱下了山。

群豪多是爲捧場來的，見各大劍派都已走了，又深知梅山民不好惹，也都紛紛下山。

山左雙豪中的神劍金鎚林少皋及千手劍客陸方也混在人叢中走了，他們對「七妙神君」雖懷恨，但是憑人家那份威勢，他們敢隻身上去挑戰嗎？

一下子，山上就靜下來了，風吹的聲音都能聽得見。

現在只剩下了三個人，辛捷、吳凌風和那個「天魔」金歆。三人中倒有兩個人是蒙著面的。

辛捷想起脫藏在林中的那套罩衫，立刻走過去拾了起來，當他回來時，遠遠望見了一樁怪事。

只見蒙著面的金欹忽然瞪著眼望著吳凌風，那雙眼珠中射出一種難以形容的古怪光芒，他忽然一步一步逼近吳凌風，嘴裡嘰哩咕嚕的不知說些什麼。

吳凌風忽然感到一股寒意從腳心底下直冒上來，他打了一個寒戰，不由自主的退後四五步。

金欹又進了三步，吳凌風感到無比的恐怖，又退了三步。

辛捷忽然大叫一聲，原來他發現吳凌風背後就是懸崖，吳凌風腳跟離崖邊不過一尺，而吳凌風卻絲毫沒發覺。

金欹忽然發狂似的大笑：「你——你的臉孔真漂亮，我恨你，我要殺你……嘻嘻，你不是漂亮嗎？我也曾漂亮過呵，嘻嘻……我要殺你……嘻……」

吳凌風大怒，猛然壯膽大喝一聲：「你是誰？」拚命一把抓出，哪知金欹動也不動。嚓的一聲，金欹的蒙巾被抓了下來，只聽得兩聲驚叫，刺破了寧靜的山峰。

原來蒙巾下面是一張奇醜的臉，鼻樑從中間被砍斷，臉上黑黑的疤向外翻出，紅肉露在皮外面，除了一雙眼睛，臉上似乎被人用刀劃了幾下，是以皮肉倒捲。

吳凌風驚叫一聲又退了半步，而金欹卻瘋狂似的往前猛衝——

辛捷見情形不對，大叫一聲，施出「詰摩神步」的功力，身子真比一支疾箭還快地撲了過來，身體破空時竟發出嗚嗚的尖嘯——

但是辛捷正撲在金欹一刹那前落腳的地上時，一聲驚叫，金欹抱著吳凌風一起衝出崖邊，流星般落了下去。

辛捷也同樣煞不住，呼地一下衝了出去，但是在這等生死關頭就顯出了他稟賦的機靈，「撲」的一聲，他的五指插入了石崖，雖然衝勁仍使他帶出數寸——他的手指就在石崖上劃出五道寸深的痕跡，石屑如刀鑿般紛飛，但是到底是停住了。

他手上一使勁，身子立翻了上來，落地時輕得宛如一張枯葉落地。

這些動作卻是肌肉的自然反應，絲毫沒有經過他的大腦，因爲他此時大腦中昏昏渾渾，只是一片空白。

崖下面雲霧滾滾，不知其深。

他的頭腦中像是恢復到了洪荒的遠古時代，混混然乾坤不分，他的喉頭發出只有他自己聽得出的哀鳴，這不是哭，但比哭更悲慘萬倍。

山風漸勁，他的衣衫獵獵作響，呼的一聲，他的面巾迎風而揭，飄揚了兩下，就飛落崖底。

不知不覺的流下熱淚，淚珠緩緩地沿著面頰流下來，停了一會，滴在襟前。

終於，他的頭腦清醒過來，他受著有生以來從未有的痛苦，他現在深深相信，友情對他比愛情更爲重要。

周遭靜極了，他嘴唇抖動著，但說不出一個字來。

日觀峰上頓時靜了下來，山風吹得樹梢沙沙作響，辛捷立在崖旁，俯望腳下滾滾雲霧，深不知底，不禁長嘆一聲，他喃喃自語道：「辛捷啊！你真是一個不祥的人，凡是對你生了感情的人就得遭到不幸，爸媽慘死，梅叔叔受了暗算，侯二叔被人殺死，少堃和菁兒葬身海底，梅齡下落不明，老天啊！你爲什麼要這樣殘酷，又奪去了大哥的命！」

風起處，雲濤洶湧，蔚成奇觀。

「待我了結這些恩仇，就長伴那梵聲青燈，做半世的木頭人算了……」

「大哥啊！好好安息吧！我會替你復仇的！」

忽然，他想到了那個美麗的蘇蕙芷，他心想：「蘇姑娘曾一再要我們去看她一次，其實只是希望再見大哥一面罷了，如今，我怎麼去見她呢？唉，世上爲什麼要有這許多悲慘的事呢？」

他愈想愈覺煩惱，忽然雙足一蹬，反身走去將義僕余忠的屍體埋了，身形陡然拔起六七丈高，倒穿過一片樹林，驚起兩隻大鳥，他的身體卻呼的一聲從兩隻鳥之間飛了過去。

兩隻鳥互相一鳴，似乎奇怪這些平常雙腳走路的傢伙怎麼也會飛？

四川泯江下游，有一條梅溪，從山谷流經一個大坪，喚作沙龍坪，坪上稀落村舍，雞犬相聞，是個世外桃源，梅溪夾岸數百里內，全是紅白古梅，中無雜樹。

時正冬至，寒風鼓著嗚嗚的聲響，把漫天雪花捲得紛紛飛舞，天是灰的，地是銀白的，坪圍的梅林開得百花爭艷，清香怒放，點點紅白映在雪地上，蔚成奇趣。

左角一間茅棚，頂蓋著厚厚的白雪，活像是要壓得那棚頂塌下來似的。

棚內放著一張石桌，兩個老者在相對弈棋，旁邊還圍了幾個閒人觀棋，棋子落盤發出清脆的聲響，敢情那棋盤也是石做的。

茅棚兩面無壁，本來甚冷，但棚角卻燒著一堆火，陣陣白煙瀰漫，柴火發出畢剝畢剝的聲音，卻透出一股令人心神俱爽的清香，敢情燒的是一堆松枝。

右面門簾掀處，走進一個人來，那人白鬚飄飄，頭髮幾乎落得光頂，臉上皺紋密佈，顯得異常蒼老，但那舉止自然流露出一股令人心折的威武。

這老人年紀看來總在七旬以上了，只見他一面抖了抖皮袍子上面的雪花，另一隻手提著一個空酒壺，敢情是要去沽酒的。

圍觀棋戰的幾個人一見老者，似乎十分恭敬，齊聲道：「梅公興致恁好，在這大風雪還來看下棋？」

那老人慈祥地笑了笑，道：「我是去橋頭沽一壺『梅子香』老酒的，順便來看看吳老下棋。」

坐在對面的老頭正是吳老，他抬起頭來向這老者點首爲禮道：「原來是梅老先生——」接著又拈子沉思。

梅老先生不禁吃了一驚，他素知這吳老乃是聞名天下的棋弈高手，據說已有九段棋力，目前與這背對自己之人對弈，竟似十分吃力，不由走近打量那人。

旁邊一人忙對梅老先生介紹道：「這位金柕先生乃是京城第一高手，路過咱們沙龍坪，特向吳老挑戰十局。」

梅老先生聽了不禁一驚，敢情他也知這名滿京師的圍棋高手金桴之名。

這時桌上棋局已到了將完階段，顯然吳老居不利的形勢，是以吳老手拈一子，一直苦思不決。

周圍旁觀者除了梅老先生從沒有見過他下棋以外，全是內行人，都知吳老形勢極爲不利，這一子關係尤大，不由都爲他耽憂，好像吳老輸了，就是地方上的羞辱一般。

這時門簾一動，又走進一人來，眾人都在注意棋局，也沒有注意來人。只有梅老先生回首一看，這一看，頓時令他大吃一驚。

原來進來的人乃是一個中年儒生，面貌清瞿而瀟灑，面孔卻甚陌生，顯然不是本地鄉人。奇的是這麼冷的大雪天，他從外面走入，身上一絲雪花都沒有，而且身上只著了一襲青色單袍，面上卻沒有一點寒冷之色。

這種情形顯然是來人具有極上乘的內功，這情形對梅老先生來說是多麼熟悉啊，但現在，這些都成了過去——

來人向桌上棋局瞥了一眼，剛離開的眼光又移了回來，敢情他也被這驚險的棋譜吸引住了。

這中年儒生向吳老及金桴打量了一番，似乎驚奇兩人的棋力，並且立刻可以看出他也在沉思，替猶豫不決的吳老想一著妙計。

棚內安靜極了，只有火舌熊熊和松枝畢畢剝剝的爆響著。

吳老的棋子還懸在空中，他的一雙白眉幾乎皺到一起去了。對面的金桴卻漸漸露出得意之色。

時間一分一秒過去，吳老的棋子還是沒有決定，忽然梅老先生用空酒壺嘴往棋盤左面一個空格上一指，道：「吳老，這兒還有一個空格兒哩。」

幾人一聽便知他滿口外行，但那中年儒生立刻現出一臉驚訝無比的顏色。

梅老先生像是看得不耐煩了，向眾人點點頭，道：「我還得去橋頭沽酒呢，去遲了那陳年『梅子香』只怕要賣完了哩。」說罷轉身走出茅棚。

中年儒生臉上驚容未消，吳老棋子「咯」的一聲落了下來，正是梅老先生方才所指之處。這一下，旁觀的幾人也驚呼出來，原來這一子所落，頓時竟將全部棋局改變了形勢，吳老大有轉敗爲勝之勢。

大家絕不相信那個平素不會下棋的梅老先生竟能想出這一著妙棋，心中都想是湊巧罷了。金桴苦思片刻，嘆道：「這一著棋端的妙絕天下，我金桴自嘆弗如。」

吳老知道自己是被梅老先生提醒的，不管梅先生是不是有意，至少勝得不算光采，微微一笑，沒有回答。

那中年儒生卻面帶異色悄悄地退出了棚門，緩緩而行，步履與常人無異，但步子卻大得出奇，三兩步已在數丈之外，凜冽的北風吹得呼呼尖叫，他那一襲單袍卻晃都未晃一下，雪地上連一個足印也沒有。

他喃喃自語：「那老兒若是真的有意指點，那麼那一棋實在太妙了，嗯，不可能吧，難道世上還有棋藝超出我的？」

但他的注意力立刻被坪緣那千百株梅樹吸引住了，他緩緩走向前去。

天色更暗了，雪花卻愈飛愈緊，地上鋪雪怕已有尺多深了，遠遠走來一個老態龍鍾的影子，那老人舉步維艱地在雪地上撐著，皮袍子上白白的一層，左手提著一個酒壺，壺蓋雖蓋得緊緊的，但一陣陣醇冽的酒香味仍從壺嘴中透了出來。老人足過的地方，留下一個個深深的足印，但尋即又被落雪掩蓋住了。

老人來近，正是那個梅老先生，他沽了酒走回來。

他正暗地裡想著：「那儒生好純的功力——唉，想當年冰山烈火裡我也是一襲薄衫，現在這一點風雪就受不了，唉，真是老了。」

忽然，他站住了腳，原來那儒生正站在坪緣觀海，一襲青衣襯著銀色大地，宛若神仙中人。

他走近了些，忽然聽見那儒生朗聲吟道：

「千山冰雪萬里沙，草爲簟蓆蘆爲家，依稀花萼情難辨——」

吟到這裡，梅老先生大吃一驚，暗道：「這儒生文才之高，端的平生僅見，這『依稀花萼情難辨』堪稱絕妙好辭，不知他下一句如何對法？」

那儒生大約也因這句「依稀花萼情難辨」太好太妙，一時找不出同樣好的下一句來收尾，是以吟詠了半天，還沒有尋到妙句。

忽然後面一個蒼老的聲音接道：

「飄渺芬馨幻亦佳！」

那儒生一拍大腿，不禁叫道：「好一句『飄渺芬馨幻亦佳』！」

這時已近黃昏，遠處山霧起處，梅林盡入霧中，花萼紛紛難辨，果真似幻還真。

儒生回首一看，正是那梅老先生。

儒生對梅老先生一揖道：「小生行遊半生，還是第一次碰上老先生這種絕世文才，就是方才那一著妙棋，論攻如大江東去，論守則鐵壁銅牆，確是妙絕人寰。」

梅老先生微微一笑，還了一揖道：「朋友風釆絕俗，老夫心折不已。」

那儒生道：「小生學文不成，去而學劍，學劍不成，去而學畫，虛度半世，一無所成，今天幸遇老先生，先生不嫌，可願對此良景一談？」

梅老先生呵呵大笑道：「固所願也，非敢請耳。」

接著兩人問了姓氏，那儒生自稱姓吳。

兩人一談，竟然十分投機，大有相見恨晚之感。

那儒生暗道：「我無恨生自命天下絕才，豈料在這裡竟碰上這麼一個人物，可幸他不精武藝，否則只怕我無恨生無論文才武功都會輸他一籌呢。」

原來這儒生竟是東海無極島主，世外三仙中的無恨生，至於他離島入中原的緣故，這裡暫且不提。

廿三 煮酒論劍

梅老先生忽然道：「吳兄何必自謙太甚，方才吳兄雖自云學劍不成，想來武學上造詣必深，老夫雖對此道外行，卻甚欽羨古俠士仗劍行義之風哩。」

無恨生談得興起，朗笑：「雕蟲小技，難入法眼，今日吳某欣得知音，且舞一劍爲先生卸除寒氣。」他心中卻暗笑梅老居然沒有看出自己一身絕頂內功的特徵。

說著上前折了一枝梅枝，道聲：「獻醜！」就舞了起來。

雖說舞劍，但到了無恨生手中依然怪招奇式層出，精彩絕倫。

尤其那梅枝端發出嘶嘶劍氣，在呼呼北風中刺耳異常。

梅老先生卻心中不斷地沁出冷汗，他陷入一個極度的緊張中，他默默自思：

「我雖然全身功力盡失，現在有如常人，但十年來默默苦思，反而想通許多武學上的道理，是以目下功力雖失，武學卻是有進無退，但是這儒生劍尖的劍氣竟練到玉玄歸真的地步，就算我功力不失，也萬萬做不到，這人是誰呢？難道除了世外三仙，海內還有強過我的？」

敢情梅老先生料定世外三仙是不會涉足中原的，而他哪裡料得到，眼前這人正是世外三仙之一呢。

但是他立刻就被無恨生的劍式吸引得無暇分心了，天生嗜武的性子使他沉心在思索無恨生劍式的妙處及利弊。

無恨生也發現這梅老先生每當他施出一招時，先是驚詫，然後臉上露出釋然的表情。一連幾招都是如此，無恨生不禁動了疑，他心念一動，忽然施出三招：「曉風殘月」、「霧失樓台」及「月迷津渡」。

只是在第二式「霧失樓台」時，故意賣了一點破綻。

三招施完，他停劍凝視梅老，只見梅老先生凝目遠視，半天才道：「吳先生方才施的三招真好看，可否再舞一遍讓老朽仔細欣賞一下？」

無恨生心中暗驚，又將方才三招舞了一次，同樣是「霧失樓台」一招賣了破綻。

梅老先生忽然脫口道：「你那倒數第二招是否有點不對——」他說到這裡，忽然想起自己乃是「不懂武藝」，是以連忙住口。

但無恨生已是喝的一聲，一把抓了過來。

他心中道：「能看得出我這破綻的人，可說天下沒有幾個，這廝竟看了出來，啊，他姓梅——」想到這裡，更不多想，一把抓了上來。

梅老先生自然地腳下一縱，但立刻發覺雙腳柔而無力，根本縱躍不起。

無恨生的一抓閃電般扣了下來，梅老先生的右手一翻，五指極巧妙地搭上了無恨生的脈門，但是卻柔弱無力，仍然被無恨生抓了命脈。

無恨生厲聲道：「你是誰？」

梅老先生對於這一點也不能釋懷，反問道：「你是誰？」

無恨生哼了一聲道：「無極島主無恨生！」

這一下，梅老先生反倒釋然了，世外三仙有此功力，是當然的事情。

他的眼光觸及無恨生那精光暴射的眸子，忽然感到一陣雄心奮發，他的白鬚一陣異樣的抖動，大聲喝道：「梅山民！你聽過嗎？」

那神態哪裡還是一個老態龍鍾的模樣，連無恨生都感到一陣不敢正視。

無恨生狠聲道：「原來你是梅山民，今日叫你——」

他忽然感覺出梅山民手脈上的肌肉鬆散而無彈性，完全是失了功力的樣子，他的狠話突然停住了口，他輕輕放開了緊扣的手。

他十分明白梅山民此刻的痛苦，一個超人變成了一個凡人，這種痛苦他能夠想像得到，因為他也是一個超人。

梅山民輕輕晃了晃白頭，像是不接受無恨生的同情似的，此刻他對世上任何同情都看成一種憐憫，七妙神君竟受人憐憫，「哼！」他又重重搖了搖頭。

他倔強地道：「世外三仙不過爾爾，你那三招劍法中依然有毛病。」

無恨生那招「霧失樓台」雖是故意賣的破綻，但如非絕頂高手絕看不出來，是以他仍故意道：「你且說來看看。」

梅山民道：「我只要左面給你一記『韋護掄杵』，右面給你一記『丹陽渡葦』，就能逼你露出左面破綻。」

無恨生暗思這兩招用得果然十分神妙，當下將就他的招式道：「我左面雖露破綻，可是腳下乃是『盤弓射雕』的勢子，只要你一發招，我雙腳馬上踢你丹田要穴，用的是左掌『橫劈華山』，右指取你雙目，你躲得了下就躲不了上。」

梅山民想了一會，微微一哂道：「若是我用我那『虬枝劍法』中的『寒梅吐蕊』，立刻就叫你不暇自保，只是『虬枝劍法』乃是我自己所創，說與你聽你也不明白。」

無恨生一聽此人是梅山民，立刻知道自己對那葬身波瀾的青年——也就是辛捷——是誤會了，心想害那人葬身大海，不禁有點內疚，而對眼前這梅山民真恨不得立斃掌下。及見梅山民功力全失，老態龍鍾，根本不像一個玩弄女人的淫賊，不禁對繆九娘的死懷疑起來。

而且梅山民的絕世奇才使他心中起了一點惺惺相惜之情。

須知無恨生文武學術，無一不通，平生以才自負，那平凡上人何等武功，無恨生卻不放在眼內，暗道：「任他功力蓋世，不過一介武夫耳。」可見其自負之高。

但他卻沒有料到海內的七妙神君也是一個蓋世奇才，七藝冠絕海內，除了功力因無恨生仙果奇緣不能及外，其他甚至比他更有過之。

當年七妙神君名噪一時，無恨生對他也有耳聞，但他怎麼也不信天下還有第二個這等奇才，他曾笑對繆七娘道：「欺世盜名之徒耳。」現在他見了梅山民的奇才，不禁心生知音之感。

當下哈哈朗笑道：「論內功，你功力即使不失，怕也非我對手，但論劍術，則各人聰明才智不同，與功力關係較少，咱們以手代劍，以口代手，來個口上談兵如何？啊，看你手上是壺陳年老酒，咱們就算煮酒論劍吧，也算得一樁雅事，哈哈。」

說著折下幾枝梅枝，用手揑成一把，在雙掌中一搓，只見他暗用真力，猛然一搓，梅枝突然冒出一陣白煙，轟然著火，頓時將地上的雪化了一大灘。

梅山民看他用本身三昧真火搓燃帶雪梅枝，功力至少已在百年之上，但面容卻是翩翩中年，久聞無極島主駐顏不老，看來果如其言。

火舌捲了起來，無恨生將幾枝火枝架好，成了一個火堆，梅山民將酒壺往火上面一放，片刻陣陣酒香從壺中飄出。

梅山民單手微揚，一圈之間，雙指駢立如戟已自遞出，正是「虬枝掌式」中的「寒梅吐蕊」。

「寒梅吐蕊」本來是全攻的勢子，借著一圈再吐的手法，剛好可以封住對手的攻勢，然後再點出一指，好叫敵人防不勝防。

無恨生瞥見之間，已知妙處，暗思任何攻勢，均會被一圈一吐之式封下，心中不由暗暗敬佩梅山民的才幹，微微一頓，驀地伸手在地上虛虛一劃，登時現出二條曲線來。七妙神君何等功力，已知這二條曲線的意思乃是表明他在「寒梅吐蕊」尚未攻到之時，便收回「橫劈華山」

的式子，腳下並且改「盤弓射雕」而倒踩七星，剛好可以避過。

七妙神君微微一頓，驀地裡無恨生又是一劃，同時比用一個連點帶抹的式子。梅山民一瞥之下，不假思索，傲然道：「你這招華山神拳中的『自解金鈴』固然論攻論守都有若銅牆鐵壁，但遇上我的『虬枝劍法』可就不行了。」

說話間，左手一彈，迅速地一探臂，方向卻是斜掠而上，活像一枝梅兒乍然橫出，正是絕學「冷梅拂面」！

無極島主無恨生先還想不用獨門絕藝和海內奇人相搏，但交換一招多，便知七妙神君果是海內奇才，中原一切招式，都似正被他獨創的「虬枝劍招」相制。

心念一動，五指微張，右手卻當胸側掌而立。這一招式並沒有名稱兒，但卻是無恨生的絕學。

七妙神君看他僅用單掌護胸，一爪硬撞，自己是先行發難，照理說無極島主決不可能僅用一掌便能招架得住，但梅山民知道他的功力已達「玉玄歸真」的地步，功力比自己要高，這一招使得甚是合理。

當下微微一哂，右臂微掄，雙掌為拳，一圈之間，在飄飄掌影中，小指閃電伸出，一鈎一劃。

同時左手自左至右，微劃半弧，以補守勢。

七妙神君有自知之明，功力不殆乃是最大弱點，是以每攻一招，必留一手在後防守，否則無恨生只要硬出一式，自己一定非落敗不可——

雖則是口頭論招，但七妙神君何等人物，一絲一毫也不留人說嘴，這一點就是無極島主無恨生也甚是崇敬的——無恨生見敵招又至，且在凌厲攻勢中，夾著「金剛指」功，這一下是隱蔽非常，可說毒辣之極。

「哼！這老傢伙果然是名不虛傳，毒辣得很！」

無恨生心中暗忖，又萌起一絲厭惡和仇視七妙神君的意思。手中驀地一擺，剛想施出「雙撞掌」加上「拍腿肚」的招式，心中卻是一動。

假如這一式使出，情形是無恨生的「雙撞掌」將挾驚天動地的拳風逼使梅山民收招，但卻不免要和無恨生的「拍腿肚」接觸。

「拍腿肚」乃是太極門中的招式，用上「黏」字訣，威脅必大，是以七妙神君免不了一定和他相接而變成拚試內力的情況。雖則梅山民的功夫不是不可能擺脫這個僵局，但也必會很狼狽的，但七妙神君這等人物，必不會避開，這意思便是說此招一出，七妙神君即會落敗！

無恨生飛快的轉念頭，暗忖道：「我無恨生豈可一再倚仗較高的功力取勝？」

心念既定，倏地變招，硬拆一招。

七妙神君不假思索，飛快的比出二式，卻是虬枝劍招中的連環殺手，只見他二掌齊舉，一合之下，雙掌向上一翻一壓，正是「乍驚梅多」的招式。

無恨生倒真料不到梅山民劍法如此精妙，這一式「乍驚梅多」表面看去雖則是一翻一壓的式子，但卻遍襲敵手「天靈」、「紫宮」等大穴。

鐃是無恨生才智蓋世，七妙神君此招一出，也不由臉色大變，一時怔在一旁，臉上出現沉思的樣子。

七妙神君心中有數，此招乃是自己創招時一再思考過，確實可盡制天下各派絕招，心中也把不定這數十年聲名屹立不倒的世外三仙，有否絕學可以剋制自己的招式，是以臉上登時也露出緊張的神色。

無恨生沉思片刻，驀然一伸手，左手一揮，右手一圈之間緩緩遞出。

這是一手無名無號的招式，但如用來封擋「乍驚梅多」這招，卻是適當不過，而且守中還夾有反攻的式子——

——如果辛捷在這裡的話，他必定會感嘆出聲的——

因為當他在小戢島上和世外三仙之首平凡上人過招時，也曾使出這「乍驚梅多」的絕招，平凡上人也曾在苦思之後，自創一招來破解，卻正是和這時無恨生思出的招式一般無二哩！

梅山民見無恨生竟在自己平生得意的絕學下，思出破解的招式，不由怔了一怔。

無恨生稍稍一停，倏地比出一個招式，敢情正是無極島的絕學——「破玉拳法」，不過卻是以劍招遞出。

無恨生自和梅山民以口代戰，作勝負之爭，始終處於守的地位，這時一攻之下，卻是威力大得出奇，正所謂：「不鳴則已，一鳴驚人。」

七妙神君梅山民正在對無恨生的怪招不能釋懷，這時見對方不守反攻，心中雄心奮發，冷然一哼，心中飛快一轉，卻在所學中始終找不出一招可以封住對方這一招！

七妙神君何等人物，閉眼微思，片刻之間，目光如炬，閃目道：「無恨生，你這招論攻可說銳利無比，但論守卻得另擇招式相助！」

無恨生朗聲道：「請教。」

梅山民微微一笑，忽道：「酒溫好啦——」

說著一指那正架在梅枝上的一壺「梅子香」，順手取下懸在壺嘴上的一支瓷土質的杯兒道：「咱們還是先嚐嚐這美酒吧！」

無極島主無恨生微微頷首，瞥見自己並無盛酒之器，隨即伸手一撈，撈起一手的雪花，隨手作模，微一塑捏，使那積雪微成杯形，道：「荒山野地，沒有器具，權且以此代杯，向老先生索討美酒一杯！」

梅山民明知他顯示內力造詣，微微一笑道：「好說！好說！」

隨著微傾酒壺，傾出一道梅子香美酒。

須知此酒乃是剛才燒燙的，照理說倒入無恨生那以雪作成的杯中，一定會使那團雪兒溶成冰水才是，酒入杯中，絲毫不溢，倒像那雪杯兒是瓷土作成一般。

饒是梅山民見多識廣，功參造化，也不由折服！

敢情無恨生硬憑一股真火護著那雪杯兒，使它不溶一絲一毫，這一點內力修為，梅山民有自知之明，是絕非自己所能及的。

注滿一杯，梅山民也自斟一杯，舉杯對飲。

這「梅子香」正是本地特產，完全是用那夾道的梅兒釀成，花香味滲入酒中，別有一股馥烈的味道。

無恨生酒才入口，已是讚口不絕。

梅山民微笑和無恨生乾杯，直到七巡，才放下酒壺道：「閣下剛才那招絕學，上盤好像是虛式，下盤卻踩七星，隨機可變爲八卦之方位，敵手如果不察，先讓上盤，你必立變下盤的七星位至八卦，然後用『連環腳』襲敵，再轉上三路的虛式爲實，攻勢變化不可說不多——」

說到這裡，故意停頓一下，無恨生忍不住問道：「不敢問什麼招式可以破解？」

梅山民道：「我不踩你上盤的攻勢，下盤順著你由七星變爲八卦的式子踢出數腳，再等你上盤轉虛爲實之際，『力斬藍關』的式子打你脅下『章門』、『紫鳩』，你就不暇自保——」

梅山民說到這裡，無恨生已滿面驚容，匆匆道：「且慢，我在你下盤踢出『連環腳』時，立即變換上盤，用太極『黏』字訣化開——」

七妙神君潛心微思，又出對策，斜斜的比出一式。

二人開始乃是用平生的精絕招式來測驗對手，這時卻由慢變快，只見二人口舌手腳齊動，一招一式，都說得十分快捷。

無恨生已將「破玉拳法」展開，梅山民也展開「虯枝劍法」中的連環殺招。

不到片刻，二人已以口代劍，拆了將近五六十招，卻是錙銖並重，不分上下。

無恨生愈打愈驚，心中平日以爲中原武學凋落的念頭登時不攻自消，暗暗讚嘆道：「我無恨生自以爲一代奇人，但若不是那千年朱果，看來這鬼才的功力可要和我不相上下，而招式之奇似還有過之哩！最難得的便是這傢伙不但武學通神，而且文才、棋藝，好像每一樣都凌駕於我之上哩？哼！可惜，這等人才竟會是一個大大的淫賊——」

想到這裡，心中不由連想到爲七妙神君而死的繆九娘，心頭火起，卻迅速又轉念到自己妻、女下落不明，心中一陣激動，手頭緩了一緩——

七妙神君正在用自己平生精力所創的「虬枝劍法」和無恨生互拆，這時無恨生心神一疏，掌法微微一慢，梅山民把握良機，雙手連揚，一連下了十餘招殺手。

無恨生心中一驚，忙凝神接了數招，但也顯得十分匆忙和狼狽。七妙神君冷冷一哼，無恨生登時雄心大發，雙手一圈一遞，也用殺手反擊過來。

再拆得數招，無恨生心中思潮起伏，再也忍耐不住了，大聲叫道：「暫且住手，我有一事相請。」

梅山民微微一怔，停下手道：「好說！老夫不敢當！」

無恨生臉色一沉，厲聲道：「你知道繆九娘嗎？」

梅山民陡然大吃一驚，全身有若電擊，怔在一邊不知所措，活像是受著什麼很大的打擊似的！

死！」

無恨生怒氣勃勃的道：「你這老賊，萬死不得贖其罪，你有沒有天良？害得她活活瘋癲而

梅山民有若不聞不問，臉上現出一種茫然的表情，只是聽到「她瘋癲而死」幾個字，他皺紋密佈的臉上抽搐了一下——

真的，他像是癡了，那張溫柔的俏臉在他腦海中印得多麼深刻啊！但是，她死了，死得異常淒慘，這是誰的罪過？

當他稍為醒覺，他立刻想到為什麼無恨生要如此惡狠狠的對自己？聰明的他立刻想到這是一個誤會。

無恨生始終冷冷地看著他，這時輕輕哼了一聲，哪知梅山民也冷哼了一聲——

梅山民暗道：「九娘之死，就算是由我梅山民起，又豈能責怪於我？這顯然是誤會，但是我何必要和他解釋，哼，這廝分明是目睹九娘身死的，以他那麼高的功力竟然坐視不救，哼，說不得——」

偏激的思想在他腦海中奔放著，他愈想愈氣，似乎真看到九娘輾轉癲狂，而無恨生坐視袖手的情形，不禁又重重哼了一聲。

無恨生心頭正是火起，正待發話，突然又見梅山民哼了一聲，厲吼道：「狂賊啊狂賊，虧你滿腹奇才，竟不自檢點，我無恨生說不得今日要替天行道！」說著舉掌下劈——

梅山民卻冷笑一聲，緩緩睜開雙目，瞪著無恨生。

無根生正待劈下的一掌竟自沒敢立刻劈下——

就在此時忽然背後一人高呼：「什麼人敢傷吾師？」聲音尚在十丈之外，但霎時無根生已感勁力逼背，心中不禁大驚，趕緊收住下劈之勢，回身一袖拂出——

想是來人急切發掌，雙方都無法躲閃，只聽得砰然一響，世外三仙的無根生竟被震得雙肩一晃——

來人卻被震得倒退兩步。雖說無根生匆促發招，力道沒有用足，但是這一袖既是出自世外三仙之手，一舉手之間已足以致人死命，但來人卻只被震出兩步，當然令他大吃一驚。

雙方一朝相見之下，更是大驚，原來這人竟是辛捷！

無根生在驚震之餘，還有少許慶幸，本來他以為辛捷是葬身海底了的，每當他平心靜氣想著時，總覺有一份內疚，現在見辛捷不僅沒有葬身鯨波，而且似乎功力大增，正待發話，辛捷已怒道：「你幹麼要暗算我梅叔叔？」

辛捷性情本就偏激，恩怨之心十分強烈，他本對無根生就十分懷恨，這時見他舉掌欲劈梅叔叔，不禁更怒，當他想到梅叔叔全身武功廢去的時候，他再也忍不住了——

「哼，堂堂世外三仙，竟對一個沒有武功的人暗算，你這種人，簡直，簡直——我倒說不上來了——」

無根生也不禁勃然大怒，喝道：「簡直怎地？」

辛捷冷笑一聲：「簡直畜牲不如！」他自己也不知怎麼會罵出這種話來。

無恨生氣得口結，猛吸一口氣才冷靜下來，他俊秀的臉上又恢復了慣常冷峻，嘴角上帶著不屑的冷笑，緩緩道：「無知小輩，豈可口吐狂言！」

哪知辛捷已紅了眼，仍大喝道：「你這狠毒老鬼，根本沒有資格爲人尊長，我只替世外三仙的名頭可惜——」

無恨生仍然冷冷道：「小子不知好歹，說不得我無恨生要管教你了！」

話未說完，身形有如滑魚般一晃而至，雙袖齊拂，化成一片袖影當頭向辛捷蓋下——

辛捷嘿的一聲，凝目一望，只覺無恨生雙袖就像有幾百隻袖子一般，自己前半面要穴無一不在敵勢之內，而且袖口之間透出陣陣寒風——

若是幾個月前，辛捷又將一招也躲不過地束手就擒，但是此時辛捷大非昔日，竟迎面前跨半步——

梅山民功力雖失，武學仍在，大叫一聲：「捷兒，用『梅佔先春』攻他下盤。」

梅山民的意思是以攻爲守，但是眼前一花，辛捷竟從兩隻挾帶銳勁之風的袖子之中閃了過去，而且一晃已到了無恨生背後——

這一下梅山民、無恨生雙雙大駭，梅山民驚的是辛捷所用招式竟非自己所授，而巧妙則尤有過之。無恨生驚的是辛捷那一步之間，暗含玄機，似乎是那小戢島主慧大師的不傳之秘——「詰摩步法」！

但他仍不能置信，當下喝了一聲：「你再接一招試試！」

當下手中勁道又加了兩成，單掌一飄之間，宛如大印掌的式子一般蓋了下來——

辛捷此時功力雖然大非昔比，但是無恨生這招已用出了八成以上真力，辛捷不禁心中一怯，手中雙掌一圈，半招「梅吐奇香」尙未施足，腳下已如行雲流水般退了開去——

廿四　無影之毒

正在此時，忽然呼的一陣怪嘯，一條白影從坪上飛躍而來，遠看過去，依稀可辨出正是一個白衣人以上乘輕功疾馳而至。

那人腳程極快，而姿態美妙之極，遠看宛若一隻白蝶飛翔，無恨生、辛捷、梅山民都不禁引目注視。那人走得近時，忽然哈哈長笑，那笑聲有如夜梟長啼，十分刺耳。

辛捷看他兩腋下還挾著兩個人，看來兩人都已昏迷，軟綿綿地任他挾著，心中不禁佩服這人功力，帶著兩人還有這份輕靈功夫。

那人忽然停住笑聲，朗聲道：「無極島主，還識得我嗎？」

那聲音真比方才的笑聲還要難聽幾分。

無恨生凝目一看，心中猛省，這白衣漢子正是和自己曾有一面之緣的東海盜主——玉骨魔。

無恨生立刻想到玉骨魔手下在海上玩的一手毀船勾當，心中雖然大患，但表面上仍保持那一份冷冷的態度，不屑的哼了一聲道：「玉骨魔你手下那什麼姓成的舵主真差勁啊，我本來還道東海海盜自從你老兄接管之後，一定威勢大非昔比，哪裡知道卻是每況愈下，我做兄弟的看了真是失望得很，一氣之下把三條船都送進了海龍王宮。」

他本以爲玉骨魔聽了之後必定驚怒交加，哪知玉骨魔只微微點頭，似乎早已知道了一般，一直等他說完，才緩緩道：「就是因爲我玉骨魔承海上兄弟瞧得起，尊稱俺一聲頭兒，所以今日才來有一事求你老——」

無恨生心想：「你派人暗算於我，我還沒有找你算賬，你又有什麼花樣？」

只見玉骨魔繼續道：「你老也知道，咱們吃這行飯的最重要就是地盤，以前往來東海的船舶都得經過咱們十沙群島，但是最近由於新發現航路，商人都繞道無極島而行，這樣咱們兄弟可就沒有飯吃啦，所以在下斗膽敢請求無極島主一樁事——」

無恨生愈聽愈不是味道，心中不禁勃然大怒，冷冷道：「你可是要我無極島作爲你的地盤？」

玉骨魔乾笑了一聲道：「不敢，不敢，在下只是請島主賞咱們兄弟一口飯吃。」

這不啻是承認了無恨生的話，無恨生怒極反笑，笑聲愈來愈高，宛如老龍清吟。

玉骨魔又道：「咱們在黃子沙群島另佈置了一個小島，一切住宅用具儘如無極島原有的並無兩樣！如果島主願意的話，就請島主屈住那裡——」

無恨生笑聲突停，臉色一沉，對玉骨魔不理不睬，一副完全不放眼內的樣子，似乎回答反而有辱顏面一般。

玉骨魔見無恨生不理不睬，當下又乾笑一聲道：「無恨生，你且看一樁事物——」

無恨生回首一看，只見玉骨魔將挾在腋下的兩人面孔抬了上來，無恨生一看之下，驚得叫了起來——

辛捷一看，也險些叫出了聲，原來那昏迷中的兩人竟是以爲身葬海底了的繆七娘和菁兒！

無恨生叫聲未泯，已如勁矢一般撲向玉骨魔，他身軀完全水平橫在空中，就像飛過去一般，左手一招「雷動萬物」全力拖出，右手卻待機搶救昏迷的愛妻愛女。

辛捷見無恨生這一招「雷動萬物」攻勢凌厲無比，真是絕世高人身手，心中大爲讚嘆，卻不知玉骨魔如何的化解？

哪知無恨生的「雷動萬物」正待使足發勁，忽然大喝一聲，又硬生生將攻勢收了回來，身體刷地落地。

原來玉骨魔待無恨生招式將到時，雙手陡然緊叩繆七娘及菁兒的脈門，作勢待發，無恨生知道只要他手上內勁一發，自己愛妻愛女就是神仙也難救，於是只好硬收回了招式！

玉骨魔也甚顧忌，手帶兩人也不見作勢用勁，身體陡然拔起飄落丈外。

梅山民及辛捷對玉骨魔的名頭也有所聞，這時見他輕功佳妙，心中都暗讚一聲，只有辛捷一顆心完全繫掛在那昏迷不醒的菁兒身上。

無恨生被他這樣一攪，當真有點發慌，但心深處仍有一絲高興，到底證明繆七娘和菁兒並沒有葬身鯨波了。

但他不敢妄動，於是，周遭靜下來了。

沙龍坪上暮靄裊繞，銀白的大地反映出一片紫紅的晚霞來，寒風依然肆勁——

這周遭空氣是如此的緊張，玉骨魔一襲古怪的白衫鬆散地垂著，但是卻絲毫沒有因勁風而被帶動，顯然的，他正全身運著功——

無極島主無恨生睜著赤紅的雙眼，但是他不敢稍為妄動，尤其是當他的目光觸及地下昏迷不醒的繆七娘和愛女菁兒時，他更是又急又亂，竟然不知所措起來。

玉骨魔冷冷地看著他，依然全神戒備著，久久不見無恨生回答，他又加了一句：「這條件可說簡單極了，只要島主頷一下首，在下立即釋放——」

無恨生根本一個字也沒有聽進去，任他武功蓋世，聰明絕頂，但在這種情況下也急得手心淌汗，不知怎麼辦才好。

驀地，無恨生大喝一聲：「狂賊見招！」手抖處，一截枯枝已流星般打出。

那一小截又輕又脆的枯枝飛出，竟挾著嗚嗚破空的怪響，無恨生的手勁可想而知了。

玉骨魔身體一晃，一片白影中，身軀已轉了三百六十度，回到原狀時，那小枯枝飛擦而過——

但是坐在地上的梅山民卻發覺無恨生打出枯枝時，抖手之狀有異，他輕咦了一聲——

玉骨魔哈哈笑道：「無恨生大名久仰，何必再使這手功夫，只是這一截枯枝，算是答應還是不答——」

「應」字還沒有出口，果然不出梅山民所料的，那截飛越而過的枯枝竟又呼地一聲轉回了頭，成一段弧線地襲向玉骨魔的背心——

玉骨魔只知道是背後有人暗算，一旋身間呼呼劈出兩掌——

「卜」地一聲，那截枯枝竟然被他凌厲的掌風捲飛而去，撞在丈外的梅樹上，而且深深地插了進去。

站在梅山民身旁的辛捷正方讚嘆無恨生的神妙發鏢手法，只見無恨生已趁玉骨魔轉身出掌的一刹那間，有如一縷輕煙般向地上的繆七娘及菁兒撲了上去——

無極島主這一撲乃是全力施爲，那快雖快到無以復加，但舉止之輕靈也到了極點，似乎整個人在空中突然間失去了重量。

玉骨魔發覺被自己掃出的乃是無恨生先前打出的一截枯枝，立刻知道不對，一招「背封龍宮」施出，身體如閃電般轉回，但是，無恨生的手指離繆七娘領口已不及半寸——

玉骨魔急得大叫一聲，白袖一拂，右掌挾著畢生功力，勢比奔雷地砍向無恨生小臂——

無恨生雖然被救愛妻、愛女之情急昏了頭，但是經驗告訴他，只要一讓玉骨魔碰上小臂，不管內功怎樣高強，這隻手就算廢了。

電光火石間，他只得暫緩抓繆七娘領口，匆促地將下抓之掌變爲上拍——

「啪」的一聲，儘管無恨生匆促變招，力道沒有施全，但是玉骨魔已被震得肩窩發麻。不過無恨生到底無法碰上繆七娘的領子。

但是無恨生何等人物，一手應敵，另一手卻仍騰出去提繆七娘的衣襟——

只聽玉骨魔冷冷一哼，白袖一揮一捲，一股無臭無味的彩色煙霧從袖口中噴出！

無根生心中一凜，想到玉骨魔是有名的老毒物，這彩色煙霧必是什麼毒惡之霧，也顧不得再抓繆七娘衣襟，單掌在地上一按，身體暴退，同時摒住呼吸——

辛捷一看玉骨魔袖中飛出彩色煙霧，心中立知不妙，立時抱起梅叔叔一同退後，只覺眼前一花，無根生已到了眼前，大喝一聲：「快退！」

同時伸手抓住七妙神君，足下不停地飛躍而起。

辛捷也感頭上忽然一昏，連忙摒住呼吸使出「暗香浮影」的輕功絕技，倒飛出去。

辛捷此時功力非同小可，這一招「暗香浮影」足足飛出七八丈才落了下來，腳尖才碰地，耳邊「呼」地一聲，無根生挾著七妙神君梅山民從旁邊超過。

辛捷不禁大大嘆服，再看那玉骨魔時，又是一驚——

原來這一會兒功夫，玉骨魔竟在所立之地一丈周圍迅速地走了一圈，兩袖揮處，似乎有一些極細的粉末落了下來，霎時他所立的地面上的白雪從外面開始變色，漸漸蔓延到中心，而玉骨魔迅速地在繆七娘及菁兒口塞入了一粒丸兒。

不消片刻，就變成了一個直徑一丈的灰色雪圈，而玉骨魔等三人則在圓圈中心，襯著四周的白雪，這灰黑色的圓圈就如在白紙上畫上去一般清晰，而玉骨魔那一襲雪白的衣衫也就益發顯得古怪而刺目。

雪花仍然飄著，但一觸及那灰色圓圈，就化成了水。

無根生經過一次冒險失敗，心中反而靜下來，凝目思索搶救妻女的辦法。

梅山民忽然緩緩道：「老夫識得那玉骨魔所施之毒乃是名叫『透骨斷魂砂』，所佈之地，三個時辰之內，人畜走過，不論穿了多厚的鞋靴，必然立刻中毒身亡，只是這種毒物極難配製，據說配製之方已失了傳，不知這玉骨魔怎麼會的？」

辛捷本對無恨生及繆七娘惡感重極，但這時被玉骨魔擒住的，有一個正是那美麗的菁兒，這就不同了，是以他仍十分急於救人。

這時一聽梅叔叔說出這毒砂之名，心中忽然一動。

只見他一聲長嘯，忽然一躍而起，身形有如一隻大鳥般飛進了灰圈，人在空中，右手一翻，鏘然一聲，長劍已到了手中，霎時化成一片光影向驕立圈中的玉骨魔頭頂蓋而下。

玉骨魔見那青年一晃身，已是連人帶劍到了頭頂，心中不由一驚，鼓足真力，呼呼兩隻白袖掃出，左剛右柔，剛者直擊辛捷前胸，柔者則暗含韌勁，捲向辛捷手中長劍——

辛捷暗嘿一聲，猛提真氣，嗞的一聲，一縷劍氣從劍尖透出，劍光一匝宛如長蛇出洞，正是「虬枝劍法」的精妙絕學「梅佔先春」。

玉骨魔雖覺這青年劍招之詭奇大出意外，但自忖功力深厚，兩袖上真力貫注，依然有如一雙白色的長鞭般捲將上來。

嗞的一聲暴響，辛捷一側身之間，竟從玉骨魔左袖勁道中滑了過來，長劍一領，「梅佔先春」已使到極處，發出更強的劍氣，同時左手更乘下落之勢，閃電般抓向地上繆七娘及菁兒，敢情他打算以劍氣硬迫玉骨魔退後而乘隙救地上之人。

哪知玉骨魔內勁深厚得很，辛捷的劍氣刺入他的右手袖袍竟似刺入一段極厚的朽木之中，辛捷暗叫一聲不妙，腕中勁道一發，玉骨魔的衣袖竟也突然化柔爲剛，柔軟的布袖立刻挺直如棍，而辛捷劍尖竟然如碰金屬，發出叮叮咚咚的跳動之聲——

說時遲，那時快，辛捷一劍沒能震退玉骨魔，下落之勢已至極處，雙足立刻就要碰地，而這一碰地，立刻就要中那「透骨斷魂砂」的劇毒——

辛捷一急之下，雙眼發赤，左手忽然駢指如戟劃了一道半弧，點至玉骨魔眼前——

玉骨魔只覺這一指好不飄忽，似乎自己無論從哪方位都難躲過，換句話說，也就是自己每一個要穴都似在辛捷這一指威脅之下。

玉骨魔既驚又怒，想不到這後生小子竟有如此神妙招式，急切中只得一鬆袖勁，倒退半步——

而辛捷就乘這一刹那間抽出受困的長劍，波的一聲插入了灰色的地中——手上卻一藉勁，立刻一個翻轉，將即碰地的身子縱起了丈餘，他也顧不得還插在地上的長劍，全力一拔雙臂，身子如一支箭矢一般躍出了毒圈——

玉骨魔雖然震驚於辛捷的武功，但是嘴角上仍露出一個似得意似陰險的微笑。除了失去功力的七妙神君，無恨生和辛捷都堪稱當今天下第一流高手，但因玉骨魔一身是毒，竟然奈何他不得。

三人都冷靜地思索著除毒之策，尤其是無極島主——因爲只要除了毒，他自信在兩百招之內必能取玉骨魔之性命，此外，昏迷太久的妻女對他也是一大心理之威脅。

雪花仍然紛飛——

驀地，坪緣坡下傳來一陣震天狂笑聲——

漫天大雪下，一個老漢歪歪斜斜地走了上來，他披頭散髮，蓬頭垢面，那一身綠色長袍已髒得有三分油垢了，不過如果你仔細觀察，必能發現那袍乃是極上乘的絲棉袍，不過被弄得太髒罷了。

這老漢一路走，一路仰天狂笑，口中高聲吟道：

「『愛釣魚老翁堪笑，子猶凍將回去了，寒江怎生獨釣！』哈哈哈哈，真好笑，好笑，哈哈……」聲帶鏗鏘之音。

這時他又歪歪斜斜走了幾步，放眼一望，天色向晚，大地昏昏，不知怎地，似被觸動心懷一般，嗚嗚哭了起來。

那哭聲隨著寒風時高時低，嗚嗚咽咽，顯見他哭得甚爲悲切。

又走了幾步，老漢漸漸止住了哭聲，癡癡走了幾步，忽然咦了一聲，停在一棵大梅樹前面——

只見那奇髒的臉上現出驚訝的神情，接著他呆立著沉思起來——

漸漸他似乎想起來了，這地方，這坡兒，這樹，是多麼熟悉啊，對了，正是他童年曾遊玩的地方，這梅樹還是他親手栽的哩……

他像是突然記憶起來，發狂似的向大樹撲了上去，他栽種時尙只有寸粗的幼苗，現在竟合圍了，樹幹上盤錯交加的虬枝，更增加了一種力的美——

他抱住大樹，像是從那錯雜的盤枝上找到了失去的青春歲月，忽然，他又嚎啕大哭起來。

他斷斷續續地嘶著：「樹猶如此，人何以堪？樹猶如此，人何以堪……」

那哭聲如杜鵑泣血，又如巫峽猿啼，在渾然雪天中，時高時低傳出去——

坪上的無極島主、梅山民、辛捷，甚至玉骨魔，都忍不住回首一看，但只能見遠處一個人又哭又笑，歪歪倒倒地走上坪來，心中都暗哼一聲：「瘋子！」又各自潛心思索如何來打破這危險的僵局。

玉骨魔見自己略施毒器，就把兩個高手難住，其中甚至包括世外三仙的無恨生，心中不禁一陣得意，揚聲道：「無恨生，我看你還是答允了吧！嘿嘿，論武功，我玉骨魔比你世外三仙差一籌，論毒，哈哈，我玉骨魔不客氣要稱一聲舉世無雙——」

無恨生哼了一聲，敢情他心中對玉骨魔這幾句話倒也真以爲然。

哪知玉骨魔舉世無雙「雙」字才出口，突然一聲極爲鏗鏘的聲音傳了過來：

「什麼人敢誇如此大口？」

所有的人一齊回首看去，只見來人正是那個瘋子！

大家心中都想：「這廝方才又哭又鬧，完全是個瘋子，但此刻卻又不像個瘋子！」

辛捷和梅山民都覺此人好面熟，但距離甚遠，又黑又暗，都沒有看出真相。

玉骨魔正在自鳴得意，突然被人喝斷，自然大怒，喝道：「何方村夫竟到這裡來撒野，快報上你豬名狗姓——」

那老漢驀然昂首，昏暗中可見一雙眸子精光暴射，辛捷心中一動，正待開口，那人突然舌綻春雷大喝一聲：

「老夫姓金，草字一鵬！」

此時周遭靜極，此鏗鏘如金鈸之聲在寒凍的空氣中傳出老遠。

辛捷和梅山民一聽，心中恍然大悟，玉骨魔和無恨生卻無動於衷，顯然他們久居海外，不知金一鵬之名。

這時金一鵬似乎神智清醒，絲毫不瘋，緩步走了過去，那油垢累累的臉上，依然可以看出在嘴角上帶著一個不屑的冷笑。

他經過辛捷面前，眼光向辛捷飄了一眼，似乎在說：「小子你也來了！」

眾人倒都被他的奇異舉動弄得糊塗，只見他緩緩步向玉骨魔，神情甚是倨傲。

玉骨魔倒也不知道他是什麼來歷，不禁倒吸一口真氣，凝神以待。

金一鵬走到「透骨斷魂砂」的灰圈旁，瞧都不瞧一眼，坦然走了進去——

眾人這才發現他一路走來，雪地上連一個足跡都沒有留下，連無恨生也不禁暗驚道：「此廝看來功力又自不弱，以前以為中原無能人，看來與事實不符的了。」

金一鵬直走到距玉骨魔不及三步，才停下來冷冷問道：

「聽你自誇毒器天下無雙，哈哈，俺老兒第一個不服氣——」

玉骨魔先還以爲他別有來頭，這時見他竟似要與自己一較毒術，心中不禁一安，暗道：

「你這是找死。」

於是玉骨魔也還以冷笑道：

「我玉骨魔不錯說了這句話，你不服麼？」

金一鵬仰天狂笑，雙眼向天，根本不理會他。

玉骨魔不禁勃然大怒，叱道：

「我玉骨魔足跡行遍海外窮島僻野，哪一種奇毒異草沒有見過，你們中原這等井底之蛙懂得些什麼？」

金一鵬聞言一怔，沒有答話。

玉骨魔以爲他被自己報出萬兒嚇得呆了，不禁大爲得意。

哪知金一鵬道：

「我正奇怪怎麼還有人敢在我金一鵬面前班門弄斧，原來閣下是蠻夷之族，那就難怪了，哈哈——」

玉骨魔怒喝一聲，白袖揮處，一片彩色煙霧向金一鵬面上噴來——

金一鵬立地距他不及三步，這一片毒霧將周圍五尺的空間完全罩入，金一鵬絕難逃出，連無恨生都不禁哼了一聲——

哪知金一鵬昂然挺立，忽然仰首對空深吸，將一片彩色奇毒的煙霧盡數吸入腹中！

玉骨魔又驚又怒，但一種爭勝之心油然而起，他白袖一揮，嗔然喝道：「好小子，算你有幾分功夫，你可敢與我玉骨魔再賭命一次？」

金一鵬哈哈狂笑，並不回答。忽然向圈外的辛捷道：「娃兒，你與我把那壺酒拿來——」說著指著梅山民沽來的那一壺「梅子香」。

辛捷不知他要做什麼，但仍起身將那壺酒拿起，只見壺下之火雖然早熄，但壺底尚溫，他叫了一聲：「金老前輩，酒來了！」

單手一送，酒壺平平穩穩地從七丈開外飛了過來，敢情他是不敢走近那毒圈。

金一鵬頭都不回，一招就將酒壺接住，而且就像背後生眼一樣，正好握住酒壺的壺柄，一滴都沒有滴出。

金一鵬尚未開口，玉骨魔已先搶著說：「正好合我心意，老匹夫敢飲我一杯酒麼？」

金一鵬道：「有何不敢？」伸手將酒壺遞了過去。

玉骨魔接過，將壺蓋取下，反過來就像一隻酒盞一般，舉壺倒了一些酒，卻將左手指甲一彈，依稀可見一些粉末彈入酒中。他冷笑一聲道：

「告訴你也不妨，我在這酒中下有『立步斷腸』，你若不敢喝下，現在求饒還來得及——」

場外的梅山民和無恨生一聽幾乎驚起，暗道：

「這『立步斷腸』乃是世上最毒的一種藥物，飲後不消一眨眼工夫，立刻穿腸而亡，不知玉骨魔何處弄來的，那金一鵬豈能服下——」

哪知金一鵬更不答話，接過一口就飲了下去。

接著忽然鬚眉具張地喝道：「你也敢飲我一杯麼？」說著接過壺也在壺蓋中注了一盞。

玉骨魔仔細觀察他手指連酒都沒有碰一下，根本沒有下毒的動作，心想就算有毒，我預服下的「百毒龍涎」什麼毒不能解，喝之何妨？

當下接過壺蓋，也一口飲下，哈哈笑道：「我勸老匹夫還是快去辦後事——」

話未說完，忽然狂叫一聲，竟自倒地，雙腳一陣亂踢，便停下不動了！

金一鵬卻冷冷一哂，緩步走出，頭也不回地去了。

事出突然，無根生驚得口呆目瞪，他素信精通百毒的玉骨魔，竟被人家以毒制毒地斃了，「中原無人」這句狂話再也說不出嘴了。

辛捷和梅山民卻是深知金一鵬乃是弄毒的祖宗，玉骨魔自要逞強，當然不是對手了。

要知毒君金一鵬乃是千年難遇的大怪物，對各種「毒」的研究造詣，雖不是絕後，但至少是空前了，正因為他終日與毒為伍，性情也更變得古怪，所以才得了「毒君」的名號。近年他神智失常，雖然一方面是心情遭變，但主要還是因為終日置身毒中，身體已被毒素深深浸入，仗著各種毒的相剋相生之理，生命雖保無虞，但神經中浸入毒素，就顯得神經失常了，但也正因為如此，他血液中自然生出了抗拒百毒的特性，對一些外來的毒素已做到不浸不敗的地步了。

玉骨魔的「立步斷腸」雖是罕世奇毒，但豈能奈何這位毒君？而金一鵬略使「無影之毒」，就令他糊裡糊塗的送了老命。

無恨生心中又驚又喜，身形一晃，已飛身進入毒圈，大袖一拂，已把地上兩個身軀挾在腋下，眼看身體即將下落，忽地雙足一盪，身軀竟藉這一盪之力倒飛出圈。

此時他身上還挾有兩人，居然不用以足借地，並且是改變方向倒飛出來，這種輕功，真到了爐火純青的境界了！

辛捷也不禁躍上前去，細看那菁兒及繆七娘時，雖則面色稍帶憔悴，但氣態安詳，宛如熟睡一般，心知玉骨魔並不敢折磨她們。

無恨生伸手在兩人脅下一拍一揉，兩人立刻轉醒，而且並無中毒現象，顯然玉骨魔先將解藥放入二人口中，是以雖然躺在毒圈內，並未受到侵害。

菁兒一轉醒，睜開一對美目，大眼珠轉了兩轉，首先看見的是父親慈祥地俯視著自己，她叫了一聲：「爹！」就撲在無恨生懷中痛哭起來。

筆者至此且將無恨生海上遇難後的經過補敘一筆——

當日無恨生被巨浪沖入茫茫大海，雖然不停地下沉，但是仍被無恨生以絕頂輕功抓住一塊船板，隨著飄流，等到暴風雨過去之後，他竟被飄到大陸沿海的沙灘——

無恨生拚著餘力爬上一座小峰，極目遠眺，只見海上已是一片風平浪靜，明媚的日光照耀著，閃閃的光點在波尖兒上跳躍，但是，哪裡還有那毀船的蹤影，不消說，繆七娘、菁兒，都葬身了海底——

無恨生已練到不壞的境界，仍偷偷灑下了幾滴眼淚，淚珠兒滴在本來就濕透的衣襟上，絲毫沒有感覺，突然他瞪著眼，勒腕高歌：「杜鵑還知如許恨，料不啼清淚，長啼血！」

終於，他遷怒那個「七妙神君」，可惜，『七妙神君』也已葬身浪濤了！

他是絕望了，活在世上空有一身絕世神功又有什麼用處？他不飲不食，在山峰上躺了兩天兩夜。

第三天，一個念頭忽然閃過他的腦海，他想到如果他死了，那麼這一身武技豈不是要絕了嗎？於是他想到要找一個傳人——

就這樣，他到了中原……

現在愛女竟好好的在自己懷中，妻子也好好的在自己身旁，他默默感謝上蒼，上天對他真太關注了。

至於那「害死」繆九娘的梅山民，他又偷偷瞥了一眼，那絲絲白髮在寒風中飄動，巍巍然的龍鍾老態，他的氣全消了，是以他不再對繆七娘說明，僅緩緩回身向梅山民略一點首，拉著妻女一縱身，如一隻鳥般騰空而起——

菁兒一抬頭，陡然看見了辛捷，心中大喜，但是只驚叫了聲：「啊！你——你——」

就被無恨生帶出十丈之外，兩個起落就失去蹤跡。

曠野中仍傳出了辛捷的叫聲：「菁兒——等一等。」

梅山民望了望悵若所失的辛捷，問道：『捷兒，你認得她？」

辛捷默默點了點頭。

梅山民在辛捷的臉上找到了答案，歷經滄桑的他只心中輕嘆一聲，口中卻以一種振奮的聲音道：「捷兒，我看那『梅香劍』今夜就可大功告成了。」

辛捷陡然驚起，想起自己曾豪氣干雲地立誓，不禁感到慚愧，轉身答道：「梅叔叔，咱們先回家罷——」

聲音顯然已恢復昔日的豪氣，梅叔叔掀髯微笑了一笑道：「啊——對了，那玉骨魔曾下過什麼『透骨斷魂砂』，那一塊土地三個時辰不可有人走動，現在捷兒你最好在這兒停一會兒吧，等那毒性失效，千萬不要使人誤踏過！」

說著微微一笑，提起地上的酒壺，轉身走去——

辛捷也自微笑，瞧著梅叔叔走遠了，才自言自語道：「這玉骨魔的屍身，我還是把他埋了吧！」

心念一定，不再遲疑，於是在路旁挖了一個洞穴，想去抱起玉骨魔的屍身放進洞裡，心中凜然一驚，忖道：「玉骨魔一身是毒，我還是不要接觸的好。」

想了一下，猛吸一口真氣，虛空向那死去的玉骨魔抓去。只見一股勁風過去，竟將屍身推了起來。

辛捷不加遲疑，陡然變抓為推，虛虛一擊，玉骨魔的身子活生生的好像有人托著似的，平平飛了過去。

辛捷相了相距離，「嘿」地吐出了真氣，垂手而下。

玉骨魔身子卻不偏不斜落入穴中。

辛捷心想索性用一會內功，省去麻煩，隨即舉掌一拂，掌風綿綿響起，呼地把堆積在穴邊的泥土掃入穴內，覆蓋在玉骨魔身子上。

眨眼功夫，一代名人就長眠地下，辛捷不覺微微感嘆，上前打緊泥土，心中也有一絲喜慰，敢情是自己一口真氣又可以維持得更久了！

埋好玉骨魔，不再有事，抬頭一望天色，只見已是破曉時分，而且雲霾漸散，太陽即有出來的趨勢！

折騰一夜，雖然是無月無星，但遍地白皚皚的全是雪，映射出來的光輝，倒也不弱。

辛捷心中略有所感，想到剛才那一場毒戰，也不由心驚，忽生奇感，忖道：「江湖上鬼宵太多，自己假如有一點兒『毒』的知識，以後行道倒比較方便。」隨著想到那金一鵬著的「毒經」正是隨身所帶，只是沒有時間研究罷了，以後如有空閒，必定要好好研讀才是。

須知辛捷為人曠達，並沒有拘謹的觀念，想到便做，這樣卻造成一個仗「梅香劍」和「毒」揚名天下的奇俠，此是後話不提。

想到毒經，不由暗悔自己剛才沒有把它還給原著者毒君，但即轉念，梅齡既已攏書在自己這兒，倒也不必送還，心中不覺坦然。

正胡思亂想間，天色早明，果然雪止天晴，天氣比較暖些。

雲淡風清，大雪方止，陽光露出雲霾，放射出那和暖的光線，映射在白皚皚的雪地上，發出刺目的光輝。

大地幾乎完全籠罩在皚皚白雪之下，一望無垠，就只那夾道的梅兒，隨風抖動披在身上的雪花，挺立在這動人的雪景之中，令人看來心神不由為之一暢。

辛捷目送那蓋代奇人世外三仙之一的無恨生如飛走後，不覺心中思潮起伏，長吁一口氣。梅佔先春，寒梅早放——

驀地裡白地上人影一晃，在剛露出的太陽下，拖下二條修長的影子，敢情是有二個人踏雪而來。

辛捷負手而立，沉醉在這勁秀的風光中。

恁地風兒如此勁急，但卻提不起一絲一毫他的袍角。

信步走動，瞥見那梅叔叔的屋子，不禁又觸及心懷，微嘆一聲，但立刻卻又感到一種莫名的振奮——

心中忖道：「只要梅香劍一治好，不再怕那厲鶚的『倚虹』神劍，必可一光七妙神君的名頭，而且也一定可以尋著那海天雙煞，報卻不共戴天之仇！」

想到這裡，不由神采飛揚，但轉念想到和自己共生死的吳淩風時，心中又是一痛。

正沉吟間，並沒有發現那急奔過來的人影，等到發現有衣袂破風時，急一反首，只見兩條人影已如飛而至，無巧不巧正直奔而來，距那有毒的雪圈已僅有五丈左右了！

心中一急，不及呼喊，身體立刻騰起——

猛吸一口真氣，佈滿全身，虛空一掌劈去，道：「前進不得！」

那二個來人陡覺掌風襲面，大吃一驚，百忙中不暇閃躲，也硬生拍出二掌。

三股掌風一衝，辛捷陡覺對方勁道好大，立足不穩，踉蹌退後數步，而那二個來人也被辛捷一掌震得從半空落在地上。辛捷不待身體立穩便道：「且慢，那塊地走不得——」

那二個人愕然立定，不解的道：「閣下是說，這塊土地咱們不可以行走麼？」

辛捷站的地方是梅樹下面，光線不好，是以來人並看不清楚，辛捷倒清楚的打量了二人，驚道：「啊，原來是金氏兄弟，是的，這土地上附有奇毒，饒是功夫高絕，也擋不住此透骨斷魂砂。」

原來來者卻是辛捷曾經逢著的丐幫護法金氏兄弟——金元伯和金元仲。

金氏兄弟還沒有發現擋著他們的人正是辛捷，只徐徐的俯首注視著地面，又不解的頷首瞧著那站在梅樹下的人兒——辛捷。

辛捷迅速的說出原委，金氏昆仲不由得倒抽一口冷氣，但當他們發現攔路者是他們曾經相識的辛捷，倒生出一種釋然於懷的心情。

敢情以他們兄弟二人的掌力之和，才能和對方一擊，這種人物，江湖上有多少哩？

去。

廿五　梅香神劍

金氏兄弟繞過那可厭的圈兒，走向辛捷一拱手，由金元伯惶聲說道：「多謝辛老弟指示，不過敝兄弟此刻尚有急事，此恩只有後會才報。」說著兩人已凌空而去。

辛捷對二人生有極大好感，這時見二人好像立刻便要繼續趕路，不由急忙說道：「手足之勞，何足掛齒，二人有何等重要事？竟要如此趕路，小弟倒願能微效其勞哩！」

金氏兄弟身形一挫，金元伯回答道：「敝幫幫主有難，不暇多留——」說著微微一頓。站在一旁的金元仲微拉他一下，身軀急縱，似是迫不急待的樣子。

辛捷心中知道那幫主必然就是那可愛的孩子，見他有難，不覺心中一驚，脫口道：「在什麼地方呵？」

金氏昆仲已去得遠了，長聲答道：「在湖南境內，不敢有勞大俠，後會有期。」話聲方落，身形已渺在白皚的雪地中。

辛捷望著二人仍舊和早先見面時一樣的打扮——高高的紅帽和麻布衣服——心中微微一動，忖道：「剛才金老大分明有請我助拳的樣子，但他弟弟卻拉跑他，看來丐幫這次受的難倒是不小哩。」

轉念忖道：「丐幫的人物好像都是神秘不過的，但心腸卻非常好，反正現在無事，不如順江去湖南看看，相機行事！」

主意即定，不再呆立，望望天色，已知大概是三個時辰的限期了，隨即上前檢視，只見那圈兒已由粉灰色轉成白色，想是毒性已過。

於是緩步而行，走向梅叔叔所居的茅屋。

路程並不遙遠，不到一盞茶的時間，便進入屋子。

梅叔叔的家，辛捷已離別年餘，此時重遊，心中不覺生出一種舊地重遊的重溫舊夢之感。

梅山民早已待在中堂，見辛捷進來，說道：「捷兒，快將一年來的事兒說來聽聽。」

辛捷恭聲從命，將一年來的事兒一件件用不很簡略的說法說出來，梅山民一一留神傾聽，當辛捷說到侯叔叔慘遭毒手時，梅山民不由咬牙切齒十分悲痛的哭著。

尤其是說到小戢島奇遇時，梅山民更是急諸於色，但等到他說到以他一人的功力竟能和「海天雙煞」力戰上千招，卻反而露出釋然的樣子。

敢情是他曾目睹辛捷和無恨生對掌的情形。

但當辛捷說到泰山大會的時候，梅山民卻僅不屑的一笑。

年餘的事，倒也不算少，整整說了一二個時辰，梅山民聽完後，不出一聲，好似陷入沉思。

辛捷道：「那厲老賊的『倚虹』劍實是先天神兵，鋒利無比，不知梅香劍能否勝過——」

說到這裡，見梅山民仍在沉思中，不像在凝聽，剛一住口，梅山民卻道：「那慧大師傳你的是什麼神奇的步法，你再演一遍——」

辛捷微微點頭道：「這詰摩步法是慧大師畢生心血——」

說著起身試了一遍。

梅山民微微沉吟，道：「果然是古怪已極，那大衍神劍也使一遍，讓我開開眼界。」辛捷不假思索，從起手式「方生不息」到收式「迴峰轉折」，一共十式，五十個變化。

梅山民在辛捷演這二套世外高人的絕藝時，都全神貫注，沉思了好一會，才道：「你有沒有試過把二門絕藝合而爲一，那就是踏著詰摩步法，揮動大衍劍式——」

果然是一代宗師，一言方出，已驚醒辛捷，陡覺茅塞頓開，歡然道：「我明白了！」說著便潛心思索配合之方。

梅山民見他悟心如此之高，心中也自歡然，不再打擾，走入內室，去看那正在爐中冶鍊的「梅香劍」。

梅香劍本已是蓋世奇劍，再加上那「千年朱竹」，重冶後必定犀利異常。

七妙神君梅山民一直守候在爐旁，一直到傍晚，梅香劍才出爐，走出爐室，只見辛捷已站立室中，一招一式，緩緩比劃著，梅山民心中瞭然，知道辛捷果然已漸領悟。

再過片刻，辛捷忽然不動，梅山民知他必是遇著什麼難題。

辛捷一連試了九次，才霍然而悟，抬頭一望，梅叔叔已站在一旁，正欲見禮，梅山民陡然拔出長劍，向辛捷擲去。

辛捷不假思索，接劍在手，便在這不大不小的廳內比劃著剛才頓悟的劍招。

但見劍氣紛紛，步法飄忽，果然倍覺威勢。

辛捷連演數遍，愈練愈熟悉，劍光陡轉，劍風溢勁，連梅山民此等功力，也不由大加喝采！

舞到第四遍，才停下手來，見梅叔叔在一旁微笑，面帶讚仰之色，忙道：「梅叔叔，這二門絕藝合在一起，果然是威力大增，再加上無堅不摧的神劍，那五大宗派的劍陣又算得了什麼呢？」

梅山民微微頷首，說道：「練了一天啦，快來吃飯。」

餐罷，梅山民問起辛捷今後行跡，辛捷便把自己又一度逢著金氏昆仲的事說出來，並告訴梅山民自己決定先到湖南一行。

梅山民自然贊成，宿得一晚，次日清晨，便預備動身。

辛捷才回家一天，又要遠揚，不由心生依依之感，梅山民微笑著，把梅香劍繫在辛捷背上說道：「這劍子隨我梅山民飄盪大江南北近廿餘年，不知誅過多少惡人，今日你重仗劍行道江湖，一定要保全『七妙神君』的聲名，報卻那大仇，想那『海天雙煞』也必會在梅香劍下伏誅的——」

七妙神君的一番話，不但引起自己的豪興，就是連辛捷也覺自己使命重大，雄心萬丈哩！

拜受過寶劍後，梅山民又道：「那單劍斷魂的兒子，或許未死也未可知，你有機會最好去打聽一下子，再者你這會功夫大大進步，或已超出當年我行道時的功夫，可以不用再借我的聲名，以七妙神君的姿態出現，想你必能保持不失吧！」

辛捷雄心奮發的說道：「梅叔叔請放心，捷兒必能如你所願。」

二人一再殷殷話別，辛捷才告別走去。

這時雪已停下，晴空一碧，太陽高照，辛捷在這絕無人跡的荒道上，用上乘輕功馳向泯江，在尙未溶盡的雪地上，拖著一個修長的影兒，緊隨著身體，如一條黑帶劃過雪，如飛而過！

泯江本來是和長江一齊流的，經過數千年的變更，將一條河流一分爲二，這四川的沙龍坪距泯江並不算遠，僅有十多里路程。

辛捷一路奔來，不到一個時辰，渡口已經在望。

江邊人眾甚是雜亂，辛捷放下，緩步行去。

這時江邊已擠滿了要過渡的人，渡口旁邊全停了一條一條船兒和一排一排的木筏，運貨和載人都甚是繁雜。

這渡口本來不甚繁華，但到過渡的時候，卻也甚熱鬧，辛捷走到江邊，但見並列的船兒都已接近客滿，忙著要上一艘船，對梢公道：「可是要順江而上，去三峽嗎？」

梢公點了點頭，辛捷於是找個地方坐下。

再歇得一盞茶時候，船隻預備開行，梢公解開大纜，稍稍撐篙，船隻順水而下。

辛捷遠望長江，只見平蕩蕩的一望無際，到視線交點處，仍是一片蒼灰，斜望那泯江，卻只是細細一線，和長江相比，不知相差好遠。

船隻隨水而流，不快也不慢，勤的梢公仍撥得二槳，懶的梢公卻動也不動，隨波逐流。天氣仍然很冷，乘客都縮在艙裡，辛捷想欣賞一下風景，獨自坐在艙外。

江風漸起，船行加速，不到一頓飯時間，已駛出十多里路程。

前面便是有名的青龍險灘，古今以來不知有多少船兒葬身在這裡，再懶的梢公到了這裡也不敢怠慢，都站起來緩住船勢，叫客人把行李都放在艙內，以免翻出船舷。

水流加急，船行愈速，簡直是有如一支脫弦的箭兒。

青龍險灘已然在望，梢公彼此吆喝著，東撥一槳，西撐一篙，都在迫不急待之間，閃去不知多少暗礁。

險灘的中段江面陡窄，有一段水流由二邊的礁石沖積，形成一個潭狀的水面，初看就像是一片死水鑲在急湍中一般，船隻到了這裡，都是一緩。

梢公乘機大聲對船中的客人道：「前面有更險的地方，眾人請把行李放在艙底。」

敢情他是想以重量增加穩度。

話方說完，蓦地那岸邊沙灘有人大叫道：「喂！梢公！過渡——」

梢公循聲一望，只見有一個人站在距船約莫六丈的岸上，大聲呼喚。

辛捷眼尖，已看出那人年約四十五六，打扮得不倫不類，滿臉虬髯，卻身著一襲書生儒袍。

梢公大聲答道：「渡船已經客滿，怎能再加一人，前面可是全程中最險的地段——」那漢子叫道：「我只是一人，並沒有行李——」

梢公已不耐煩，大聲道：「你沒看見這警戒線嗎？吃水已到最深的地步了。」說著一指船舷上劃的一道白線，果然水已蓋到線頂了。

說完雙槳一撐，船行如箭。

辛捷望望那人，只見他臉上掛著一副不屑的冷笑。

江水急奔，船行愈速——

驀地裡，梢公大叱一聲道：

「注意了——」

辛捷閃目一瞥，只見江心豎立著一塊極大的石塊，剛好佔住江面一半寬的地方，只有二旁可以通船。

石上刻著斗大的三字——「望我來」。

那三字雕刻的生動有力已極，可謂鬼斧神工，但「望我來」三字卻不知何意。

江水在此奔騰的益速，有若萬馬千軍，沖激在大石塊上濺起極大的浪花，構成足以一口氣便吞沒一條大船的漩渦，饒是辛捷一身絕頂功夫，也不由暗暗心驚！

船行快極，不到片刻，距那石塊僅只五六丈，而船速卻絲毫不因梢公的拚命阻速而減。

那梢公緊張已極，雙手握篙，驀地裡吐氣開聲，「嘿」地把長篙用力一撐。辛捷見他全身肌肉有若老樹搓藤，交錯凸出，背上棉衫都似快要掙裂一樣。

船行本速，再加上一撐，簡直有如飛行——

就在這時，辛捷驀聞衣袂飄空聲，轉目一望，不由大驚失色，一個常人不能置信的場面出現——

那虬髯漢子在距離那麼遠的地方，破空冉冉縱身船中，旅客都早躲在艙中，梢公也正全神關注，只有辛捷一人看見，那人好狂，足步虛忽，來勢非常快速，竟然比那急行中的船還要快，眼看就要落在船上。

驀地裡那人雙足虛蹬，身形又自拔起數尺，似乎有意找那不准他上船的梢公麻煩，橫飄過去，眨眼便落在那梢公斗大的笠帽兒的帽沿上。

那人輕功好生了得，真可比得一葉墜地，再加上梢公全神關注撐篙扳槳，根本不知有一個大漢已站在自己頭頂。船行如飛，江波微盪，那人身軀好像一張枯葉，隨著上下搖動，卻平衡如常。

這一手露得十分高明，連辛捷此等功夫都不由心驚，尤其是在如此速度下，那人竟能準確的落在船中，這份功力實在是駭聞的了。

辛捷心中忖道：「這漢子的功夫如此高明，卻犯了一點賣弄的毛病，必非正人君子，看他十分急於趕路，會不會是去湖南和丐幫作對的哩？既然行動如此張狂，非打聽他的目的不可。」心中一轉，有了計策。

正沉吟間，那船行得好快，已經筆直奔向那石塊而去，驀地裡那梢公「拍」的放下木槳，雙手用力去掌舵，看他那樣子，是要保持直線前進似的。

正前面便是那大石兒，船兒如果要直線而進，豈不是撞上去要粉身碎骨嗎？饒是辛捷定力如此，也不由驚叫出聲，那賣弄輕功站在梢公斗笠的漢子想來也是從未走過水路，他身立高處，觀的格外清切，不由失驚暴叱出聲！

還來不及開口怒罵，那船兒已對準「望我來」的大石兒衝了過去。

梢公全身微蹲，想是全力掌舵，仍然保持筆直前進。說時遲，那時快，江水奔到這裡，被大石阻住，分為二支，船兒不差一分一釐，「嘩啦」一聲暴響，緊緊貼著大石右側，走了一個「之」字弧形，在千鈞一髮之間轉了過去。

大概是彎兒轉得太急，辛捷覺得身子一陣不穩，那船兒的左邊深深浸在水裡，江水只差一二分水便要進艙，而那右舷卻連船底兒都翻露在水上，假若有什麼行李還放在船頭，不早就摔出船艙才怪哩！

由於速度和離心力的作用，江水登時被打起一大片來，艙中乘客多半走慣這條水路，並沒有人發出驚叫。

那漢子不料竟是如此，重心不穩，登時要摔出去，大吃一驚，連忙縱身下艙來，哪裡知道力量太大，身體尚未著地，便摔出艙去。

他本來想等著地後立刻使出「千斤墜」的功夫，見勢不對，驀地身子一弓，百忙中一帶那梢公，梢公在全神掌舵，他這一帶力道好大，梢公登時立足不穩，跌出艙去。

辛捷大怒，但救人要緊，倏地伸右手抓在船上的舷索，一撐一翻，身體已飛了出來。

這一下動作好快，竟趕在那梢公的前頭，左手閃手一抓，正擒住那梢公的一隻足跟，猛的往懷中一帶，硬生生將他飛出之勢拉回，放回艙裡。

那虬髯漢子大約自知理屈，訥訥的站在一旁，梢公早已嚇得面如土色，卻始終不知那漢子怎麼進入船的。

辛捷怒哼一聲，心念一動，強忍著怒火，坐了下來，回首瞥那「望我來」的大石一眼，只見水花暴濺中，「嘩啦」一響，敢情又是一隻渡船在千鈞一髮之際渡了過來。

心中忖道：「這水上的操作倒真是不易，剛才若想要轉舵閃避大石，豈不剛好上前送死？一定要保持向大石垂直方向急駛，才能恰巧避過，對那石兒來說，真是可謂望『它』而來，想那立石的人果然用心良苦——」

正沉吟間，又是三四隻渡船在極大的傾度下，渡過險關，見那些終年操作在水上的人，都似不當作一回什麼很難的事，心中不覺一陣慚愧。

一面胡思亂想，那船兒已在全速下馳出將近廿多里，眼看三峽在望，乘客多半預備打檢行裝。

辛捷心中一驚，轉目瞥見那虬髯漢也自坐在船舷上沉思，想是梢公見險關已過，也並不再強他下船。

轉念一想，剛才自己神功展露之時，好像並沒有人看見，當下站起身道：「這位兄台好俊的輕身功力——」

敢情他是想套出那人的行蹤。

那人早先見辛捷露出一手，本已驚異萬分，但卻不便相詢，這時見辛捷主動搭訕攀談，早抱著一肚子疑問，搶先答道：「不敢，不敢——」

辛捷聽他口音竟像是兩廣一帶的，心中疑惑，口中答道：「敢問兄台貴姓大名？看兄台這模樣好像急著趕路——」

說到這裡，用心觀察那漢子的臉色，那漢子倒是神色不變，朗聲答道：

「敝人姓翁，單名正，閣下說得正對，在下正要趕到湖南去探看友人呢！」

辛捷心中一凜，心知所料多半是實，忖道：「這人如果真是趕去與丐幫為敵，嘿！金氏兄弟恐非敵手哩。」口中卻道：「小弟辛捷也正是想去湖南暢遊名山大湖哩，這倒好，兄台如是不棄，可否同道而行？」

翁正忙答道：「辛兄哪裡的話，有辛兄如此功夫的人陪行，不但一路安全可靠，而且可以藉此討教哩。」

辛捷知道他的意思，正是心中不服，有較量的意思，僅僅淡然一笑，隨口答道：「哪裡，兄弟的功夫哪裡及得上翁兄十分之一！」

說說談談，船兒已到三峽，二人付過船錢，一齊向湖南省境趕去。

一路上辛捷曾數度用巧言圈套，翁正卻絲毫不露口風，辛捷也只好相機行事，不露馬腳。

二人腳程甚快，一路上翁正總是想和辛捷比試腳程，但辛捷總是一味相讓，翁正倒也沒有辦法。

這天傍晚，二人已趕進了湖南省境內，實在累得很，於是決心落店打尖，好在官道盡頭便是一個小小鎮集，趕快加緊足步，不消片刻，便落入一店。

正是用晚膳的時刻，二人微一休息，便叫店家用餐。

這時正是冬季中期，湖南還好，不十分寒冷，但也是陰風吹激，雪花微飄。二人坐定，要了一份熱騰騰的米麵，同時也要了一斤聞名全國的湖南臘菜。

果然名不虛傳，二人吃得實在吃不下的樣子才罷手，算一算倒也吃了四斤臘肉。

正吃得痛快，驀地裡那廂一個粗啞嗓子的說道：「聽說那崆峒和丐幫在本省交惡，不知是真還是假？」

話聲清晰傳來，辛捷不覺微微一驚，趕快留神傾聽，還順眼瞥了那翁正一眼，果見他也是全神貫注，辛捷心中有數，已知他必是爲此事而來，卻不知和丐幫是敵是友。

正沉吟間，另外一個聲音道：「嘿！黃老弟，你消息可真太不靈了，別說交惡，崆峒甚至抓住了丐幫的新主哩——」

這個消息，辛捷倒是已知，只聽那人繼續道：「昨天聽說，丐幫老幫主的護法金氏兄弟又出了山哩——」

說到這裡，聽眾逐漸凝神注意，卻聽那逐漸微弱的聲音斷續傳來道：「金氏兄弟的功夫你是知道的……聽說……一夜之間闖六關……崆峒弟子……一塌糊塗。」

辛捷心知金氏昆仲果然重新護法，大振神威，心中微安，但瞥見那翁正時，卻見他一臉震驚的樣子，心中已然確定，這傢伙必然是和丐幫爲敵的了。

又聽得那姓黃的小子粗啞的說：「真的嗎？這倒是一場好聚會，咱們反正沒事，可否趕去一看？這個熱鬧湊湊倒也不妨。」

他因爲嗓子較爲粗啞，是以聲浪較高，能夠清晰的傳入辛捷和翁正二人的耳中。

那另一個聲音卻冷笑一聲道：「你想麼？」

那姓黃的怒道：「怎麼？」

另一人道：「神霆塔周圍五里全給二方的人給派人阻住啦，老百姓過路都不放一個，像你這一身武林打扮的人，人家肯放你去湊熱鬧？」

那姓黃的啞口無聲，二人大概話不投機，不一會便只傳來一陣「唏哩呼嚕」的吃麵聲音。

地點既已知曉，辛捷心中自有打算，見那翁正還低頭沉思，不由衝著他一笑道：「湖南的臘肉果是匹敵全國，翁兄可以爲是？」

翁正微一定心神，忙答道：「自然！自然！小弟也有同感。」

二人再閒談數句，也就各自歸房。

辛捷雖然知道雙方交戰的地方乃是在神霆塔中，但卻並不知神霆塔在什麼地方，忙去請問店伙，好容易才弄清楚原來正是距這兒不遠的一座山邊，地方很荒僻。

辛捷回到房裡，心潮起伏，忖道：「丐幫和崆峒好像從沒有什麼仇惡，但上次厲鶚便曾親自追擊過那金氏昆仲和新幫主鵬兒，而且好像是爲著一柄劍鞘而起糾紛，這個我倒不管，主要是那可愛的鵬兒——」

想到這裡，眼前又出現鵬兒那清秀而可愛的面容。轉念繼續下去，忖道：「呵，那翁正不知道是什麼來頭，看他那天江上的輕身功夫似乎功力還在我之上哩，若是和丐幫爲敵，金老大、金老二倒非常危險，卻不知厲老賊是怎麼把這等人物請出來的。」

想到這裡，不由暗暗緊張，忙盤坐運了一二次功，寧定心神，陡聞衣袂破空聲，暗中微微一笑，心中知道翁正必然已去神霆塔，不再遲疑，拍開窗戶，如飛趕去。

辛捷已自店伙那裡問得神霆塔所在，一路風馳電駛，果然不久便望見不遠前一條人影如飛奔去，看背影可不是翁正那漢子嗎？

敢情是他這傢伙粗中有細，也向店伙問清了路途！

目標既已發現，不再遲疑，驀地猛提二口真氣，把輕功展開十丈，足不點地，全速趕去。

趕近前了，翁正像是不知有人跟蹤，倏地一轉，轉向左邊一堆亂石中，辛捷知道轉過亂石，神霆塔便可在望，不再遲疑，「呼」的飛縱過去。

正想躍過亂石轉彎，驀地一股強勁的掌風迎面襲來，顯然是那翁正早已發現有人跟蹤，一掌偷襲過來，好在辛捷倒也防到這一著，連忙一挫身形，卻覺衣衫獵獵作響，敢情是掌風壓體，只差數寸便夠得上位。

百忙中猛提真氣，一掌虛拍，卻是用了十成的力道，掌風聲勢倒也甚是驚人——

「拍」地一聲，顯然是硬對硬，辛捷身子尚在空中，陡然覺得一股好大的力道壓身，登時被震落地上，閃眼看那翁正時，卻是踉蹌而退。

辛捷心中有數，自己的功力和對手是完全平手，這倒是很少見的現象，翁正大吃一驚，看那來人時，竟是和自己共宿多日的辛捷。

辛捷心想還未到破臉之時，裝作大驚道：「原來是翁兄，小弟踏寒夜遊，翁兄倒令我吃了一驚——」翁正氣在心中，臉上可不能表現出來，僅道：

「小弟發現一個舊時仇人，是以追來，辛兄若是無事，恕小弟失陪——」話音方落，已動身。

辛捷見他當面撒謊，倒也罷了，可是翁正卻並不往亂石堆中走去，卻向那一望無際的官道上直奔而去。

辛捷大惑不解，卻又不好動步，眼見他愈跑愈遠，不消片刻，便消失在黑暗中，心中一動，急忙循路而去，奔得一盞茶時刻，已可瞥見道左一株樹上似有一點白影，看來好像正是翁正的衣色。

辛捷不敢怠慢，猛力一奔，走到近處，定目一看，卻是一襲衣衫披掛在槎枝上，遠看好像一個人隱伏在樹上，辛捷心知中了翁正的「金蟬脫殼」妙計，大感慚愧，忙往回程裡猛追。

廿六 肝膽相照

按下這邊辛捷猛追不提，且說那金氏昆仲金元伯、金元仲二人當日別過辛捷，便趕到湖南來，他們聽說鵬兒被困，心中那焦急就夠受的，真可謂「足步不停」，足足趕了一天多時間，才進入省境。

金氏昆仲一踏入湖南，便直奔神霆塔，卻見那塔兒四周都站滿人，細心一看，卻是丐幫南分舵的幫主。

原來丐幫分爲二舵，一在北，一在南，北幫也就是總幫所在，南幫卻在湘粤一帶，這南幫聽見總幫主竟然被捕，哪能不急，幫主陸勇竟在一個時辰間調動全體人眾，把一個神霆塔圍得水洩不通。

但是那神霆塔一共高一十三層，崆峒派在每一層都設關卡，而在塔底的小林子中，也埋伏不少高手，陸勇功夫雖然不錯，但是對方強人太多，只好僵持一旁。

這樣耗了一天一夜，陸勇不再猶疑，準備單刀赴會，正在這時候，金氏昆仲趕到，三個人一會合，哪還管他什麼明關暗卡，奮力向上猛攻，卻約束幫眾不要亂打亂攻，只靜靜的守在下面便是。

金氏昆仲奇功過人，一夜之中連過六關，而且下手毫不留情，六關敵人，全部都打得非死即傷。

到了第七層塔上，卻遇到守關的人乃是崆峒三絕劍所佈的「三才劍陣」，力戰之下，大約苦鬥了一個時辰，三絕劍才不敵退後，而金氏弟兄和陸勇，卻也是真氣不濟。

於是三人在塔上靜息，而對方也不敢冒然動手，一耗之下，又去了大半天。

金氏昆仲心知敵人一關強似一關，自己要強闖上去，是不可能，但天生的倔強性和陸勇不顧死活的性格，三人仍然捨命上闖。

敵人果然是不出所料，愈來愈強，鎮守第九層塔的是四個人，金氏昆仲血戰之下，連斃四人，而陸勇遭到致命的打擊，只能退在一邊了。

金元伯、金元仲好不悲傷，還抱著一線希望，俯身抱起陸勇，正準備繼續往上闖，驀地裡禍起簫牆，上面有人用暗器打了下來，金元仲一手抱著陸勇，一手去撥打暗器但終不敵，敵人的暗器中還加有飛蝗鏢這類可以迴飛的暗器，金元仲閃躲不及，眼看那鏢兒便要釘入背心上。

陸勇驀地裡大吼一聲，用盡平生之力，掙脫金元仲的懷抱，跳在金元仲的背上。

說時遲，那時快，「嚇」的一響，那鏢兒釘立陸勇背中，陸勇狂呼一聲，登時氣絕，但總算救了金元仲一命。

金氏兄弟何等性情，悲極卻不滴淚，金元仲朗聲道：「陸老弟，這筆仇我金元仲必在一刻之內報卻！」

話聲斬鐵斷釘，二人大踏步走下樓梯。

金元仲大聲喝道：「這支飛蝗鏢兒是哪個不要臉的？」

那塔上卻只站有二人，金元仲識其一，卻是名震東南一帶的「神鏢繼魂」吳銘。

金元仲話已出口，那二人都不覺一怔，那另外一個人斥道：「什麼東西，嘿，看我一掌。」

呼地一掌劈來。

金元仲心中隱痛陸勇之死，全部怒氣發洩出來，見對方來勢洶洶「嘿」然一抓，也是全力硬撞過去。

要知金氏昆仲行道江湖，從來不用兵刃，僅憑一雙手爪，施用「陰風黑沙掌」和敵人硬拚，但見金元仲單爪一翻一叩，「啪」的一震，已把那傢伙的右臂活活打斷。

金元仲心中怒氣澎湃，抓住那人一揮，力道好大，但見那人像一枝箭般被摔到塔邊，登是腦殼破裂，血肉橫飛，金元仲一照面便擊斃對方，冷然一哼道：「吳銘，這鏢兒可是你威震東南的東西？」

但覺他語氣正義凜然，威風凜凜，吳銘見他打死同伴的威力，不由心怯，但聞他口氣輕狂，怒火上升，有道是「怒從心頭起，惡向膽邊生」，大叱道：「金老二，是又怎樣——」

金元仲正要他這句話，不待他說完，已是冷笑道：「是的話，便要你命。」

「命」字才一出口，二掌一合再吐，竟是微帶風雷之聲。

吳銘不敢大意，一掌豎立，一掌橫劈。

哪知金元仲左肩一聳，不閃不躲，竟似要硬受一掌。

吳銘心知不妙，大吃一驚，收掌已自不及，只覺「拍」地一掌，結結實實打在對方肩上，而金元仲的一爪也抓進了吳銘的天靈！金元仲形近拚命，拚著自己受創，也把敵人斃下，他受的一掌卻也不輕，但覺左肩劇痛，肩胛骨硬生生被打碎。

金元仲晃了一晃，終於站定，狂笑道：「陸老弟，你看看吧，這個傢伙也只比你多活了不到一刻時分啦——哈——」

金老大知道弟弟的性格，並不出言，等到他狂笑變哭的時候，才沉聲道：「老二，還吃得住嗎？」

金元仲微微點頭，金元伯冷笑道：「硬闖！」

二人身子一晃，又直向上衝。

金氏兄弟如此硬闖，不到半刻，便到塔頂。從階上往上看，已可見到那鎮守最上面的一個人，果然是一手抓住一個昏迷的孩兒——那正是被閉住穴道的丐幫幫主鵬兒。

第十三層乃是神霆之頂，「砰」的一聲，金老大一腳踹開樓門，向裡面黑沉沉的樓梯望了一眼，一碰金老二，雙雙躍身而進——

兩人尚未落地，忽然一聲暴吼從左方響起：「滾下去！」接著一股狂風如驚濤裂岸般衝擊過來——

金老大真氣斗貫下盤，施出「千斤錘」的功夫，將身軀穩穩定住，單掌看都不看，一記「倒打金鐘」倒摔過去。

哪知來人動也不動，金老大倒反被拖出兩步！

兄弟倆一驚而反，和來人朝了相，只見那人勾鼻咧嘴，目光閃爍，兄弟兩人都識得，來人竟是勾漏山的魔頭——「青眼紅魔」霍如飛！

原來勾漏山上隱居著兩個蓋世魔頭，一個喚著勾漏一怪翁正，另一個就是「青眼紅魔」，兩人乃是師兄弟，也不知出自何門，但一身功夫卻精絕無比，卅年前曾雙雙出現武林，在北固山頭一夜連挫河洛十二位高手，因而師兄弟名噪一時，但不知為了什麼事，突然雙雙隱居，那「青眼紅魔」不時出現江湖，「勾漏一怪」則卅年來未出深山半步，但在武林老一輩的心中，仍然有著不可一世的威名。

金老大一見原來竟是這個魔頭，心中已知憑自己一人之力，必非其敵手，但不知這傢伙怎麼會在這兒出現！

驀然一個念頭閃過心頭：「分明是崆峒派和咱們的樑子，怎麼這廝卻來守第十三關？那厲鶚卻不露面？而且方才那些龜兒子大部分都不似崆峒弟子呢？」

青眼紅魔霍如飛陰惻惻地道：「兩個鬼子齊上，否則你不是對手！」

金老大一扯兄弟衣衫，更不答話，雙雙施出平生絕學「陰風黑沙掌」，狠毒的招式盡量往霍如飛身上招呼過去。

霍如飛冷哼一聲，雙拳一立，鼓勁而上——

霎時拳腳來往，呼呼風生，三個一流好手竟自戰成平手。

這三個身法何等快捷，一晃就是數十招過去，金老二只覺肩上傷勢愈來愈痛，簡直有點支持不住的樣子，但是他生來倔強的脾氣，怒吼一聲，竟然一躍而起，單掌拚出全身功力一把抓下，身上要穴完全暴露，毫不理會——

霍如飛被這等捨命打法驚得一愣，金氏兄弟心意早通，呼的一聲金老大已一招襲入，長臂一伸，冒險直取霍如飛胸前「華蓋」——

霍如飛一見大驚，金老大竟是捨命而攻，自己雖然能任意擊中其中一人，但自己卻也非被點中不可，急切間只好一腳踢出——

「砰」的一聲，金老大被踢起飛出，著著實實撞在牆壁上，但霍如飛胸前華蓋被制，軟綿綿倒在地上。

金老二一見哥哥吃了虧，怒吼一聲揚掌對準霍如飛腦門拍下——

就在此時，忽然一個陰森森的口音從窗外傳入：「給我住手！」

一條人影刷地飛入，金氏兄弟看得真切，只見他虬髯飄飄，身態異人，不禁齊口大呼：「勾漏一怪！」

勾漏一怪翁正功力尚遠在其師弟霍如飛之上，金氏兄弟自知絕望，就算兩人不傷一齊上，也未必是人家對手，何況這時兩人都負了傷！

如果辛捷在場，他一定會更驚，因爲勾漏一怪竟是和他一路同行而又以金蟬脫殼要弄他的虬髯漢子翁正！

翁正伸手解了霍如飛穴道，對他道：「你到下面去照顧一下！」霍如飛應了一聲而去，翁正臉色一沉，對金氏兄弟罵道：「不知厲害的蠢東西！」俯身將地上的鵬兒挾起。

金氏兄弟怒極，但卻不敢妄動，翁正大聲故意調侃道：「你們聽著，我數五下，若是沒有人攔我，我可就要走了——好，我現在就開始數——」

金老大受傷甚重，金老二也感肩上傷愈來愈痛，被勾漏一怪翁正一逼，怒吼一聲，暈倒地上——

且說辛捷被虬髯漢用金蟬脫殼要了一招，心頭大急，急忙轉身疾奔，希望能阻止那虬髯漢上塔，只要他一上塔，丐幫無一會是對手！

奔出叢林，遠遠瞧見一人飛縱入塔頂，看來正是那虬髯漢子——

他心中一急，腳下更加緊，卻聽見塔頂傳出一聲驚呼：「勾漏一怪！」

他聽得出正是金氏兄弟的聲音，心中陡然一動，暗道：「怪道這虬髯漢子恁厲害，原來竟是『勾漏一怪』。」敢情他也曾聽梅叔叔提及此人！

接著勾漏一怪的狂言一句句都傳入他耳中，他抬頭一望，身距塔邊尚有十丈之遙，而勾漏一怪翁正已開始一字一字的數著——

但辛捷生來偏激的性子，有的地方近乎強悍，他決定了一樁事，就是捨了命也要辦到，這時他暗恨自己經驗不夠，才被勾漏一怪巧施金蟬脫殼擺脫，那神霆塔頂第十三層中勾漏一怪的話全迎風聽入了耳——

這時翁正洪亮的聲音：「一——二——」傳了過來，而辛捷施出「暗香浮影」的輕功絕技捨命地躍起，從十丈外竟自一飄而至，但是正因爲離得太遠，他到達塔邊時高度已不夠，辛捷猛吸一口真氣，雙腳一蕩，奇絕天下的詰摩步法已然施出——

只見他身體陡然又升數尺，他急忙中仰首一望，自己頭頂僅及塔的第十二層，距十三層頂尚差七八尺之遙，而他上升之勢已竭，一口真氣已逼得不能再久，而頭上翁正的聲音：「——三——四」已自傳出。

他暗道：「難道真要功虧一簣？」

黑暗中，他暗一咬牙，真力貫注右臂，猛然前伸，「篤」的一聲，竟將那柄撤出的長劍齊柄插入印火磚的塔壁中——

他手上一借力，身體有如一隻燕子一般翩翩翻飛而上——

「——五！」

翁正「五」字才出口，忽然一聲驚天動地般的吼聲震動了每一個人的心弦：「你給我站住！」

隨著喝聲，一條人影挾著雷霆萬鈞之勢從窗外飛將進來，對著勾漏一怪翁正呼呼一連劈出三掌！

翁正雙足釘立，下盤穩然不動，上身左晃右擺，一連閃開三招，但凌厲的掌風已令他衣袂飄舞！

那人卻突然後退一步，沉聲道：「快將肩上鵬兒放下，否則你不是我對手！」

當然，這人正是辛捷！

翁正倒還真識得厲害，將肩上點了穴道的鵬兒放在角落，向辛捷冷然一笑，凝目以待——

辛捷知道這勾漏一怪功力卓絕，自己對他實在沒有把握取勝，但是今日之勢，除了一戰別無第二條途逕，他深吸一口氣，暗自激勵著自己：「辛捷啊，儘管勾漏一怪功力勝過你，你今日之勢是許勝不許敗！」

他待那口真氣運行了一周，忽地開聲吐氣，身子宛如一陣旋風一般曲身而進，雙掌卻似刀似剪地向翁正兩脈——

翁正早就發覺辛捷功力深厚，而且年紀輕輕就身負一身絕學，但最令他擔心的卻是辛捷似乎有一種內蘊的潛力，而且這潛力深不可測，奇的是辛捷本人也好像並不清楚自己具有這種潛力，當然，他是絲毫不敢大意——

辛捷雙掌切下，真可說疾比奔雷，翁正心中一凜，一記「雙掌翻天」奮力使出，待雙方即將相碰之際，陡然一收真力，雙掌上翻之式已換成穿襲之式，直取辛捷肩窩琵琶骨——

辛捷雙掌落空，而翁正的攻勢已到，當下微哼一聲，真力下貫馬步，一仰上身變為「盤弓射雕」，硬封而出。

「拍」的一聲，四隻手掌碰在一起，雙方都覺手心一熱，各自退後一步。

辛捷暗思：「這真是出師以來所遇的第一個真正勁敵，今日莫要折了師門威風——」

他心中牽掛，手上自然一滯，翁正何等經驗老到，雙掌齊飛，封住辛捷退路，左腳起處直踢辛捷下盤——

辛捷心中一驚，正待變招，敵人招式已遞足，急切中只得倒踩七星步，雙掌齊揮，硬從危勢中打出七拳——

辛捷的意思是要引翁正硬拚，哪知翁正狡猾老到，身一屈，竟從辛捷脅下穿過，左掌引處，又是辛捷腦後死穴——

辛捷一著錯遲，著著受制，一連十餘招都在危險中堪堪躲過，翁正見自己穩佔上風，不禁暗喜，長嘯一聲，平生得意絕學「開山神掌」突然施出。

辛捷被逼得心頭火起，乘敵一記「玄鳥劃沙」招式才盡之時，長嘯一聲，奮力攻出一招——霎時滿天掌影，掌風嗚嗚發響，似乎無所不及，正是世外三仙之首平凡上人的絕世劍法「大衍十式」中的「方生不息」，只不過辛捷此時以掌代劍而已。

本來以掌為劍威力必然大減，但辛捷在大衍十式中以這招「方生不息」最有心得，這時融會貫通之下，竟然也自威風凜凜——

翁正忽然見敵人這招奧妙無比，似乎其中變化還不止此，而且掌式奇勁，力道逼人，當下精神一凜，也自大喝一聲，一招「風捲雲散」緩緩拍出——

勾漏一怪的開山掌法本就以力爲生，以巧爲輔，這「風捲雲散」更是橫打硬碰的招式，敢情翁正見辛捷匆促發招，力蘊必不能用足，竟想以硬碰硬地速戰速決。

哪知辛捷這招「方生不息」看來似乎匆匆發招，實則真力內蘊，周身密佈，辛捷又是含憤而發，不躲不閃地硬遞出去——

轟地一聲巨響，兩股強極的力道蕩在一處，蕩起圈圈氣流，有如驟起大風一般，周圍窗櫺一陣亂搖——

辛捷和翁正都是雙肩一晃，翁正大喝一聲道：「你再接我一掌試試看！」

雙掌一領，又是一股狂面掃了過來——

辛捷更不答話，雙膝微彎，口中低嘿一聲，全身功力貫注雙掌，同樣是不閃不避地緩緩推出——

轟然又是一聲巨響，辛捷、翁正又是各自一晃，竟是依然不分勝負——

翁正心頭火起，不顧一切呼呼連劈四掌——

辛捷沉哼一聲，橫豎連揮，也硬接四招，絲毫不用巧勁。

一連六下硬碰硬，兩人卻始終釘立原地，雙腳分毫未移，辛捷藉著一輪硬仗，反將下風之勢變爲平持之局！

這幾招真力大費，但辛捷卻絲毫不感疲累，相反的卻覺胸中血流暢順，舒暢無比。

原來辛捷自經平凡上人不惜以「醍醐灌頂」的功夫硬將自身功力打入辛捷穴道中後，此時他的功力已在一甲子左右，只是他自己都不知自己會有這樣大的潛力，這一陣激戰，真是辛捷平生最費力的一場拚鬥，卻把他的內在潛力給引了出來，是以幾招過後，他不但不累，反覺精神十足。

辛捷想是打發了興，更不打話，兩掌再度主動劈出，翁正一怒之下，決不退讓，鼓足真力，一迎而上——

辛捷內在的潛力被這一陣硬拚硬打激發無遺，平凡上人以本身功力輸入辛捷體內，直到現在才算是真正全部和辛捷的全身血脈相融而發揮出最大威力，辛捷只覺雙掌運勁之際，腹內一股熱流陡然從丹田處湧了上來，肺腑之間真有說不出的受用，而他那猛揮出的一掌，威力也竟大得出奇。

勾漏一怪翁正數十年前就威震武林，聲名之盛不在關中九豪、河洛一劍及南北二君等人之下，三十年來，這是頭一次公開重現武林，本待仗自己多年苦修的幾樣絕技再振聲威，哪知竟碰上這樣一個青年高手，不但拳法精奇，功力竟也能和自己平分秋色，這時的一掌推出也是施足了十成功力，打算將對方一掌擊斃——

只聽得轟然一聲暴響，兩股內家真力相撞激出的旋風竟發出嗚嗚怪響，神霆塔頂平日久無人打掃，這時地上的灰塵更是漫天飛揚——

勾漏一怪發出一聲悶哼，馬步浮動，噗的一聲倒退半步，胸頭竟感一陣血氣翻騰——

辛捷也覺一股極強的力道從自己揮出的勁風中滲透進來，他雙肩一搖一晃，終於努力將那力道化去，雙足仍然牢釘地面——

辛捷雖覺敵人功力極高，但這時胸中真力溢漫，豪氣上衝，長嘯一聲，左掌一圈，右掌呼地一聲又自劈出。

翁正心中感到一種無地自容的難過，幾十年來奮力創出來的聲名眼看即將毀於一旦。這時見辛捷舉掌又是一記劈下，不禁鬚髮俱張，雙目暴睜，猛然開聲吐氣，雙掌當胸平平推出——

辛捷是不會瞭解他的心情的，他怎會想到這一掌對於這怪僻的老人是何等的重要？他只知自己每一掌施出威力出乎意料地大增，心神俱快——

轟的又一聲，辛捷晃了晃，踏進一步，力貫單臂，又是一掌拍出。

翁正力貫雙腿，拚著沒有退後，奮力又是一掌封上，只覺辛捷掌上力道一掌強似一掌，這一掌真有開山裂石之威，幾十年的經驗告訴他，這一掌如果接實了，自己內腑全有震傷的可能，於是他在雙掌尚未碰上的一剎那間，疾如閃電地後退一步。但是砰的一聲，他還是被震退一步。

辛捷只覺自己胸中力道已到了頂峰，他快然長嘯一聲，手起掌落——

突然，他的手懸在半空中，他看到了一張從未見過的臉孔——翁正臉上的肌肉抽搐成一種古怪的神色，又像是冷漠，又像是絕望——

辛捷雖不能完全瞭解這表情所包含的情緒，但是直覺告訴他，那絕不是怕死，也許某種因素對於他比死更可怕多倍。

辛捷的手掌緩緩垂了下來，翁正的臉色也恢復了正常，現在他腦海充滿著的只有一個「怒」字。他冷然一哼，努力調勻了呼吸，雙眼充滿著殺機，狠狠地盯著辛捷，使辛捷感到一陣心寒而將目光避了開去。

「嚓」的一聲，翁正抽出了長劍。

辛捷像是沒有聽見，他正在想：「爲什麼勾漏一怪要如此狠狠盯著我？哼，你盯著我，我就怕了你嗎？」他不服氣地抬頭反瞪過去——

其實他是有些心寒的，只是他天生偏激的性格令他如此。

這一抬頭，他瞧見了翁正手中的長劍。

他下意識地伸手拔劍，但是拔了一個空，他忽然想起「梅香劍」仍插在塔外壁上。

「接著！」金老二揮動著未傷的手臂，在地上拾起一柄長劍擲了過來。

辛捷一把接過，腕上用勁一震，劍尖發出嗡的一聲。

翁正劍身平擊，刷的一招向辛捷左肩點到，劍勢如虹，勁風撲面，到了肩前忽地嗡的一聲，劍尖竟化做一片光點分點辛捷腹上三穴——

辛捷見他功力深厚，劍招又詭奇無比，心中不禁一凜，腳下稍退半步，左手劍訣一引，右手長劍一圈而出，正是「虬枝劍法」中的「梅吐奇香」——

辛捷長劍遞出，劍尖嘶嘶發響，顯然他腕上真力叫足，縷縷劍氣直透劍尖。翁正凝目注視辛捷劍式，臉帶詫異之色。

「梅吐奇香」迅速無比，更兼辛捷發式輕靈，居然後發而先至，翁正劍尖離辛捷腹上「井市穴」尚有三寸，辛捷長劍已剛剛遞至翁正腕上「曲池」不及一寸——

哪知就在此時，突然翁正的劍尖向前暴伸，身體卻往後猛退，呼的一聲辛捷的長劍走了空，而翁正的劍尖已到了辛捷腹上——

辛捷不料他招式詭奇如斯，急切中腳上倒踩迷蹤步，在千鈞一髮中倉促退後。

辛捷低哼一聲，劍光一揚，再度揉身而上，刷刷刷三劍從三個不同方位刺出，最後劍尖卻集中在翁正「氣海」要穴上，全是「虬枝劍法」中的妙著。

哪知翁正也是劍子連揮，招式全走偏鋒，一連幾個怪招將辛捷攻勢消於無形。

勾漏一怪劍光連閃，主動而上，辛捷只覺他的劍法詭奇無比，令人一眼看上去就生一種「旁門左道」的感覺，但偏偏詭奇之中暗藏殺著，令人防不勝防。這正是勾漏一怪的平生絕學「令夷劍法」。

七妙神君的虬枝劍法雖然精妙遠勝，但詭奇卻似猶不及令夷劍法，而虬枝劍法的特點原也在「詭奇」兩字，這時既然在這方面不及對方，威力也自大減，辛捷只覺好些妙招發揮不出威力。

說時遲，那時快，一晃之間又過了十餘招，翁正的「令夷劍法」已施到了最精華的三招，第一招「厲瘴蜂湧」，長劍化成一片光幕，似虛似真，向辛捷當頭蓋下——

辛捷不覺精神一凜，心道：「梅叔叔的『虯枝劍法』奇絕天下，難道要輸給這勾漏一怪？」當下一咬牙，側身欺進，長劍一挽，已自抖出一片劍幕，迎將上去——

刷的一聲，翁正虛招全收，一劍從偏鋒疾如閃電的刺了進來。

「嘶」聲陡盛，辛捷劍光暴長，竟然也是疾走偏鋒而出，正是七妙神君心血所聚的「冷梅拂面」。

這兩招都從偏鋒出手，招式竟然大同小異，但是七妙神君梅山民心血所聚的「冷梅拂面」畢竟勝了一著，辛捷的劍子後發而先至，劍尖的劍氣逼得翁正收招而退。

辛捷一招扭轉局勢，豪氣上沖揮劍而上。

翁正冷哼一聲，緊接著第二個奇招「冷雲撼霄」又自施出。

辛捷只覺他劍招大異尋常，似乎帶著一種邪毒之氣，又似包含一種野蠻未開化的殘厲之氣，古怪已極。

只聽得嘶聲刺耳，劍尖暴伸，漫空都是辛捷的劍影，原來辛捷不由自主的施出了「大衍十式」的起手式「方生不息」。

只見他劍光由左右往中一合，疾刺而出，似緩實疾，似虛實真，宛如目光普照，無所不及。

平凡上人的「大衍十式」乃是從精奇神妙著手，使出之時自然有一種凜然正氣之感，翁正的奇招詭式一碰上立刻威勢全失，相反的辛捷劍招有如綿綿江水，滔滔不絕。

匆匆數十招已過，只聽得「嗯折」一聲，兩人各自躍開，翁正手中只剩了一支劍柄，敢情他的長劍竟被辛捷以內力震斷。

他的臉上一片死灰，眼眶中竟充滿著淚水，辛捷以奇異的眼光呆望著他，忘卻進攻。

翁正忽然一言不發轉身飛縱出塔。

辛捷暗道：「就算打輸了也不用傷心到這個樣子啊！」

他怎會料到他贏了翁正一招比殺了翁正還令他難堪呢——

三十年前勾漏一怪在黃山祝融峰頂和當時武林第一人七妙神君梅山民賭鬥，他那詭奇的「令夷劍法」也令梅山民的「虬枝劍法」感到辣手，但是梅山民究竟憑著功力深厚，在第三百招上震斷了他的手中劍，從此翁正一怒隱居邊疆，苦練絕技，把「令夷劍法」練得更加怪異難防，當年他是用這套劍法失手的，他準備用這套劍法找回場面來。

梅山民被五大劍派圍攻的消息不知使他多麼失望，但近來梅山民重現武林的傳說終於使他離開勾漏山，重入中原。

當辛捷一亮劍招時，他又驚又喜的發覺辛捷是「虬枝劍法」的嫡傳人，他一心要用令夷劍法擒住辛捷，但是，結果竟和三十年前一樣，他被震斷了長劍，所不同的是三十年前是梅山民本人，而三十年後卻是他的傳人。

如果他知道辛捷所用以致勝的並非梅山民所授，乃是世外三仙之首平凡上人的「大衍劍式」，也許他會覺得好過一些。

辛捷可不知道這些，他怔了一怔，轉身向被點了穴道的丐幫幼主鵬兒走去。

鵬兒被點了軟麻穴，不能轉動，辛捷力透雙掌，在他脊背上一揉一拍，鵬兒緩緩甦醒。辛捷又轉身走向金氏兄弟，只見金老大已昏迷不醒，而金老二仍硬撐著扶著他大哥。

辛捷掏出刀創藥遞了過去，金老二默默的接過，他沒有說感激的話，但他的目光中所表示的比說一百句話還要清楚明白。

辛捷注視他肩上的傷口，這時昏迷的金老大已緩緩醒轉過來，金老二又掏出兩粒黑色的藥丸塞入他口中。

辛捷忽感背後一隻小手握住他的衣角，他回頭一看，只見鵬兒悄生生地站在身後，滿臉灰垢，一雙靈活的大眼睛溜溜地轉著，辛捷忽然發覺這些日子來，這孩子似乎長大了不少，上次相遇時的那一分稚氣已減退許多。

鵬兒輕喚道：「辛——辛叔叔——」這孩子記憶力不壞，還記得辛捷的姓名。他望了望金老二停了下來。

金老二點了點頭，似乎認爲「辛叔叔」正應該如此稱謂。

辛捷應著：「鵬兒，什麼事？你還是叫我辛哥哥吧。」

鵬兒道：「你的本事真好，我雖然不能動，卻看見你把那壞蛋打跑了，那壞蛋真沒羞，打輸了就哭，這麼大人了還哭——」說到這裡，小臉上又透出一絲笑容。

金老二默默從腰中掏出兩支火箭，一支紅的，一支藍的，他挑了一支藍的，走到窗口往天上放了上去，只見一縷藍光破空而去，到了頂點一爆而開，有如一朵盛開的藍色花兒。

金老二轉身向辛捷解釋道：「咱們還有幾個兄弟埋伏在外面，若是放紅的火花就是咱們闖塔受阻，召他們來相助，若是放藍的，就是搭救幫主完成，喚他們來料理善後。」

其實金氏兄弟傷成這個樣子，卻始終不曾放紅火箭，只因外面的幾個丐幫兄弟本事有限，若是連金氏兄弟都對付不了，喚他們來也是送死，是以金氏兄弟拚著重傷也不放箭求援，這也是金氏昆仲俠義之處。

辛捷向窗外一望，忽見一條人影如飛而去，金老二道：「別管他，這人是勾漏一怪翁正之師弟青眼紅魔，敢情他在塔下發覺不對也跑了。」

辛捷忽然想起：「丐幫乃是因一劍鞘才與崆峒交惡，怎麼盡是些什麼勾漏山的，卻不見厲鶚露面？」

辛捷當下把這意思說了出來，金老二也拍腿道：「是呵，咱們也正在奇怪——」

辛捷陡然記起自己「梅香劍」還插在塔外壁上，啊了一聲，轉身從窗口躍出。

金老二忙伸頭出窗一看，只見辛捷全身扁平地貼在壁上，足尖緊抵住壁上磚縫，竟然如一隻大壁虎般貼在牆上，這等功夫比之一般所謂的「壁虎功」又不知高出多少，因為壁虎功只能在牆上緩緩游動，要這樣停住不動地貼在牆上卻是萬萬不能，辛捷這手功夫乃是以上乘輕功配合深厚內功才能辦得到。

且說辛捷閉著一口氣貼在牆上，卻發現牆上的「梅香劍」已不翼而飛！

辛捷心中一陣猛震，宛如從千丈懸崖掉入深淵，但他畢竟稟賦異凡，一陣慌亂後又鎮靜下來，他暗自盤算：

「什麼人能夠貼在這塔壁上從容拔劍？我這一劍可說插得相當深了，絕不可能是它自己掉落下去的——」

事實上，當今武林中能有像辛捷這樣從容貼身光牆上的功力者實是寥寥可數，那麼在這寥寥可數的幾人中，究竟是誰盜去了寶劍？

辛捷的目光再次落在插劍的孔上，只見堅硬的磚石上一道整齊的口，直深入三尺之多，磚緣整齊光滑，沒有絲毫崩落的現象，就如切好的豆腐一般。

突然，辛捷發現這劍口旁三尺處，竟也有一個同樣的口子，辛捷仔細一看，只見那口子恰如一柄劍身一般，顯然也是被劍子插入的痕跡。奇的是那劍口磚緣也是平整萬分，不見絲毫崩落。

辛捷本是聰明絕頂的人，腦筋一轉，已猜到了幾分，他暗道：

「對了，梅香劍被崆峒厲鶚老賊給偷去了，他必是仗著倚虹寶劍插入塔壁，自己藉力停在壁上才盜了我的劍……難怪始終不見他露面——」

他想到這裡，不禁又驚又怒，真力一懈，身體頓時下落，他待身子落到第十二層的層簷時，才伸手在瓦背一按，藉力騰身而起，翻身飄入塔頂，姿勢美妙已極。

金老二喝了一聲采，對辛捷的功力真是佩服無比。

金老大也漸漸能扶著站起身來，他見辛捷面色不對，遂開口道：「辛兄若是有什麼事用得著咱兄弟的，儘管吩咐下來就是。」

辛捷茫然搖了搖頭，又強笑道：「沒有什麼，我有一柄普通長劍留在壁上，方才去看時卻不見了，想是跌落了下去吧……」

辛捷的個性高傲得很，若是朋友求助於他，他自是熱忱萬分，但若要他求人幫助，他卻是大大不願，是以他對失寶劍之事支吾了過去。

金氏兄弟都是豪傑之士，雖知辛捷言不止此，但也不再多問。

辛捷抱拳對金氏昆仲道：「兄弟現在有一要事，必須立刻去辦，日後兩位若是有什麼事要找兄弟的，兄弟千里之外必然星夜趕到。」

金氏兄弟見他臉色焦急，知他必有要事，只抱拳一禮道：「辛兄是咱們弟兄的大恩人，也是丐幫的大恩人，這個咱們終身不敢忘。」

辛捷對鵬兒道：「鵬兒好生跟著金叔叔，好好練好功夫，將來丐幫全靠你重振聲威哩。」說罷一輕身飛出塔頂，幾個起落已在三十多丈之外，鵬兒追到窗口叫道：「辛叔叔什麼時候來看鵬兒啊？」

聲音傳出，辛捷身影已消失在莽莽叢林中。

廿七 武林之秀

辛捷滿心焦急地匆匆趕路，他心中暗想：

「闖上崆峒山後給他大鬧一場，那厲鶚總不能不露面了吧，哼，只要他一露面，我不但要討回寶劍，還要清一清咱們之間的舊賬。」

所謂舊賬，自然是揭厲鶚暗算梅山民的老案，此刻，辛捷根本不把「天下第一劍」的崆峒掌門放在眼內。

這一段路甚是荒僻，辛捷可以毫無忌憚地施展輕功絕技奔馳，他只覺自與勾漏一怪一場激戰，自己功力似乎又增加了不少，這時他只寫意輕鬆地跑著，但速度卻極爲驚人——

忽然呼的一聲，一隻鴿子從低空掠過，辛捷眼尖，早瞥見那鴿子足上綁了一根紅帶子，顯然是送信的鴿子。那年頭用鴿子傳信也甚普通，辛捷並不以爲意。

迎面涼風吹來，帶來一絲濕味，辛捷暗道：「前面必有河水。」

奔了不到半盞茶辰光，結果聽見浩浩蕩蕩的水聲，辛捷不禁微微一笑，心想自己在外面跑了這些日子，見識經驗著實也增長了不少。

走得近來，果然見一條小河橫在前面，河面不寬，但水流卻十分湍急，只見河聲浩蕩，怒濤澎湃，俯視令人暈眩。

卻也湊巧，正當辛捷走到河邊，上游衝下一隻船來，只見船中空空，除了一個梢公沒有一個客人，那梢公正用長篙反撐，減低船的速度，似乎打算停將下來。

那船行甚速，似乎不可能立刻停位，但見那梢公不慌不忙從艙中取出一條大纜，頭上圈成一個圈套，只見他在頭上轉了兩圈，呼的一聲拋了過來，那圈兒恰巧套在岸邊一個大木樁上，辛捷不禁駐足叫了一聲好。

那梢公雙足釘立船板上，雙手加勁一拉，船兒就緩緩靠岸。

辛捷上前問道：「敢問大哥往崆峒山怎麼走？」

那梢公道：「順這條水到了成家鎮再往西走。」

辛捷道：「梢公你這船可是要到成家鎮？載我一趟怎樣？」

那梢公人倒不錯，笑道：「俺這船正是到成家鎮的，客官要搭只管上來就是，咱們路上也好多一個聊天的夥伴。」

辛捷謝了一聲，步上船頭，那梢公手上一抖，繩套呼的又飛回，那船立刻順流而下。

船順水勢，甚是迅速，兩岸景物向後飛倒，更顯出船的輕快，梢公對辛捷道：「客官不是本地人罷？」

辛捷應了一聲，反問道：「我看你也不是本地人吧？」

梢公道：「俺原籍山東。」說到這裡嘆了一口氣。

過了半晌他才繼續道：「俺家裡本是種田的，那賊廝鳥的縣太爺要討俺的妹子做小老婆，俺妹子不從，結果俺爺娘都被捉進了衙門，恰巧河水氾濫，俺家裡田園被淹得一絲不剩，唉，俺就流落到異鄉來啦——」

辛捷也不禁長嘆一聲，他見那梢公默坐艙頭，正在懷念北方的老家，心中不禁暗嘆道：「同是天涯淪落人，相逢何必曾相識。看來世上快活的人固然不少，但是絕大多數的人都是憂愁的……」

辛捷想到自己的身世，無端端那些可愛的倩影又一一飄入腦海，一時下好像天下不如意的事都浮現在眼前，他直想放聲大哭一場。

忽然他想到那瘋瘋癲癲的毒君金一鵬，他想：「像他那樣長歌狂笑，想怎樣就怎樣，大概總沒有煩惱了吧。」

他腦海中充滿著金一鵬癲狂的影子，耳朵中全是狂放的笑聲，不知過了多久，那笑聲忽然已變成了淒厲而陰森的冷笑，這是殺父母大仇「海天雙煞」的笑聲啊！

他游目四望，並無海天雙煞的影子，他知道是自己的幻覺所致，但是這麼一來，那些淒慘的往事一幕一幕地浮過眼前……

這些日子來，他不想這些，不是不想，而是不敢想，其實在他內心最深處哪一分鐘哪一秒鐘不在想著這些？只是一當他靜下來，他就胡思亂想一些其他的事物來沖淡這些愁思，現在，這些愁思如泉水一般湧湧而出——

他想到母親在雙煞侮辱下求生不能求死不得的情景，那一切一切他仍清清楚楚地記著，一絲一毫也沒有忘懷，他每覺得如果忘了一絲，他就是對不起父母……

往事飛快地在他眼前移動，突然他想到在小戢島上豪放一歌的情景，他陡然驚醒，不禁渾身出了一陣冷汗，那豪放的歌詞他還記得：「亂石崩雲，驚濤裂岸，捲起千堆雪，江山如畫，一時多少豪傑！」

他不禁力貫雙足，從盤坐一躍而起，抬眼望時，江流洶湧，白浪滔滔，奔流遇到岸石阻路時，張牙潰沫地狂吼，前仆後繼地捲拍，他忘卻一切顧忌，振聲長嘯——

嘹亮的嘯聲震得山谷齊鳴，梢公的耳膜險些被震裂，好半天以後還在嗡嗡作聲，他暗道：「這客官好大嗓子。」

兩岸叢林中一陣亂動，群鳥被嘯聲驚起，齊飛而出，張翼寬達數尺的禿鷹數千隻同時而起，登時蔽遮滿空，壯觀已極。

辛捷望著這巍然奇景，頓時寵辱皆忘，滿心充滿著快意，洋洋自得——

忽然梢公叫道：「客官，成家鎮到了！」

天方破曉，金雲甫現——

辛捷已經離開了成家鎮，這一帶人煙稠密，辛捷只好緩緩以常人的步伐走著，儘管他的心中焦急萬分。

就這樣緩緩地行著，成家鎮到集慶縣不過兩百里，辛捷卻足足走了三日半才到。

一進集慶縣城門，他就覺得情形有點異樣，這小縣鎮裡竟來來往往有許多江湖人物，等到他從正門大路一轉彎時，他就恍然大悟了。

原來由正門大路一轉彎，第一個入眼的就是一塊丈長的直條招牌，金色的字有斗大：

「呈祥鏢局」。

敢情那些江湖打扮的人全是跟這鏢局有關的。

辛捷走到一家酒樓中，揀了一個較清靜的座位，準備叫客飯。

忽然樓梯登登響處，上來四五個鏢師之類的大漢，正好坐在辛捷的對面，大聲吆喝地要了五斤老酒十斤牛肉，就開始高談闊論起來。

左首那個大鬍子道：「這次咱們兄弟算是栽到家了，幸好咱們鏢頭有先見之明，不然暗鏢也給搜去的話，咱們哥兒們也不要混了。」

右邊一個矮小的漢子嚥了一口牛肉道：「誰叫咱們碰上山左雙豪呢，憑人家雙豪的名頭咱們大夥兒一齊上也不成啊，聽說他們最近加入了關中九豪呢！」

辛捷一聽山左雙豪，立刻注意聽下去——

左首旁邊的一個胖老道：「還說哩，咱們要是有『梅香神劍』辛捷的一半本事，可就不怕什麼山左雙豪啦。」

一聽「梅香神劍」幾字，辛捷不禁大驚，心想自己哪來什麼「梅香神劍」的外號？莫非另有一人也叫做辛捷？

只聽那首先發話的鬍子漢哈哈笑道：「老李真沒羞，憑你這塊料再練一百年也及不上人家辛大俠一半哩，你想想勾漏一怪翁正是何等人物，在神霆塔頂和辛大俠賭鬥時，講明一場拳腳一場劍術，結果大名鼎鼎的勾漏一怪竟硬接不下辛大俠十拳——」

鬍子漢說得繪聲繪形，口沫亂飛，彷彿他自己變成辛大俠一般。

辛捷聽得大吃一驚，心道：「這可正是說我啊，怎麼我和勾漏一怪拚鬥的消息這麼快就傳開了，可笑這些人加油加醋地不知要把我說成什麼人物了。」

只見那鬍子仍得意地繼續說：「嘿嘿，第二場翁正要比劍術，他那『劍法』可真是武林一絕，結果，嘿嘿，辛大俠用那個……那個劍法三招就將他劍子挑飛，才揚長而去，這份功力才真算得上大俠名頭呢！」

辛捷心中雖然罵這些人渲染得太不成話，但心深處仍免不了一陣竊喜。

只聽那矮子又道：「錢大哥你說這位『梅香神劍』辛大俠強些，還是『武林之秀』強些？」

鬍子漢道：「你是說『武林之秀』孫倚重麼？」

矮子點了點頭道：「不是他是誰。」

鬍子漢道：「這兩位大俠都是一般年輕，也都有一身了不起的功夫，據我看辛大俠雖然厲害，恐怕還是孫大俠強些兒。」

那胖子老氣橫秋地道：「何以見得？」

鬍子漢道：「我說一個人你就知道了，那北君金老爺子的高徒天魔金欹你們總曉得了囉，他那手功夫真是盡得北君之傳，可是半年前曾被孫倚重大俠一掌震退哩，你想想這份功夫怎麼樣？」

矮子點了點頭道：「對也罷不對也罷，咱們還是喝酒的是。」

幾個人哈哈一笑，狼吞虎嚥地大吃起來。

辛捷聽他們說什麼「武林之秀」孫倚重，心中一怔道：「怎麼出了這樣一個青年高手我都不知道？呵，對了，一定是我在小戢島的那一段時間才揚起來的，嗯，能把金欹一掌震退，那功夫著實了得。」

想到金欹，他立刻想到那張被毀容了的醜臉，抱著吳凌風大哥一起滾落懸崖，他不禁長嘆一聲，難道金欹也像他師父金一鵬一樣的發瘋了嗎？

辛捷聽那幾個鏢局的漢子酒酣之餘，開始言不及義起來，他皺了皺眉頭，會賬出店。

一走出酒店，他心中有一點慌亂的感覺，他定了定神暗道：「先找崆峒要回寶劍再說。」

離開集慶城，已是黃昏的時候了。

西天紅雲如火，霞光四射，辛捷在官道上緩緩行著，他心想：「與其晚上在客棧裡投宿，倒不如乘夜裡施展輕功趕一程。」

忽然，他眼角瞥見一物，一隻鴿子從頭上飛過，他仔細一瞧，只見鴿腿上又綁著一段紅帶兒，在夕陽下紅得異常奪目。

辛捷心中不禁一動，難道仍是上次碰到的那隻鴿子？

這時辛捷身後樹葉忽然一陣微響，辛捷身子有如一陣旋風般轉了過來，卻沒有看見什麼。

但是辛捷從經驗中判斷那聲響必是一個人所弄出的，辛捷裝著自言自語道：「我真是疑神疑鬼，樹葉動一下也大驚小怪。」

裝著繼續趕路，他原以爲那樹上有人的話，必會跟著他，哪知他走了十餘丈遠突然一轉，背面仍是沒有人。

辛捷一賭氣，展開輕身功夫，身軀有如脫弦之箭，霎時已去了數十丈。

這下辛捷可發覺背後著實是有人跟蹤的了，而且那人輕功竟也十分了得，似乎若即若離地跟在辛捷後面。

辛捷暗中冷笑，腳下漸漸加勁，速度也隨著增快，哪知跑了數十丈，那人仍舊在相當距離外緊跟著。

辛捷不禁有點忿怒，猛提一口真氣，腳尖微點，身形飄落七八丈外，敢情他已施出了「暗香掠影」的絕頂輕功。

「暗香掠影」乃是七妙神君的輕功絕技，辛捷此時何等功力，施將出來真稱得上疾如奔雷，當今武林人士能及得上的，簡直是寥寥無幾。

哪裡知道當辛捷用足了十成腳程，人家還是沒有被落下來。辛捷心中一動，突然足尖用力一蹬，身子已至七八丈以外，雙足剛一觸，立刻打了一個轉兒，反過身來。

後面跟蹤的人不虞正在比賽腳程之際，辛捷還會反過身來，不由一愣，身體卻一時煞不住，向前飄了一段才停下身來，呆在當地。

辛捷見對方收不住勢，但一飄卻超過五丈，這等輕身工夫，實在不在自己之下，忽然心中一動，脫口而呼道：「閣下可是號稱『武林之秀』？」

那來人年約廿七、八，眉清目秀，相貌甚是滑稽可親。見辛捷如此一問，訥訥道：「這不過只是江湖上抬舉在下所送的頭號，在下哪裡敢當，在下姓孫，草字倚重。」

辛捷微微點頭道：「孫大俠一路跟隨，可有什麼見教？」

孫倚重呆了一呆，一時答不出話來，半晌才道：「若是小可眼光不差，閣下可是『梅香神劍』辛捷——」

辛捷點首作答，孫倚重頓一頓才道：「小可跟隨尊駕，是想討教——」

辛捷自失梅香劍以來，心情便不太愉快，而且加上一種好勝的心理，聽見孫倚重口氣好像有點不把自己放入眼內，心中微怒，冷笑道：

「原來尊駕步步緊迫乃爲的是討教一二，這個在下倒也有此意——」

孫倚重不料二三句便說僵要動手，也不便再解釋，怔在一旁，倒是辛捷最後一句話，暗示好像要和他爭勝，激發他的豪性，微微跨前一步，道：「辛兄既是如此，小弟獻醜了！」說著緩緩抽出背上長劍。

辛捷冷然不語，見對方已抽出佩劍，不再怠慢，只見他右手一抬，虹光起處，長劍已跳入手中。單看他拔劍的動作，便有一派宗師之風！

這柄劍乃是他梅香劍失落後隨手買的，這時長劍到手，豪氣益發，隨手一振——辛捷自出道以來，大小戰鬥已不下半百，尤其是最近一連數次都是和一些功夫和自己不相上下的人拚鬥，對於拚鬥已有了相當的經驗。

目前面對的乃是聲名鼎盛的「武林之秀」孫倚重，不敢絲毫大意，微微拈起長衫，以便打鬥時比較俐落一點！他抽劍，打整長衫一氣呵成，再加上極自然的一振手中長劍，自然發出「嗡」的一聲，這一切對他已有了一種熟悉的感覺，他心中暗笑，下意識的還想用左手去彈動劍身，使劍身跳動成七朵梅花，當然，這個動作在不久以前——那時他還是以七妙神君的身分出現時，是十分熟悉的。

驀然，他忽然感到一股劍風襲面，耳邊聽到孫倚重的聲音道：「注意了！」辛捷腳步一滑，同時間長劍一揮。

孫倚重一招走空，不待招用老，反手一削，又是一招二式攻了過來。辛捷被人家搶了先機，只好先行固守，然後待機而動，以便奪回主勢。

孫倚重一連幾劍完全落空，不是被辛捷架回，便是避開。但見二支劍連連閃動，二個武林後起之秀互相拚鬥，一時間不分上下，甚是激烈。

辛捷凝神守了幾劍，卻始終找不著對方破綻，但卻發覺對方乃是正宗少林嫡傳的「達摩神劍」，心中微驚，守得更緊。

也有好幾次，辛捷想用內力去硬封對方劍子，以爭回主動，這個念頭出於他以爲他的內力修爲必較孫倚重爲深，但他凝神注意那孫倚重每一劍劈出，則隱帶風雷之聲，這表示對方的內力造詣也已達上上之選了！

辛捷猛然想起那失落的梅香劍，心中焦急，不願再耽擱下去，奮力削出一劍，但見劍影有如春蠶吐絲，撲湧而上，而且劍式中真力溢注，威力甚是強大。

孫倚重一時封架不住，手上招式一緩，已經給予辛捷最佳良機——

辛捷打算速戰速決，不再拖滯，吼道：「且接我這招！」

同時間手中長劍突然使出不久前在神霆塔頂挫敗勾漏一怪的「大衍神劍」來，當然，這一式是起手式「方生不息」

孫倚重一驚，好不容易才封住，辛捷已是奇招疊出。

「武林之秀」孫倚重猛然後退半步，避開辛捷的「大衍神劍」中的第四式「物換星移」，高聲道：「且住！」

辛捷一怔，用力收回再攻之勢，那孫倚重似乎想要說什麼話，卻遲遲不開口。

辛捷正奇怪間，孫倚重忽道：「打擾！咱們後會有期！」

孫倚重已騰空而起，不消數點，便落在十數丈外。

辛捷怔在一邊，他可真不明白孫倚重這是什麼意思，其實他哪裡知道孫倚重此行的使命是如何的重大，幾乎要影響整個武林的前途哩，這是後話不提。

辛捷不解的搖了搖首，自語道：「管他的！還是趕路要緊！」

心念一動，不再呆立，揹上佩劍，飛也似的走去。

平白又被耽擱了將近一個時辰，只好放腿猛趕，好在順路道兒筆直下去，便是崆峒山區。

又是一隻綁著紅緞帶的鴿子飛了過去，辛捷再也忍不住，揚拳遙遙擊去，「噗」地將鴿子打了下來，他取下紅帶一看，只見上面繪著兩個骷髏，他不禁大吃一驚道：「海天雙煞！」

敢情這正是海天雙煞的記號，他心道：「不知雙煞召集夥伴又要幹什麼壞事？」

驀然，道邊人影又是一閃，有一個和尚打扮的人站在道路中間，高聲叫道：「來者可是辛捷辛大俠嗎？」

辛捷不料在如此荒區，竟還有出家人找自己，心中大奇，身軀一挫，定下身來，點首作答。

那和尚十分年輕，年約卅左右。

只見他手上已握了一柄長劍，施了一禮道：「望辛施主多多指正——」

說著長劍已是分心刺到。

辛捷心中真是又好氣又好笑，糊裡糊塗又有出家人找自己討教，聽他的口氣好像是因自己是新近成名的高手才來領教的，也懶得和他計較，右手一帶，「嗆啷」長劍出鞘。揮動之間，一招「閒雲潭影」，仍然用大衍十式出擊。

那年輕和尚功夫也甚是高明，連挑帶削，把辛捷這招封出門外。

而辛捷也不由一驚，敢情這和尚的劍路完全和剛才和自己交手的「武林之秀」孫倚重一樣，都是正宗少林寺嫡傳的「達摩劍術」！

那年輕和尚對辛捷招式時十分留神，簡直可以說是目不轉睛地注視著辛捷的一招一式，辛捷心念一動，突然改變招式，變「大衍神劍」爲「虬枝劍法」，刷刷刷刷一連四五招攻出。

那年輕和尚先是凝神注視兩招，接著臉上露出失望之色，驀地收劍道：「暫停！」

辛捷見對手又是不要打了，好在自己正有事在身，反倒希望他快點停手，自己好趕路。

那年輕和尚認真的沉思了好一會，才釋然道：「對了！是了！」

轉目瞥見辛捷還站在身旁，不由露出尷尬之色，支吾了一下，驀然轉身飛奔而去。

辛捷哈哈長笑，心中雖是不解，但總模糊知道少林寺必是很注意這「大衍十式」，這倒是甚不平凡的事呢。

心中一靜，自然又想到那失落的「梅香劍」，心中焦急如焚，不敢多停一分鐘，再行趕路。

山道愈來愈崎嶇，也愈來愈荒僻。

天色漸漸黑暗了，黃昏已然過去——

不知過了多久，月兒已出來高高掛在空中。

辛捷一心一意在於那「梅香劍」，步法雖是從容不迫，但每一騰挪，便在四五丈以外，在銀色的月光下，好像一條淡淡的黃線，在地面上飛快的移動著。

前面就是一個不高也不矮的山坡，辛捷猛提一口真氣，決定一口氣奔上山坡頂處。

但聞衣袂飄飄，帶起陣陣風聲，辛捷已一閃而過……

月明星稀，萬籟無聲——

山坡斜斜的，人影被月光照映在地上，本來是修長的影子，也由於坡斜而縮短了一截——太迅速的緣故，短短的影兒隨著那飛奔的身體，好像在地面上劃著一條黑線似的。

懷著十分焦急的心情，辛捷正以全速疾奔著，滿心思念著唯一可以抵擋那無堅不摧的「倚虹」神劍的「梅香劍」；曼妙的身法，乍看過去好像足不點地，身體有若彈丸般在空中飛快掠過，卻絲毫不帶風聲，僅僅那衣袂微微帶著揚起來而已！

山坡上靜悄悄的，偶爾一兩叢樹木交雜生在山坡旁邊，婆娑的影兒幾乎要遮著整個山坡——

驀地裡那樹葉窸窣搖動了一下，一種直覺和一種經驗使辛捷升起一個不祥的念頭，僅管他心中還充滿著焦急，但身體仍然不由一挫。

等到他醒覺自己急停的原因而搜索那叢樹木的時候，卻發現樹中不過空空的一片，分明是夜風微拂的緣故。

辛捷啞然失笑，行動有如急箭，連點數點，已恢復了最高速度，步履仍是那麼安詳，身形仍是那樣曼妙！

這個山坡並不算高，但卻是雜樹叢生，雖然是冬季，但由於南方較爲溫和，是以樹木並沒有枯萎。

前面便是山坡頂兒，辛捷猛提真力，一口氣奔到山頂，驀地裡他感覺到氣氛有點兒不尋常，那交錯的樹木好像多了一點，因爲有剛才樹葉無風自動的事情，辛捷的警覺提高不少，定神看去，那些樹木分明是從他處移種過來的——

辛捷雖然遊蕩江湖僅僅一年有餘，但所遭歷的多半是頂尖兒的玩意，耳濡目染也有了不少經驗，像這種比較稀見的「瞞天過海」手法，辛捷卻能在細察之下，輕易發覺，實在不易——

正醒悟間，腳步一挫，不由往左側踏了一步。

意外的是踏了一個空，辛捷剛剛醒悟自己是落入陷阱的時候，身子已猛往下落！

辛捷自然的一踢，在迫不急待之間，硬生生升起半尺。

雙腿連環蹴出，仰天斜掠出陷阱，但也僅離地面半尺而已。「嘿」！辛捷剛才吟出一聲，驀地身體又是一個踉蹌，敢情是被那第二道機關——「絆索」絆了一下。

「荒山黑夜，不知怎麼會有如此伏兵，設計出這樣多的機卡來暗算自己？」這個念頭如閃電般掠過辛捷心田，正在努力穩住身子，金刃破空聲起處，敵人已趁機發出暗器。

辛捷辨別風聲，已知發暗器者內力特強，正待躍起躲避，只聞「噗」的二聲，肩頭和大腿上已各中了二枚暗器，原來那暗器直到距他三尺之時才讓他聽出聲音，是以連辛捷這等身手竟著了道兒。

辛捷自出道以來，尚未如此栽過，竟在尚未看見對手影兒的時刻裡，便吃了暗虧。

二枚暗器使辛捷宛如刀割般刺痛了一下，怒火上膺，閃目一瞥，卻不見一個人影兒。

「敵暗我明」，辛捷心中竟升起一種從未有的緊張，一種不祥的預感籠罩著他，真有「四面楚歌」的處境了。

逃！一個念頭陡然閃過辛捷的腦際。

他可以感覺出所中的暗器雖然沒有毒，卻打得很深很深。而對手的手法，又異乎尋常的好。暗器帶起的風聲竟能在進入三尺以內才能察覺，這種手法，江湖上可能是極少可見的了。

辛捷強忍著背上的疼痛，足上用力，身子突然一掠，直向左側林中竄去。他並非愚蠢之人，明知敵人必是四周密佈，但仍冒險一試——

果然不出所料，那密林中回過來的是迎頭而擊的一把暗器。幸好是有了準備，辛捷在空中一仰，身子竟在電光火石間水平倒射而出，方向卻是和剛才直奔的正反面，這種身法也只有絕傳的「詰摩步法」才能夠作得到的！

那把暗器來得好快，辛捷的身子和地面已成平行，饒是這樣的角度，仍讓一顆暗器在鞋底上劃了一下。

辛捷這個方法純粹是試探的，身子剛才竄向右方，林中驀地一聲斷喝，一股掌力急奔而至。

辛捷揮動雙臂，猛覺一陣刺痛，肩胛上的那粒暗器竟使得他左手有如虛設。

他奮力一掌回敬過去，但威力卻像是減弱了一二分。

二股狂飆一觸，辛捷頓感不支。

有如一支棍子打下來一樣，辛捷被別人的掌力打了一個轉兒，「砰」的一聲跌在地下。

辛捷早在提掌回敬之時已知自己非退不可，但唯一可以安慰的便是自己急迫間一揮之下，竟也把對手打了一個跟斗——這是由於林中一陣暴響和呻吟聲而知的！

試探的結果知道了，那就是——

敵人竟在這荒山上設下了十面埋伏！

而且，還像是非要取得自己性命才甘心！

——辛捷知道逃跑是絕不可能了，傷口有愈來愈痛的趨勢，正在沒有應付之策，驀地裡——

樹葉兒窸窣一陣亂晃，出現了七八個人影。

月光下，照得分分明明，爲首的人，竟然是辛捷不共戴天的仇人「海天雙煞」焦氏兄弟。

自從辛捷下山以來，已經兩次逢著「關中九豪」的頭子「海天雙煞」，尤其是在龜山一役，辛捷曾被對方打下萬丈深崖，見面之下，自是分外眼紅。

焦氏兄弟臉上表情漠然不驚，敢情他們早已得知那「梅山民」並沒有被擊斃崖下的消息了。

辛捷心中既怒且驚，閃目望去，那一堆人影中有好些熟人，看樣子正是東山再起的關中九豪。

九豪的工夫，辛捷多半領教過，假如是對方以一對一，甚至以二敵一，辛捷都可以穩持不敗，但是現在對方是九個人，而且自己又在尚未交手前便受了重創，又一陣不祥的陰影閃過辛捷的心田。

焦氏兄弟一瞬也不瞬的注視著辛捷。

好一會焦化才自言自語道：「長得好像！差不多是一模一樣呢。」

微微一頓，接著陰森森地道：「你明白我們是什麼意思？」

辛捷默默不語，他是絕頂聰明的人，已經醒悟——

原來當日在龜山絕頂，辛捷臨被打下山頂時，曾被揭去面幕，雙煞在急切間，也不能辨認，但總依稀覺得有點眼熟。事後辛捷擊敗勾漏一怪翁正，名聲大振，雙煞自然也聽到，由於辛捷是姓「辛」，提醒雙煞這孩子酷似從前的夥伴「辛九鵬」，雙煞詳細分析之下，已知當年這孩子竟沒有從牯牛上跌死。

雙煞的心腸原本毒辣，決心剷盡後根，是以設下十面埋伏，等候辛九鵬的後代來臨。

辛捷思考再三，強忍下數次準備拚命的衝動，自知今日必定有死無生。心中一橫，高聲道：「海天雙煞，你們既明白，嘿，還不納命！」

說到最後，聲音已微顫抖，想是憤怒已極！

「嗆啷」一聲，辛捷已把佩劍持在手中，低頭一瞥，只見手中長劍雖然在月光之下閃閃有光，但卻遠不及那「梅香寶劍」，想起那梅香劍，心中不覺一陣茫然，忖道：「這一場是死多生少，梅香劍是永遠再見不到的啦！」

他惱恨的一哼，龍吟般一聲長嘯，頓覺豪氣干雲，存下了破斧沉舟的決心，也暫時忘記了傷口的疼痛。

他冷冷道：「啊，一共是七個人，姓焦的、九豪還有的人哩？」

焦化長笑一聲道：「咱們七個人還不夠要你的命麼？」

他果然陰毒無比，絲毫不被辛捷所扣。

辛捷朗朗一笑道：「上吧！」心中卻閃過一個念頭，忖道：

「是了，一定是那隻鴿子，準是雙煞用來召集同伴的，被我打下，果然是少了一個曉月寒心掌，不知還有一個呢？」

心念才動，那山左雙豪中的林少皋不聲不響，已是逼身攻來。辛捷眼觀四路，耳聽八方，哪容林少皋迫近，手中兵刃破空之聲陡盛，竟似全力而爲——

辛捷腿上不便，幸好是左肩受傷，於是他右手長劍一揮，一聲不響地疾刺而出，林少皋雖然先動卻仍搶不了先機，他怒吼一聲，斜跨半步——

辛捷鐵腕一挫，長劍一捲而出，劍尖連閃，分襲對方五人。

焦氏兄弟見他劍法精奇，雙雙揉身而上，其他幾個也都是一等一的武林高手，個個都曾身經百戰，一見雙煞動作，立刻各自佔據住最有利的位置，更不出聲，一齊抖出兵器，合圍而上

廿八　海天雙煞

新關中黃豐九豪的實力比之舊九豪有過之而無不及，現在竟齊以兵器合攻一個敵人，這不能說不是武林「壯舉」了吧。何況，對手只是一個年甫二十的青年呢。

辛捷早就不存生望，竟然毫無畏意，長劍一挽，一動招就是平凡上人的絕世劍法——大衍十式。

眾多兵器齊揮發出的破空之聲嗚然作響，這對辛捷來說，不僅是感到敵人功力的深厚，而且更是一種慘厲的心理威脅。

但是，忽然嘶的一聲尖銳聲響起，辛捷劍尖上發出的劍氣竟將所有的破空之聲壓了下去，他手上的長劍極快地在前後劃出一道光亮的弧度，錚然而出，仍是大衍十式的首招——「方生不息」。

九豪多半見過這一招，差不多每個人都回去苦思過對這招的破法，雖然沒有想出什麼妙招，但各自都想到防守之策，這時見辛捷這招施展出來，一時各人都施展了自己的心得——

然而，平凡上人何等人物，這方生不息乃是大衍十式中最具威力的一招，變化之細微繁多，強如辛捷此時也未見得能百分之百地領悟，又豈是他們幾人所能破解？只聽嘶嘶劍氣聲一高一低，驚叫聲起，千手劍客陸方肩上已中了一劍，而長天一碧白風的衣袖也被三尺青鋒削去尺許。

辛捷暗道一聲可惜，若是腿上不傷，此時乘勝追擊，至少能收拾其中一人。

呼呼兩股淩厲無比的掌風襲向體後，辛捷不用看就知必是海天雙煞，他身子都不轉，反手就是一劍，劍式似慢實快，飄忽不定，正是大衍十式中的「物換星移」。

焦氏兄弟功力再深，碰到這等奇絕天下的劍式也是一窒，辛捷變招迅速，「物換星移」才發出一半，劍光倒捲又攻向左面的林少皋，劍托一揚，卻封去左面摘星手司空宗的偷襲。

長天一碧白風大喝一聲，單掌劈出，海天雙煞也乘機配合攻出一掌，三股絕強的掌力逼得辛捷踉蹌退了兩步。

林少皋和陸方兵刃雙揮乘機而進，辛捷冷哼一聲，劍走偏鋒，竟是虬枝劍法中的絕著「冷梅拂面」——

「冷梅拂面」又奇又快，辛捷更毫不留情，千手劍客陸方愕得一愕，劍氣已自撲到，正驚慌間，急聞辛捷又是冷哼一聲，長劍卻飛快的收回。

原來海天雙煞雄厚的掌力又逼得辛捷放棄絕好機會，收招自保——

但是只緩得一緩，辛捷的大衍十式又已施開，劍式綿綿而劃出，任九豪猛攻，一時卻還擋得住——

但是辛捷漸漸感到劍上的壓力愈來愈重，他嘶嘶的劍氣也愈來愈弱，雖然弱，但他還得拚力將真力貫注，因爲只要劍氣一遏，雖然他會感到較爲輕鬆，但是敵人立刻會欺身近到肉搏的地步——

辛捷感到傷口也愈來愈痛了，他拚力斜劈出兩劍，他心道：

「這樣地下去除了死沒有第二條路，我索性拚命幹他一個算一個——」

心念既決，他長笑一聲，心中反而洒然，他暗中祝禱：「爸媽，佑孩兒殺仇！」

長劍揮出全是虬枝劍法中的進手招式，而且專找海天雙煞下手——

他這種拚命打法，招式又詭奇無比，黃豐九豪竟然陣勢一亂。一個念頭如閃電般穿過他的腦海——

「逃！」

他「冷梅拂面」、「梅花三弄」一齊攻向海天雙煞，身體卻陡然後退，強忍著腿上疼痛，扭身躍起數丈。

「打！」九豪中的新手「陰風神鏢」右仲望抖手打出一把暗器。

辛捷在空中沒有聽到絲毫破風之聲，心料必是九豪擺的空城計，但突然一個念頭閃上心田：「方才我中暗器也是初不見風聲，莫非這暗器有異常之處——」

刷的一聲，辛捷慌忙地讓向地上，果然，一把暗器飛空而去。

原來這「陰風神鏢」左仲望的暗器功夫有一樁特別之外，他發出的暗器利用特殊手法能夠令暗器不帶破風之聲，直到距敵三尺以內卻陡然加速，敵人發覺想逃時，已自不及，辛捷第一次就著了他的道兒才受傷的。

辛捷雖然拚命滾地躲過了暗器，但是傷口卻被觸撞得痛不堪忍，他咬緊牙剛站起身，砰的一聲，背上已中了焦化一掌，他只覺眼前一陣發黑，喉頭一陣發甜，哇的一聲吐出一口鮮血——

他猛然吸進一氣，雙腳一挺，竟然掙扎著站立起來，他運氣強壓住翻騰的血氣，真氣貫注劍身，嗞地一聲，劍氣躍然而出，右手一挽，劍光點點彈出，忽地一劍疾刺而出，半招「寒梅吐蕊」尚未施完一變而為「梅吐奇香」，劍氣似乎為他的尋常長劍增了幾分威力，擦的一聲，金鎚神劍林少皋的劍托被他削去，手背上也劃出殷紅的一道口子——

林少皋尚沒有來得及退後，辛捷的劍鋒已挾著一縷寒光指向焦氏兄弟——

摘星手司空宗及陰風神鏢左仲望雙雙側擊，哪知辛捷全然不顧，劍招陡變「乍驚梅面」筆直刺向焦化——

焦化見辛捷這等不要命的打法，不禁微微一呆，辛捷劍式何等速捷，劍光暴長，宛如手臂突然加長一節一般，波的一下，焦化怪叫一聲，右肩已被刺穿一孔。

然而左仲望的長劍也在辛捷左胸留下一道寸深的口子——

辛捷眉頭都沒有皺一下，鮮紅的血從傷口湧湧而出，在他衣襟前留下長長的一道，他像一絲感覺也沒有，驀然地，飛快地揮動著長劍，劍式比原先更加凌厲幾分，著著存著兩敗俱傷的決心——

拚鬥愈來愈慘烈，血光紛飛中，辛捷漸漸脫力愈戰愈退，漸漸退上了山坡頂——

月光朦朦，夜色淒然，涼風吹著，雖不像刺骨一般，卻也甚是難熬，淡淡清輝照著大地，但此時此際卻絲毫沒有和平溫柔的感覺，相反的，竟令人有肅殺的緊張——

坡頂上，八條人影跳動著，如風的動作再加上時時尖銳的嘶嘶之聲，更增加幾分慘烈的氣氛。

砰然一聲，辛捷背上又中了一招，勉強壓制的內傷現也控制不住，他晃了兩晃，眾人以爲他必然倒下，哪知他晃得兩晃，哇地又是一口鮮血噴出，迎面千手劍客陸方首當其衝，被鮮血噴了一頭，正伸手抹抓，慘叫聲起，已被辛捷當胸一劍貫入——

辛捷長笑一聲，但聲音卻沙啞而無響，他歪歪斜斜地揮劍而上，動作卻疾快如風——

任關中九豪都是殺人不眨眼的大魔頭，見了辛捷這模樣，也自倒抽一口涼氣，再加上九豪圍攻辛捷一人，心中本就有些惴然，因此都是一愣。

辛捷的長劍卻乘著這一愣之間連演絕學，刷地一劍從出人意外的位置刺向焦化、焦勞，兩人被逼得躍身後退，辛捷卻瞧都不瞧反手一劍刺中背後的摘星手司空宗，司空宗狂叫一聲，倒在血泊中！

辛捷閉住一口氣，旋風似地轉身揚劍，焦勞狂喝一聲，雙掌拚全力猛發一掌，長天一碧白風也同時加上一掌，辛捷凝神引劍一帶，打算化開來勢，哪知他真力已盡，敵人掌力只化去一半，立刻胸前有如錚聲，耳中嗡地一聲，往後便倒——

林少皋飛身一錚擊下，哪知辛捷驀地一躍而起，左手持劍奮力上擲，劍一離手，旋風似的一迴身，反手一掌拍向天殘焦勞——

林少皋全力撲下，正待一舉將辛捷打成肉餅，不料辛捷一劍脫手擲出，兩下子都是全力而發，直嚇得他手腳無措，慘號聲起，長劍竟貫喉而過，他乃衝出丈餘方落在地上！

天殘焦勞見辛捷垂死掙扎，一掌無力地拍來，單掌微立，就打算化去來勢，哪知這掌乃是辛捷最後功力的所聚，看似無力，其實內勁含蘊，拍的一聲，焦勞怪叫一聲，倒退丈餘，掌骨竟險些被震斷！

然而辛捷終於撲地倒下了——

可笑關中九豪七人圍攻辛捷，竟然被擊斃三人，其他幾人也受了傷，雖然辛捷也倒在地上，但是這代價不能說不大吧！

海天雙煞驚怒地互相看了一眼，龜山頂雙戰辛捷時，辛捷雖然功力高強，但仍是被兩人逼下懸崖，數月不見，辛捷功力竟又增進了許多！

辛捷倒在地上，其實心中十分清醒，只是他的體力已無法支持他站起來，他貼在地上的耳朵聽見清晰的腳步聲，不知是焦勞還是焦化，反正是愈來愈近了……

他想：「如果我還有一絲力，我必掙扎著在天靈蓋上猛擊一掌，免得落入他們的手中——」

然而，他連彎指頭的力氣也沒有了——

死，就要降臨了。

他的頭腦變得異常冷靜，忽然那些熟悉的影子一一浮過腦海，父母的大仇，梅叔叔、侯二叔……一切都完了……

最後，他想到了吳凌風——那個使他感到天倫之樂的吳大哥，於是他又想到了那美麗的蘇蕙芷——

他想到蘇姑娘朝夕倚窗，在滾滾黃塵中等候他們的歸來——當然他相信主要是爲了吳凌風的緣故——但是他們曾親口答應一定要回去見她一面，親口答應的啊！

他想到蘇姑娘瑩亮的淚珠從窗口滴落塵土……

「吳大哥死了，如果我一死，她將等一輩子了，她一定會等一輩子的！」

一種從來沒有過的強烈慾望衝上辛捷的心田，他用無法聽見的聲音說道：

「辛捷，你不能死，你活在世上既說不上忠，更說不上孝，這個『信』字好歹要守啊，辛捷啊，你不能死！」

腳步更近了，那是天殘焦勞！

驀然——

辛捷像是全身觸了電，呼地一聲一躍而起，身體已如一支箭般射向坡下——

眾人只見一條黑影在空中不藉力地飛騰三次，就滾落入黑暗中。

眾人驚於這種不可思議的神奇輕功，更驚於一個垂死的人竟有如此驚人的力量。

他們的經驗只能找出一個理由：人死以前迴光反照往往有驚人的力量產生，辛捷滾了下去，但必然立刻地死去的——不可否認，他們是有一些自我安慰的。

海天雙煞飛快地追了下去，但是黑夜森森，不見辛捷的「屍首」——當然，他們仍是寧願說辛捷滾下去必然死去了。

天殘焦勞仍不服氣，施展輕功在周圍尋了一遍，卻始終不見辛捷的「屍首」——這時坡頂上長天一碧白風忽叫道：「老大，下面有人來了——啊，這傢伙好俊的輕功——」

焦勞聞言大吃一驚，心想若是讓人把關中九豪現在這副狼狽相看去的話，以後也不要想混下去了，趕緊對兄弟打個手勢，躍上斜坡。

居高下望，只見一條人影正以全速趕了過來，那人輕功好生了得，一躍數丈而且絲毫不見急促，一派安詳瀟灑之態。

焦勞心道：「此人功夫極爲了不起，樣子卻甚陌生，此時深夜趕來，多半是敵不是友——」他回頭看了看地上的死屍以及夥伴傷疲之態，略爲沉吟，沉聲道：「走！」

山坡下，經過一片荆叢亂石，直達一條小河邊，沿波雖然怪石參差，荆刺遍地，但是河畔卻是淒淒芳草，雖然是寒冬，但卻不見枯黃，這證明了野生草的強悍抵抗力。

河畔，躺著一個身軀，他滿身衣衫刮得破碎不堪，身上也全是傷痕，敢情是從那些荆棘尖石中滾下來的緣故吧。

他，一動也不動，怕是——

不，他沒有死，他是辛捷，他有超人的生命力，他的精神意志常支持著他做到常人無法做到的事——

不過，他雖還有一絲氣息，但是那是何等微弱，失血過多，加上嚴重的內傷，他雖沒有斷氣，但是已漸漸步向死亡了。

此刻，他的神智清晰得異乎尋常——也許是由於肉體完全麻木的緣故吧。

他不想父母，也不想梅叔叔，更不想其他，他腦海中全是剛才那場慘烈的拚鬥，每一招每一式他都能清楚地記得。

他的思想恢復了敏捷，也許比平時還要敏捷一些，那些兇狠的招式一一浮過心田，忽然他想起大衍十式中那些熟悉的式子，他的心頭一震，許多奇妙的地方此刻他突然領悟了，也許兇狠地拚鬥後加以潛心的思索和回憶，幫助他啓開了無數神妙之門，他絲毫不覺得自己就要死了，因爲那些神奇的變化和新發現佔據了他全部嗜武的腦子。

不知過了多久，他默默自語：

「若是早一些想到這些，此刻局面也許要不同了——啊，這大衍十式真是妙極——」

顯然，他又多悟到了許多這天下第一奇人畢生絕學中精奧之處，換句話說，他的劍術又更精進了——

然而，這有什麼用呢？除非他用「朝聞道，夕死可矣」來安慰自己……

不論怎樣，他是漸漸地死，漸漸地枯萎了……

山坡上，海天雙煞等離開後，一切都是靜悄悄的——

刷地一聲，一條人影飛縱上來，那份輕靈瀟灑比之方才離開的海天雙煞都有過之而無不及——

他愕然地望著地上的屍體，他手中握著一段紅色的緞帶，那是他從一隻鴿子上取下來的——這也是九豪只到七豪的原因了。

他轉過身來，月光照在他臉上，明亮的眸子閃出智慧的光芒，挺直的鼻樑代表著正直而堅毅，那無比俊美的面龐在淡淡月光下更加顯得秀逸不群。

他，竟是跌落泰山日觀峰下的吳凌風！

他不解地坐在一棵樹上，望著地上的屍首，他想到這些日子來自己的經歷，真是不免有兩世為人之感，他輕輕長嘆了一聲，那嘆聲中除了茫然，還有一絲感激上蒼的情意——

且說那天吳凌風與金欹互抱滾下懸崖，凌風自量必死，但在死之前，必須先殺死金欹，才能瞑目，於是他悄悄地鬆開了右手，猛然向金欹太陽穴碰去，哪知金欹也與他一般心思，二拳在空中相擊，這原是二人致命的一擊，非同小可，凌風只感到氣血翻騰，那雙抱著金欹的左手，也不由自主的鬆開，右手更是疼痛欲裂，二人身體一分開，凌風覺得下墮之勢更疾，向下一看，白茫茫的一片，不知到底有多深，他不顧疼痛，雙手向崖壁亂抓，想攀抓到任何可藉力的東西，甚至一根小草也好。

突然，他覺得腳下踏實了，在這生死關頭，他不加思索的藉力向上一竄，略穩下落身子，再低頭一看，頓時心中充滿了僥倖與感激之情。原來，剛才他只注意崖壁上面有沒有任何可藉力的東西，根本沒有注意到腳下情況，此時低頭一看，只見一棵碗口粗細的樹木，從石中橫生出來，他在絕望中忽逢一線生機，精神大振，藉著上竄之力，穩住下墜之勢，輕飄飄的落在樹幹上。

他明白自己是暫時得救了，心情一鬆，只覺得胸中氣血上湧，喉頭發甜，再也忍耐不住哇的一聲，吐出一口鮮血。他心中明白先前與金歆相擊，震動內臟，剛才死裡逃生，不但不及運功制止傷勢惡化，反而妄用真力，無異火上加油，傷勢定然加重，當他下墜懸崖時，原不存生念，但此刻既已得救，求生之念油然而生，他趕緊閉起雙目，摒除雜思，一心一意運起內功來，但是一口真氣卻鬱集胸中，始終提不上來，他試了幾次，都沒有成功，灰心的嘆了口氣，右手的疼痛，也愈來愈增加。

霧氣愈來愈濃，他感到天色也漸漸暗了，寒風呼呼，時而如虎嘯龍吟，時而如鬱婦夜泣，凌風施展千斤墜，穩穩的坐在樹上，身子如黏在樹枝上一樣，隨著樹枝起伏搖擺，他的心情也像樹枝一般起伏不定……兒時的情景清清楚楚的浮在眼前，那小橋下的流水，那路旁的小茅屋，屋旁四周柔軟的小草，那兒正是他每天下午躺著休息，仰視飄浮白雲的好地方，炊煙漸漸升起來，盤旋著，盤旋著，微風吹散了裊裊輕煙，小茅屋門開了，慢慢地現出了一張嬌美的小臉，像蘋果一樣紅的雙頰，像小星一樣亮的眼睛，一跳一跑的向他奔來，腦後的小辮子一晃一晃，臉上掛滿了稚氣的笑容。

跑近了，他趕緊一躍而起，牽著那隻溫柔滑膩的小手，奔進小茅屋，溫雅美麗的大娘，總是坐在桌邊對門的椅子，微笑的望著他倆，桌上放著一兩樣熱氣騰騰的菜餚，這兩月來，他流蕩江湖，不知吃了多少名菜，可是與大娘燒的菜一比，卻都是索然無味……。

夜深了，他身上感到一陣寒意，想到眼下身受重傷，陷於絕地，居然還有心思去想大娘燒的菜，不覺失笑。

他正準備運功禦寒，忽然嗅到一股清香，一時胸中受用無比，腦中也漸漸寧靜，他用力嗅著，只覺得血氣不再洶湧上衝，真氣也漸漸通暢，他心中明白一定是那股香氣的功用，但他因捨不得就此停嗅，所以並沒立刻去找香氣的來源，閉上了雙眼，作起吐納功夫，當真氣豁然在全身遊行一周後，胸中舒暢無比，右手傷痛也大為減低。

他張開了眼睛，找尋香氣是從何處發出，舉目一看，大感驚奇，原來光禿禿的橫生支幹，此時突然生出兩片翠綠小葉，小葉中間夾著一粒朱紅果實，風向他坐的方向吹來，香氣愈來愈濃，那粒果實也愈來愈紅，凌風正想這必是靈藥異果，當下攀著樹，向枝前移動，他生怕樹幹尖端太細，吃力不住，移到距果實五六尺遠，不敢再向前進，鬆開右手，左手抓著樹幹，向前一盪，右手正好抓住果子，摘了下來，此時樹枝受力一震，已是搖搖欲折，凌風屏神凝氣，又慢慢回到主幹，看看手中的果實，紅得十分可愛，還在繼續長大，凌風心中很奇怪，凝目注視，過了一會，果兒不再長大，忽然破裂，一股果漿噴了出來，凌風急忙張口吸接，入口但覺清冽絕倫，再看手中果子，已經只剩下一層薄皮，可是仍然香郁非常，他捨不得丟掉，正在想裝在什麼地方比較好，無意之間在口袋中摸索到小小的玉瓶，突然一個念頭湧了上來，頓時使他呆若木雞，心中感到一陣冰涼，一種絕望的情緒，充滿了他的心房，一時間，他腦海中像一塊白紙一般，什麼都不想，過了一會，千思萬想一齊在腦海中浮起……

他清晰的記得，那年，他九歲那年的夏天，一個炎熱的中午，他與一群小朋友，一道在小溪中玩水，他一向膽子就很大，率領著那群孩子游向上流，他們從小就在溪中嬉水，所以水性都不錯，大夥兒愈游愈遠，忽然，一條金色小魚跳出水面，他趕緊向前一衝，想要接住，可是慢了一步，小魚又入水中，他心中不捨，立刻潛下水面，看見小魚就在前方不遠，他閉住氣，悄悄地伸手一抓，哪知那金色小魚側身一閃，不但不逃，反而迎上來便是一口，他心想給這種小魚咬一口也沒有什麼要緊，當時只感到手指尖上一陣麻，那條明明已經被抓緊的小魚，又從他手中溜走，仔細一看，原來是一條小蛇。

他秉性堅毅，鍥而不捨，準備浮出水面換一口氣，再潛下去抓，當他露出水面時，他立刻發現，整個右掌都變成黑色，一條右臂全部麻木，他知道一定是方才那尾小金魚身上有劇毒，當時急忙上岸也不及告訴同伴，飛奔回家，跑到半路，頭愈來愈昏，他咬著牙，拚命支持，當他跑到離家門五六步的地方，被小石一絆，再也支持不住，大喊一聲便昏倒了。

他昏了又醒，醒了又昏，神志始終不清，直到第二天下午，他才清醒過來，他睜起無神的眼睛，看見大娘和阿蘭兩雙紅腫而疲倦的眼睛正注視著他，還有那位朱夫子——私塾裡的冬烘先生，臉色凝重的沉思著。

「水」，從他喉管裡吐出一個字，渾身無一絲力氣。只見大娘、阿蘭、朱夫子臉上都現出了笑容，阿蘭那雙大眼突然之間明亮起來，凝視著他，目光中充滿了愛憐，自傷，他心中一陣迷惑，努力睜開沉重的眼皮，也凝看著她，驀然，阿蘭臉色大變，俯倒床邊，他心中一急，便又昏了過去。

他一天天的好起來，他知道阿蘭也病倒了，朱夫子每隔一天便來看他們一次，每次朱夫子從阿蘭床邊探過脈後，臉色都很沉重，大娘也終日憂傷愁苦，他心中明白一定是阿蘭病勢愈來愈重，但自己全身如脫節一般，一動都動不了，他屢次問大娘阿蘭的病況，大娘都安慰他，告訴他不要緊。有一天，他半夜醒來，聽到大娘與朱夫子在輕聲談話，他本想翻過去再睡，忽然他聽到朱夫子他們在談阿蘭的病勢，他立刻凝神偷聽。

「我瞧阿蘭這孩子多半是中了金蛇毒，但是她怎麼會中毒，倒是令人難解。」朱夫子說道。

大娘接口道：「如果真是中了蛇毒，難道除『血果』外，別無他法醫治嗎？」

朱夫子道：「這蛇原是天下三毒之一，中毒者，不出八時辰，全身時痛時癢，難過非常，任你定力多強，最後也忍耐不住，自求了結。而且最厲害的是此毒非曠世難逢的『血果』將其毒性托住，瀉出體外，其他任何仙丹也難奏效。」

大娘哽咽說道：「你瞧阿蘭還有救嗎？」

朱夫子長嘆一聲道：「那日我那小半瓶血果汁，全給凌風服下，也是見他毒勢沉重，一時心慌意亂，其實這種靈藥專剋天下各種蛇毒，只消數滴，便已足夠，我瞧那日阿蘭可能是一時情急，用口去吸凌風手指上的傷口，後來自己知道中毒，但強忍著，她怕血果汁不夠，如果我們發覺她中毒，分一半給她服用，也許會耽誤了凌風的病勢，唉！這孩子對凌風一往情深，竟捨命救他。」

「我現在用藥將她毒勢逼住，並使她昏睡，以免受各種痛苦，等明兒全身毒氣都集中在一起，我再用針灸刺穴，將毒從七竅逼出，好在她中毒不太深，也許有幾分希望。只是……只是一雙眼睛恐怕不保了。」

大娘低聲抽泣著……

十多年了，那夜朱夫子與大娘的對話，凌風還是一字未忘。長日凝思，深宵夢回，他沒有一刻不在盤算著如何找尋血果使阿蘭復明。

如今自己坐的這棵樹不正就跟朱夫子所說血果樹一樣嗎？

可是，那百年一結的血果呢？

他自慚自責，怒天怪神，口中喃喃咒道：

「吳凌風，吳凌風，你這自私的東西，爲了救自己的內傷，竟忘記了這十年來刻骨銘心的大事，你這卑鄙怕死的傢伙，你這忘恩負義的混蛋！」他愈罵愈是傷心，不由放聲痛哭，哭了一陣，悲憤之情稍減，想道：「老天爺爲什麼那麼不公平呢？我自幼父母雙亡，好不容易遇上一個待我如子的大娘，可是我卻累得她獨生愛女雙目失明，我日夜費心尋求血果，可是，卻這樣的被我糟塌，難道我命運是這麼不祥，凡是待我好的人都要遭到災難嗎？」

「朱夫子說我父親一生仗義疏財，行俠除奸，可是到頭來，依然不免命喪荒山，屍骨無存，這難道是所謂『天道無親，常與善人』嗎？」

「我母親——大娘最佩服的人，是北方最有名的才女，詩、歌、賦、棋、琴、書、畫、女紅、烹調、無一不精，天資敏捷是蓋世的天才，可是她，她在生下我後，便悄悄離開這個世界，難道世上愈有靈性的東西便愈不長久嗎？」

「朱夫子在我病好後，他就告訴我身世，從前大娘騙我說父母發願在泰山金光寺中苦修二十年，我一直信以爲真，一旦聽到朱夫子說我父親命喪歹徒之暗算，真是如雷轟頂，我渴望著再過幾年，便可看見爹媽親愛的面容，可是我的希望粉碎了，代替的是復仇的怒火，朱夫子是爹的師兄，他告知爹的仇人是誰，並盡力教我武藝，他常自嘆天資太差，學藝不精，爲恐耽誤我的前途，他只教我本門基本功夫，可是大娘有一天突然拿出了一本冊子，交給朱夫子，他一看之下，大爲驚奇，便教我照著書上所寫去練，他自己在旁指點。他說那是我父親——他們三師兄弟中武藝最高強的，一生武學的結晶，我日夜練功、讀書來打發日子。」

「我甚至不敢看阿蘭一眼，那副失去光輝的秀目，雖然依舊是那麼美麗，然而，在它後面卻是永恆的黑暗，我發誓，只要阿蘭能復明，我一切都可以犧牲，一切都可拋棄，甚至是我的熱血，我的頭顱。」

「阿蘭愈變愈溫柔了，她不再和我鬥氣，只是溫和的開導我，鼓勵我，勸我不要將此事耿耿於懷，將來總有一天可以找到靈藥，我雖知希望渺茫，可是也漸漸安心一些，用心練武。」

那天，當我告別師父及大娘母女時，阿蘭的眼中充滿淚水，她勉強一笑道：「大哥，你初入江湖，一切要小心，報父仇第一，血果找不到便算了。」

我當時凝目看她，一時千言萬語不知從何說起。

「阿蘭，我知道，你雖看不見我，可是你一定感覺得到你大哥他想把全部愛憐從他那拙笨眼光中注給你。」

阿蘭收了悲容，甜甜一笑道：「好啦！大哥你上路吧！」

這一笑，如百花怒放，嬌媚萬狀，柔情款款，我當時看得癡了，久久呆立不忍離去。

「阿蘭！阿蘭！我發覺了生命的價值在有些時候，那會比不上一個深情的微笑哩！」

「你要我死，我難道偏會說不嗎？」

「師父交給我一枚玉瓶，他再三叮囑，倘若找到血果，立刻放入玉瓶中，血果便會自動化爲漿液。」

「我提起了勇氣，懷著希望，揹負著長劍及小囊，逢山過山，逢水涉水，飄泊在名山大川及詭詐千端的江湖中，血果沒尋到，父仇未報得，但幸運的結識了一位肝膽照人的兄弟——辛捷。一個天真，豪放，倔強的孩子，雖然他比自己只小了半歲，可是卻孩子氣得很哩！」

「好不容易，在泰山大會上，看見了仇人，那名重武林的仇人，正要拚命報仇，可是，那可恨的醜八怪，那瘋狂的醜八怪，不分青紅皂白抱著我一起滾下懸崖。哼！這該死的東西，現在只怕已是粉身碎骨了罷！」

他思潮起伏，不知不覺天色已是大明，火輪般的太陽已爬上了山巔，山腰四周圍的濃霧慢慢被蒸散，金色刺目的陽光，穿過雲霧，淡淡的灑布在凌風俊秀面孔上，只見他臉色時而凝重沉毅，時而激動痛苦，時而淒涼纏綿，時而幽然神往，最後他一躍而起，仰天一陣長嘯，輕盈的立在樹幹上。

原來剛才他經過一場激烈的理智與感情的鬥爭，當他想到靈藥已失，阿蘭絕望的神情時，熱血上湧，幾乎控制不住自己，直想踴身向下一跳，可是當他抬頭一看，雲霧漸漸消溶，紅日光兒萬道，突然心中若有所悟，想道：「雲霧雖濃，但是在太陽的光芒下總是會消散，我命途多難不也像滿天烏雲濃霧嗎？可是我命運中的太陽是什麼呢？」

「啊，是了，那是要靠我自己奮鬥，我自己努力，我自己掙扎的勇氣，那就是我生命中的太陽啊！」

「師父常說古來成大功立大業者，往往都是『知其不可而為之』，我受這樣一點挫折，那又算得了什麼呢？」

他天資敏悟絕倫，此時一經想通，再無疑義，他性子沉毅，一經決定，就是刀山槍林在前，也不會半途而廢。

他凝神盤算了一下，自忖憑自己的功力，就算上面有攀附的東西，恐怕也難以揉身而上，目前只好想法躍上，他提起一口真氣，覺得運用自如，又不放心的揮動右手，發覺疼痛全消，他微微笑了笑，心中明白這必定是血果的效用。

他想：「先仔細看看下面形勢再說。」於是，施展倒掛金簾，整個身子向下，一雙腳卻牢牢掛在樹上，下面的霧氣被日光蒸溶了不少，凌風一目了然，估計谷底離樹根大約七八十丈，自忖：「如果能找到五、六個落腳之處，就可以安全跳下。如果只有兩三個可借力處，也只好冒險躍下，身體只怕會震傷哩！」

他雙目來回巡視，終於發現一塊突出的小石，大小只容單腳，距離立身之處只怕有十幾丈，他默默禱道：「老天保佑那塊石頭不要是浮石才好。」

他將全身勁力運於右手，他想運用金剛指，承擔一部分下墜之力，他凝神聚氣，縱身一跳，疾如流星，右手五指使力，抓向崖壁，那尖逾金石的崖石，竟也被他抓出五條不淺的指痕，當他距離那塊石頭還有三四丈時，他在空中看準目標，雙腿一縮，翻了一個筋斗，以緩下墜之勢，然後輕飄飄單腳點石，待他感覺到那塊石頭非常牢固，才將重心下放，施展「金雞獨立」穩住身體。

凌風換了口氣，再往下看，只見雲霧更薄，景物清晰非常，最奇怪的是，每隔十幾丈就有一塊大小一般的突出小石，好像是人工造的一樣，凌風暗想：「從上下躍，每隔十多丈一塊小石還可勉強以供身體借力，可是如果從下上竄，這十多丈距離卻非小可，這石塊分明是人爲的，天下難道有如此高手？」

他急於脫險，無暇多想，當時如法炮製，連續幾躍，已到谷底，只見遍地怪石嶙嶙，地形極道爲崎嶇，三面全是高峰，只有南面是一個缺口，他施展輕功，奔了過去，發現一條彎曲的羊腸小道，沿著小路彎彎曲曲轉了幾個彎，地勢突然開朗，前面是一大片翠綠的竹林。

廿九　東嶽書生

他正在考慮要不要穿過竹林，忽然聽到一陣朗朗的讀書聲，淩風凝神聽去，原來是在朗誦南華經，語聲鏗鏘，如金石相擊，斷句圓潤，如珠落玉盤，淩風不由聽呆了，暗忖：「此人發音雖小，卻是清越已極，語音穿過風聲簌簌的竹林，不但不被吹散，聽起來反有如就在面前，此人必有絕頂內功。」

他好奇的閃入竹林，循音而去，轉了半天，聲音愈來愈遠，前面岐路愈來愈多，他不禁悚然一驚，想道：「莫非是陷入什麼陣哩！」定下神來，仔細觀望，每棵竹樹似乎都是一般距離，每八枝竹佔住八個方位，圍成八卦形，心想：「這怕就是師父常謂的八卦陣了，此陣原為武侯所創，絕傳已久，難道天下竟有人識得？」轉念又想道：「這必為此間主人為防外敵所佈，如果主人怨我妄入竹陣，任我困在陣中不加指點，只怕不易闖出了。」

他想了一會，忽然靈機一動，身子一屈，一個「一鶴衝天」，拔了起來，他原想縱上二、三丈，再用雙手抓著竹桿，攀揉而上，哪想到一拔之下，身體猛升至五丈左右，已經接近尖梢，他心中大為驚奇，也不暇細想，右手在竹枝上一借力，身體再上升三、四尺，雙腳站在尖端下。

他舉目一看，周圍數百方丈全是高矮一樣的竹子，竹林的盡頭是一片翠綠的草地，草地中央，有一塊如平台般的大石，那塊大石通體雪白，光滑無比，上面放著一本書，一支玉簫。

凌風心想：「剛才讀書的高人，離我立身之處不過二三十丈，可是我在竹林中穿來穿去，也不知跑了十幾里，竟然走不出這百十根竹陣，看來這陣法非常厲害，如果我從竹尖上躍過去，只消幾竄，便可衝出。」

但是他再仔細一看，心中暗暗叫苦，原來每枝竹子與鄰近竹子都相隔七、八丈，凌風自信可躍四、五丈，這還是他剛才上縱時，功力大增給他的信心，可是要想從軟軟的竹尖頂一跳七八丈，那是萬萬不可能，他正在沉吟設法，突然身後一個蒼勁溫和的聲音：「傻孩子，趕快下來，隨我走。」

凌風回頭一看，只見身後一丈外站著一個清奇老者，一身書生打扮，滿副書卷氣息，凌風只看了一眼，不知怎的，心中對這老者竟是十分依戀，十分信任，也不管他有無惡意，依言跳了下來。

那老者見他從五丈竹尖落下來，輕飄飄的沒有一絲聲音，不覺暗暗點了點頭，滿臉笑容道：「孩子，你工夫不錯呀！你師父是誰？爲什麼一個人跑到這裡來呀？」

凌風仔細打量那老者，只見他方額挺鼻，雖然兩鬢花白，可是臉上細皮嫩肉，卻還顯得出他年輕時的英俊不群，凌風愈看愈是敬愛，心中不想騙他，恭身答道：「弟子姓吳名凌風，是神醫隱俠朱敬文徒弟。」

老者吃了一驚道：「朱敬文是你師父？這孩子一心精研醫道，工夫卻不高明，你剛才表演那手『平沙落雁』，你師父身手也那麼美妙呀？」

凌風心想：「師父年紀和他也差不多，他怎麼喊師父孩子呢？」他聽到老人稱讚他，心中有些不好意思，訕訕答道：「弟子功夫是依著先父所遺留下的著作練成的，師父只在旁指點，弟子從未見師父施展武功。」

老人沉吟一會奇道：「你爹爹怎會知道本門功夫呢？啊！你姓吳，你爹可是吳詔雲？」

凌風淒然點頭道：「家父已逝。」

「他！他怎麼會死去呢？」

「家父因名望太高，受武林一般小人妒恨，被崆峒掌門厲鶚、武當派紫陽道人、峨嵋苦庵上人、點蒼高手謝長卿聯手暗算，命喪荒山。」凌風悲憤道，他現在已不將崑崙卓大俠視為仇人了。

老人臉上一陣激憤道：「好，厲鶚這小子，他師父臨終時還托我照顧他，哼，我三十年不出江湖，這小子竟敢殺害我師侄，這筆賬倒要算清楚，哼，也顧不得他師父清虛子的交情啦。」

凌風剛才聽這老者的口氣，心中已隱然明白這老書生必是本門中老前輩，此時聽他如此一說，心中更無疑意，尋思：「朱師父常說，太極門傳到他自己師父一代，門戶大光，出了兩個蓋世奇才，就是爹的師父和師叔，兩人不但武功絕高，醫術之妙，直可比美華佗，眼前此人只怕就是東嶽書生雲冰若哩！」當下翻身下跪，叩了兩個頭道：「風兒給師叔祖叩頭。」

那老者哈哈大笑，雙手一揮，凌風只覺一股大力一托，不由自主的站了起來。

老人道：「孩子，你怎知我是你心中所想的人？」

凌風答道：「剛才弟子聽師叔祖話中，明明是本門一位老前輩，您老人家打扮與師父所說又是一樣，所以弟子才敢肯定。」

老人微笑讚道：「好孩子，真聰明，你長得可不像你爹哩！」

凌風一生下來，母親便撒手而去，三歲時，父親一去不返，他腦海中根本沒有母親的印象，父親音容顏貌只是一個模糊的影子，這是他一生的大恨事，此時老人無意提到，凌風心情大大激動，神色淒然欲泣。

老人發覺凌風神色不對，心知觸動他傷心之事，心中甚是歉然，柔聲道：「好孩子別傷心，爺爺教你一套功夫，把這批奸賊全宰了。」

凌風這幾日來心中受盡煎熬，此時聽到這慈祥可愛的老人親切的安慰，再也忍耐不住，撲到老人懷中，大哭起來。

東嶽書生雲冰若這卅年來沒有踏出泰山一步，終日只與清風爲伴，明月爲友，此時懷中抱著一個俊秀的青年，心中愈想愈愛，口中又反覆地說道：「好孩子別哭，乖孩子別哭，爺爺替你報仇啦！」

凌風哭了一會，用雙袖擦了擦眼道：「爺爺，你瞧風兒武功可不可以練到……練到與我爹爹一樣？」

他想到辛捷那日在泰山大會威風凜凜，原想問可不可以練得和辛捷一樣，可是轉念一想：「爺爺可不識得辛捷呀！」

東嶽書生實在愛凌風極了，不加思索接口道：「不成問題，不成問題。你怎麼會跑到這來呀？」

凌風當時把他如何參加泰山大會，如何墜崖，如何險中得救，如何誤食血果，一一說了出來，他天資敏捷，措辭得體，形容得有聲有色，老人瞇著眼，津津有味的聽著，當他聽到凌風巧食血果，臉上神色微變，但隨即恢復笑容。

老人道：「孩子，你福緣真是不小，這棵血果樹是百年前一位老前輩費盡心血培養出來的，此人天性酷愛花草，他知此樹千年一結實，自己壽數有限，原來不存據為己有之意，只是炫耀自己栽花植樹的本事而已。」

「我道這樹還要半月才結果，那時再來守護，想不到會提前十來天，只怕此樹吸收你純陽之氣，提早成熟哩！」

「種植此樹的前輩，原是我太極門中死對頭，他大概再也料不到自己辛辛苦苦培育的仙果，竟被我太極門一個小徒孫不知不覺的享用了，哈哈！」

他回頭一看，凌風滿臉淒惶懊喪後悔之色，心想：「這孩子心地厚道，服食此種天地靈氣所種的仙果，原是天下武學養氣之夫，夢寐所求的事，他巧食此果，不但毫無喜色，竟後悔不該取食，使我空手無獲。」

他愛極凌風，處處向好地方想，其實凌風一方面固然是內心慚愧吃了師叔祖守候的靈果，主要還是想到靈藥再難求得，阿蘭雙目復明，希望非常渺茫哩！

老人微笑道：「我原在無意中發覺此樹，並非有意守待，你也用不著不安。」

凌風心內訕訕，他從不撒謊，忸怩答道：「風兒想到另外一件事，心中很是懊悔。」

凌風抬頭一看，老人正注視著他，臉上充滿急切欲知之情，當下便把阿蘭雙目失明的經過，從頭到尾的說了一遍，當他講到自己無意服食血果，希望毀滅時，不禁又是淒然欲泣。

老人很是感動，沉思了一會道：「目下我也想不到什麼好法子，金蛇之毒確是非同小可，嘿，你瞧我真老糊塗啦！在這竹林中你耗了老半天，來，隨我到我住的山洞去。」

凌風跟在老人身後，左穿右轉幾下就走出竹陣，心中默默記著走過的路徑，兩人走到那塊巨石旁，老者指向那石後道：「這就是我居住三十年的山洞了。」

凌風繞過那塊高達二丈的大石，只見一個圓圓的洞口，光線甚是昏暗，二人走進山洞，凌風覺得地下甚是乾燥，全是白色岩石，洞中陳設簡單，一張石床，幾張石椅，凌風想道：「在這孤寂的山谷，在這暗淡的山洞，渡過了三十年漫漫的光陰，雲爺爺爲什麼要這樣折磨自己呢？」

老人道：「風兒，你一日一夜沒休息，先到床上去睡一覺再說，待會醒來如果餓了，就從此洞向前走，一直通到後山腰，那兒遍山遍野全是鮮棗。爺爺也要去練練功啦。」

凌風此時心情一鬆，立刻感到有些疲倦，當下依言去睡。

凌風一覺醒來，已是晌午時分，他一躍下床，走出洞口，只見雲爺爺正坐在大石上仰望天邊的白雲，神態非常悠揚，他不敢驚擾，想道：「我何不到後山去瞧瞧。」

他又跑進山洞，向前走了一會，漸漸開朗起來，轉一個彎突然光線大明，原來已到盡頭，凌風探頭一看，原來外面是斜坡地勢，青叢叢的長滿了棗子樹，每棵樹上掛滿了紅澄澄的棗兒，有的竟和拳頭差不多大小，凌風大為驚訝，從斜坡走了下去，只見坡度愈來愈是傾斜，最後走到邊上，竟又是陡直懸崖，他心中想道：「我以為已經到了山腳底，卻不知這個谷底原來還是只在山腰中，也不知是哪年，鳥兒含著的棗子核掉在這坡上，終於棗植成林。」他撿著大的棗子，採了滿滿兩捧，奔回山洞。

突然一陣婉轉的簫聲飄了起來，凌風凝神聽了一下，但覺簫聲淒涼，似乎天下不如意的事情都一齊臨頭，凌風再也忍耐不住，足下用勁，竄上大石，伸手抱雲爺爺說道：「雲爺爺，別吹啦。」他手中原抓滿鮮棗，此時兩手一鬆，全部落在大石上。

雲爺爺哈哈一聲大笑，移開口邊玉簫，柔聲道：「好好好，爺爺不吹了。」

凌風道：「爺爺，您吹得好生淒苦，你心中悲哀，說給風兒聽好麼?」

雲爺爺摸著凌風的頭笑道：「爺爺哪有什麼心事，你可別瞎猜，來!咱們一齊來練功吧!」

凌風見他滿臉笑容，可是眼角上卻是潤潮未乾，想到他一個人孤孤單單，同情之心油然而生，說道：「爺爺，待風兒辦完事了，便來這兒陪你。」

雲爺爺打趣道：「那你的小媳婦兒呢？」

凌風忸怩答道：「她……她也一定來。」

雲爺爺道：「那這兒可熱鬧啦！哈哈。」

雲爺爺隨又正色道：「本門武功，最重悟性，你天資聰敏，那是一定能學好的，你又巧食血果，內力大增，練起功來，定可事半功倍。我現在以本門上乘武功傳你，你可要答應我決不用我傳的功夫濫殺一人。」

凌風肅然道：「弟子決不敢違背爺爺的話。」

雲爺爺道：「當年你爹爹出道時，我師兄因他功力不足，相約十年之後再傳他太極鎮門之寶『開山三式破玉拳』，不意師兄在你爹離開師門五年後，竟然撒手歸天，後來我也隱居此處，所以你爹爹始終沒有學到，當年你爹爹如果學了這套拳法，雖不見得能穩勝厲鶚那批臭小子，自保卻是有餘，唉！我今日傳給你吧。」

他接著又道：「江湖上一般人都以爲太極門武功是講究『以逸制動』，殊不知本門最厲害的功夫，是一套剛猛絕倫的拳法，風兒，你瞧仔細了。」

東嶽書生雲冰若當下就在大石上一招一式演了起來，他這套破玉拳原是走剛猛路子。凌風目不轉睛的注意著，只見雲爺爺攻勢如長江大河，滔滔不絕，拳風虎虎，凌風雖站在五六尺外，也覺一股很大的壓力，幾乎使他立身不住，東嶽書生施到第八招時喝道：「風兒，你瞧我身法。」

只見他勢子突然變緩，左手逢招拆招，變爲守禦之勢，右手斜劈出去，身子跨前一步，右手倏的收回，平胸推出，推了一半，忽然向右劃了半個圈子，大喝一聲，雙掌合壁猛然向前推去，只聽見砰的一聲，一丈方外，一棵碗口竹子，連根拔起。

凌風見雲爺爺施展「開山三式破玉拳」，神威凜凜，不覺心神俱醉，心想：「即使遇到三四高手圍攻，我只要施展那最後三式，必然無堅不摧，衝出一條血路，那是不成問題了。」

雲爺爺收招道：「這拳法最是簡單，那最後開山三式，『導流平山』、『愚公移山』、『六丁開山』，是連環勢子，力道愈來愈是威猛，待到左右雙掌合力平推，當今天下能硬接這招的只怕沒有幾人了，哈哈。」

凌風見他滿臉自負之色，剛才立足之處，現出兩個淡淡的腳印，不覺駭然，心中對雲爺爺的成就，也欣喜得很。

凌風道：「雲爺爺，風兒練一遍給你看。」

凌風悟性原高，而這套拳法招式又是簡單得緊，雖是只看了一遍，一招一式卻能絲毫不差的施出來。

雲爺爺樂得呵呵笑道：「好孩子，真難爲你了。我去準備一些吃的。」

凌風忙道：「讓風兒去。」

雲爺爺道：「你好好練習吧，那開山三式力道運用最是巧妙，你多練幾遍，自己體會體會吧！」

凌風心內感激，專心一致的又重頭練起，這種硬拚硬的拳法，原是極耗真力，凌風練了十餘遍，精神卻愈來愈是旺盛，心想：「這血果確是天下至寶，我在一日一夜間功力竟精進如此。」

雲爺爺左手中拿著一支臘鹿腿，右手提著一瓶棗子酒，輕步走出山洞，只見凌風身形穩若泰山，出拳如風，姿態極是美妙，分明是一個內家高手模樣，可是抬頭一看，那張俊臉卻又透出稚氣的神色，心內暗暗想道：

「這真是一支武林奇葩，那阿蘭只怕也是萬分惹人憐愛哩！」他愛屋及烏，心下對阿蘭竟也十分關心愛護。

雲爺爺一躍上了大石，凌風轉身相迎，二人坐在石上，邊吃邊談，極為融洽。

雲爺爺忽道：「我瞧你體態輕盈，極是適合練輕功。從前我在江湖上走動時，有一次偶爾救了一個西藏僧人，當我擊退三個圍攻他的高手，回首來看時，那密宗僧人卻已因傷勢沉重奄奄一息，他很感激我，瞧我不像壞人，便從懷中取出一本梵文秘笈送我，當他苦撐著告訴我，這本秘笈載著修練一種不可思議的輕功的方法，原是他師門至寶時，再也支持不住，瞑目死去，我起初也不在意，自忖天下各派輕身功夫都是大同小異，後來隱居此地，發現落腳借力的小石，每一個隔了十幾丈左右，心想，任是蓋世輕功，一縱向上之勢，至少不過七八丈，可是這些小石，明明是前輩練輕功所置，這種一躍十幾丈的輕功，只怕是另外一種功夫哩！我又轉念想到那密宗僧人的秘笈，當下苦心精研，苦於不識梵文，瞧來瞧去也看不出什麼道理。你天資聰明，又巧食血果，待會我把秘笈贈你，說不定你能悟出其中道理，練成這超世絕俗的功夫哩！」

凌風道：「爺爺待我真好，我也不知要怎樣報答。」

雲爺爺笑道：「報答嗎？那也不必，只要你小媳婦兒燒兩樣菜給我嚐嚐。」敢情凌風在雲爺爺面前誇過阿蘭母女烹調手藝天下無雙哩！

兩人就這樣在谷底一教一學精研武功，高明師父碰上乖徒弟，愈教興趣愈是濃厚，雲爺爺把自己幾種上乘功夫都傾囊傳授，凌風卻也能全部接受。

一天晚飯過後，凌風坐在石上調息已畢，心內一塵不染，靈台之間極是清淨，他抬頭一看，天邊一輪滿月，想道：「泰山大會到今天，只怕快一個月了，日子過得好快呀！」

涼風輕拂過他的俊臉，他站起來一振衣襟，低頭看看自己一身方巾儒服，不由暗暗好笑，心道：「雲爺爺這套衣襟穿起來甚是得體舒適，看來他老人家年輕時，很講究穿著哩！」

他輕躍而去，衣帶迎風飄曳，自覺甚是灑脫。

突然，一陣低沉沉的泣聲，從竹林中傳出，凌風此時內功精湛，耳目極是靈敏，仔細聽了一下，立刻發現那是雲爺爺摒氣暗泣，他心中想道：

「事情終於爆發了，我瞧爺爺這幾天愈來愈是不樂，唉，不知是什麼事，爺爺不知爲了什麼，把自己寶貴的青春，埋葬在這孤苦的谷裡。」轉念又想道：

「卅多年了，什麼痛苦也應該漸漸淡忘了。」

他愈聽泣聲愈是悲涼，想到雲爺爺的慈祥，竟然受到這般折磨，鼻頭一酸，也不禁流下淚來。他飛奔入林，順著泣聲，輕步跑到雲爺爺背後。只見雲爺爺埋頭胸前，後背一起一伏，正在傷心抽泣，全沒注意他走到身後。

凌風忍耐不住，哽咽道：「雲爺爺，你別傷心啦，你心中有事，說給風兒聽，風兒替你解憂。」

雲爺爺悚然一驚，停止飲泣，雙袖擦淚。

凌風柔聲勸道：「爺爺，卅多年了有什麼事，難道你還不能忘懷嗎？」爺爺沒有回答，月光照在他臉上，凌風覺得突然之間爺爺蒼老了不少。過了一會，雲爺爺忽然激動道：

「風兒，世上的痛苦原是沒法比較，沒法形容的，只有你親身體會、你親身領受，才能辨別它的苦味，風兒你懂嗎？真正的痛苦你是永遠忘不了的，你只有努力學習與它共存，風兒，風兒，你明白嗎？」

凌風心中雖然不甚明白，但見雲爺爺滿臉期待之情，不忍拂他之意，當下點頭答道：「風兒已明白了。」

雲爺爺感情漸漸平靜，神色悠遠慈祥。忽然轉頭道：「今天是八月初幾？」

凌風剛才看過刻在竹桿上用以代曆的刀痕，答道：「八月十四。」

雲爺爺道：「你來了一個月啦，我壓箱底的武功都傳給你了，你還有許多大事未辦，明天過了中秋，你出山去吧！報完父仇，你可千萬別忘記把阿蘭帶來，讓我瞧瞧她的眼睛。」

凌風與他雖只相處一月，可是對他非常依戀，然而想到自身身上大事，硬起心腸：「爺爺，風兒一定來陪你。」

雲爺爺道：「好啦，天色不早，你也該歇歇了。」

凌風依言進洞，躺在用樹枝竹葉鋪起的床上，心中思潮反覆，爺爺的話似乎又飄到耳邊：「真正的痛苦，你是永遠不能忘懷，你只有學習與它同在，與它共存。」「假如有一天……有一天那阿蘭與我永別，我……我可有勇氣活下去嗎？我可有勇氣與這無窮盡的痛苦共存在這世上嗎？」「不，決不會的，老天爺，老天爺，我知你不會對我這麼殘酷的。」

他雖安慰自己，可是心中卻有一種不祥的預感……

第三天早上，凌風強忍悲傷，辭別雲爺爺。他一再要求雲爺爺不要再傷心，到谷外去遊山玩水，爺爺只是微笑的搖頭，反覆叮囑凌風叫他早日把阿蘭帶來給爺爺看。

凌風收起感情，飛步出谷，當他正跑到路旁時，雲爺爺施展上乘輕功追了過來，手中拿著一個小瓷瓶。凌風駐足道：「爺爺，你還有什麼事要吩咐嗎？」

雲爺爺道：「你師父醫術雖高，卻是食古不化，雖能對症下藥，卻不善觸類旁通，那日阿蘭身中蛇毒，他只想到用藥將毒托出，卻忘記以毒制毒，金蛇之毒與蜈蚣之毒，正相剋制。我現下想出這法子，只是阿蘭雙目已盲，也是枉然。這瓶中裝的是萬年溫玉所孕育的靈泉，是我昔年費盡心血在雪山顛尋獲，功能生肌去腐，起死回生，瓶內一共只剩十滴，你可要珍惜使用。」

凌風接過謝了，再向雲爺爺告辭，然後施展輕功，再不回頭，逕自奔向谷外。

他疾奔了一陣，心內盤算道：「我與阿蘭約一年之後再回故鄉，現在還有半年左右，何不先上崆峒，找厲鶚那老賊試試雲爺爺教我的高招。」

他主意既定，到了一個大鎮，問了去崆峒山的路途，趕了過去。

這日他路過陝北，天色已近昏黑，他見路徑漸漸崎嶇，又不見村落，心中正自焦急，突然一隻絕大白鴿從他頭頂飛過，他見那白鴿甚是神俊可愛，當下童心大起，追上前去，一掌向空擊去，那鴿兒飛得本低，此時受此勁道一擊，昏落下來，凌風見鴿子足下擊著一塊紅緞，心中大奇，他解開帶子，展緞一瞧，臉色立變。

他喃喃自語道：「哼，又是這兩個該死的東西，不知這群敗類又要幹什麼傷天害理的事情，哼，叫我吳凌風撞著，可要伸手管一管。」

原來那紅緞上畫著兩個可怖的骷髏頭，正是海天雙煞的信號。

凌風心道：「這海天雙煞武功確是非同小可，也不知撞著什麼樣厲害的敵人，竟發號求援，想召集九豪共同對付。」他忽又想道：

「海天雙煞是辛捷弟的殺父仇人，不要是捷弟尋上門去，相約拚鬥哩！」他想到辛捷的武功高強，覺得此事很有可能，內心大是關心。

他尋思道：「捷弟武功雖高，但也難敵九豪的圍攻，我得趕快去幫助他，殺一個痛快。剛才鴿兒從南飛來，說不定他們就在南面山上決鬥哩！」

他立刻施展「八步趕蟬」奔向南面的丘陵，天色已經全暗了，前途遍地荊棘，無路可通，凌風一提氣展開上乘輕功，身體幾躍之下，已經奔到山腳，耳中急聞兵刃交擊聲，他急中不暇尋找上山之路，看準落腳之處，直拔而上。

凌風爬到半山腰，耳中兵刃之聲漸漸疏落，最後戛然而止，心知勝負已分，不由大急，只見幾條黑影向山那邊一閃而逝，他足下加勁，竄到山頂。

那真是一幅凌亂慘殘的情景，三個屍體橫陳在山坡上，其中一個死法很奇特，一柄長劍直貫咽喉，凌風上前仔細一看，認得正是九豪之一神劍金鎚林少皋，其餘二人，他也識得，一個是千手劍客陸方，一個是摘星手司空宗……

夜，靜了，靜了，樹枝上的烏鴉不再吱吱呱呱，怕是走進夢鄉了吧！

吳凌風坐在樹下，沉吟了一會，他分析一下眼前的情勢，忽然一個念頭浮起，他想：「能夠手刃三豪的人，江湖上只怕不多，一定是捷弟幹的，可是長劍出手，原是拚命同歸於盡的招式，捷弟不要……不要有什麼不測哩！」

他愈想愈是心寒，跑到山坡的那邊，仔細察看。這天晚上，天色極是陰暗，月兒躲在雲裡，他沿著山坡看去，黑漆漆的一片荊棘。

凌風踱來踱去，眼睛不放過每樣可疑的東西，他巧食血果，目力大是增進，忽然他發現有一處荊棘特別零亂，似乎曾被重物踐踏，心念一動：「捷弟那種倔強的性兒，只要借得一口氣在，也會掙扎逃生，不肯落於敵人之手，多半是負傷滾下，剛才那幾條黑影，恐怕是『關中九豪』餘孽，搜索捷弟未獲，又見我飛步入山，這才相偕離去哩！」

他天資聰敏，確能處處料事如神，此時斷定辛捷就在山坡附近，當下打點精神，躍身而下。

凌風順著凌亂的荊棘向前走，走了一陣，只見前面荊棘更密厚，再也找不出任何痕跡，他心中正自盤算，忽然一陣急促低沉的呻吟聲，從右前方傳來。

凌風再無疑意，不顧密密的荊棘，循聲找去，忽聞水聲潺潺，前面竟是一條小河。他揮動長劍，清除阻礙，只見在亂草堆中，躺著一個人。

凌風上前一看，那人正是辛捷，神智已是昏迷，滿身傷痕。他急忙俯身一探，只有心房還在微微跳動。

凌風心中大是傷痛，眼見這情逾手足的義弟生少死多，內心真有如五內俱焚。他原是不輕易浪費感情的人，但是一旦付出情感，那便是終生不渝了。

他定了定神，忽然想到雲爺爺那瓶萬年靈泉，立刻伸手從懷中摸了出來，心想：「捷弟雖是渾身傷痕，但都不是致命之擊，目下呼吸微弱，定是受了沉重內傷，而且失血過多。」他不加思索，拔開瓶蓋，挑開辛捷咬緊的牙關，倒了三滴下去。

他收起了萬年神泉，細瞧辛捷的傷勢，心內更加傷痛，只見掌傷、刀傷、暗器傷、荊棘割破的傷痕，佈滿了辛捷的全身，凌風硬著心腸，用劍割開傷口附近已與血漿沾黏的衣衫，他心中想道：「不如趁現在捷弟未醒前，替他洗滌包紮，免得他多受痛苦。」

凌風解開包裹，取出一個大杯，飛奔到小溪邊，盛了滿滿一杯清水。他運力撕碎包裹中換洗的衣衫，當下就細心的替辛捷裹傷，等到包完了傷口，凌風又伸手到辛捷鼻端，只覺還有些微微呼吸，稍稍放心。

月兒急而露出了烏雲堆，凌風但見辛捷面色慘白怕人，簡直就像死去一般，想到辛捷昔日瀟灑風流的模樣，不覺心如刀割。想道：

「我與捷弟分手不到兩個月，世事變遷卻是這麼大，難道在我命運中，除了生離，便只是死別了嗎？」

夜涼似水，風聲如嘯。

三十　轟動天下

天漸漸亮了，凌風揉了揉一夜未闔的眼睛。

這一夜，他不知探了辛捷幾次鼻息，辛捷仍然是昏昏迷迷的。他原是不迷信的，可是在這荒山裡，面對著這奄奄一息的人，他在不覺中對神鬼力量起了依賴之心，他默默禱道：「老天爺，你把捷弟造得這麼十全十美，你總不會拋棄不顧他吧！」

忽然，辛捷發出了呻吟聲，身子動了兩下。

凌風大喜，俯下身道：「捷弟，你可好了一點嗎？」

辛捷嘴唇顫動欲言，可是始終沒有開口。

凌風柔聲道：「捷弟，你好好休息吧，你傷勢一定會好的。」

辛捷點了點頭，又昏了過去。

辛捷時昏時醒，凌風整天守在身邊，不敢遠離。

到了傍晚，辛捷突然高燒，神智迷亂，夢中胡言亂語，凌風見他呼吸漸漸粗壯，心下稍安，已知必是傷口化膿，想道：

「雲爺爺說過這靈玉神泉，是治內外傷的無上聖藥，我用這靈泉水去洗他化膿的傷口，一定甚是有效。」

他匆忙的跑到溪邊，舀了一杯水，沾了兩滴靈泉液，解開辛捷身上包紮的布條，沾著水慢慢拂洗著。

辛捷只覺身上一陣清涼，睜開大眼，直視凌風。

凌風見他睜開了眼，心中大喜，但又見眼光癡呆，似是不識自己，忙道：「捷弟，我是你大哥，你的大哥呀，別費心思，好好養傷！」

辛捷口中喃喃，聲音甚是低沉，凌風知道他有要事要講，當下湊近凝神而聽。

「梅……齡……侯二叔……方少堃……死了……死了。」

凌風一怔問道：「誰死了？」

「海……海……是……這樣……跳下去的。」

凌風勸道：「捷弟，你別胡思亂想啦。」

「是這樣……這樣跳下去的，我……我眼睜睜，看到波浪……波浪捲沒了……」

凌風忍不住又問道：「誰跳海呀？」

「方……方少方少堃……我……我……原是很喜歡她，很喜歡呀！」

凌風見他滿臉淒愴纏綿，心內已明白大半，接口道：「方少堃是一位姑娘，她投海自殺了嗎？」

辛捷想了半天，點了一下頭。

凌風柔聲安慰道：「那方姑娘，定然得救了。」

辛捷茫然搖搖頭，一顆淚珠流到頰邊。

凌風心想：「我平日見捷弟天真頑皮，知道他無憂無愁，想不到竟也爲『情』所苦，唉！這世上真是痛苦得很哩！」

他見辛捷又沉沉睡去，心下大安，繼續替他洗滌。凌風這靈泉洗傷的主意，原是情急之下「急亂投醫」，不料正是對症下藥，那萬年溫玉靈氣所孕的泉水，只消一滴，便能起死回生，生肌去腐，用來洗拂傷口，消腫去膿之功，確是神妙無比。

次晨，辛捷神智已是清醒，燒也完全退了，凌風身邊所帶乾糧已經吃盡，他見辛捷傷勢大概不會變惡，當下便用布條把辛捷揹在後背，趕到一個大鎮。

吳凌風落了店，照護辛捷睡好，自己也因連夜疲勞而熟熟睡去。

也不知過了多久，吳凌風從熟睡中突然感到被一陣熱風吹醒，他陡然一躍而起，只見正是辛捷在身旁對著他的耳朵吹氣，他不禁大喜叫道：「捷弟，你好了嗎？捷弟你——你真頑皮，才好些就起來胡鬧，還早哩，快去躺一會——」

辛捷嘻嘻笑道：「還早哩？你自己看看——」

凌風抬頭一看窗外，已是日上三竿的時分了，不禁暗罵自己一覺如同睡死了一般。

辛捷卻料知自己的性命必是吳大哥所救，而他必是爲照料自己而徹夜未眠——

凌風見辛捷目光炯然，精神健旺，除了失血過多面色蒼白之外，竟似已經痊癒，心頭更是大喜，叫道：「捷弟，你——」

敢情他發現辛捷正在低首沉思，不由一怔道：「你在想什麼事啊？」

辛捷抬起蒼白的面孔，低聲道：「大哥，你——你待我真好，我在想，我辛捷的出生時辰必然怪極，否則世上對我好的人怎麼如此之好，而對我壞的人也如此之惡？啊——你瞧我想糊塗啦，還沒有問你怎麼會遇上我的呢？那天你和那該死的金歎一齊滾下山崖，我只知道你必是完啦，我曾爲你——」

他本是說「爲你大哭一場」，但立刻想到這話說出不甚光采，是以停住了口。

凌風倒沒有注意這些，他趕緊將自己的奇遇告訴了辛捷，說到妙處，辛捷不禁喜得連聲叫好。

凌風說完後，辛捷笑道：「那雲爺爺的模樣必然極是慈祥，哪日我也去瞧瞧。」

凌風道：「你倒說說你怎會被關中九豪傷成這般模樣？若不是靠雲爺爺的靈藥，此刻只怕——」

辛捷冷笑道：「關中九豪真不愧掙得了很大的名頭，以眾凌寡自是上策啊！下次我碰上了，哼——」

接著就把自己鬥勾漏一怪，失劍，遇九豪圍攻等事一一說了一遍。

凌風笑道：「捷弟，恭喜你啊，『梅香神劍』這外號敢情好。」

辛捷嘆道：「可惜梅香劍已被盜去啦，只待我明日略爲恢復，就立刻上崆峒去大鬧一場——

大哥，你也要去，也好清一清舊賬。」

次日，辛捷竟然已經痊癒，他正在床上暗自行功，凌風已推門進來，見辛捷面色已恢復血色，不禁又驚又喜道：「雲爺爺的靈藥端的妙絕，捷弟你受了那麼重的傷，流那麼多的血，竟然兩天之內就完全恢復，不過捷弟，你還是休息一下較爲穩當。」

二人在鎮中住了五天，辛捷嚷著要走，於是兩人結賬啓程。

辛捷忽然道：「大哥，咱們先暫時不到崆峒去——」

凌風奇道：「怎麼？」

辛捷道：「咱們不是答應那蘇姑娘要去看她一次麼？我想厲老賊既是崆峒一派之掌門，咱們隨時去找他，他總不能縮頭不見，是以怕還是先去山東看看蘇姑娘——」

凌風一聽到蘇姑娘，立刻想起那絕美的蘇蕙芷，蘇姑娘那清澈的眼睛立刻浮在他眼前，他暗道：「蘇姑娘那雙眼睛真像阿蘭的啊，可是阿蘭已經失了明——我曾爲蘇姑娘那雙眼睛而偷偷對她有了好感，而她也似對我寄出了不尋常的感情，然而這些日子來，當我出死入生的時候，我只能想到阿蘭，其他什麼都想不到，難道……難道我真不喜歡蘇姑娘嗎？……啊，她那眼睛，那絕世的美艷……凌風啊，你千萬不要弄得不能自拔啊——」

但是他又想到：「我是該去看她呢還是不該？我去看她對她是好還是壞？不過，我曾答允過要去看她的，我總不能對一個女子失信吧？」

於是，他們一同走向山東。

商邱，這古城中充滿著商業的氣息，早上的陽光從街道上照過去，全是一排整齊的店坊招牌，顯得一片升平景氣的樣子。

然而路面卻是不太好，黃土的路面上偶爾一輛馬車走過，就揚起蔽空的黃塵，久久不散。

吳凌風和辛捷從城外風塵僕僕地趕了進來，他們看準了一家飯店，拍了拍身上的灰塵，匆匆走了進去。

一落座，他們就叫了客飯，敢情他們趕路連早飯都還沒有吃。

那店小二端了菜飯上來，朝著兩人身上的佩劍打量了一番，一抬眼見辛捷正瞪著他，嚇得忙陪笑道：「兩位英雄可是接了武當赤陽道長的邀請要上奎山的？」

辛、吳二人不覺一怔，辛捷問道：「你怎麼知道赤陽道長？上奎山幹麼啊？」

那小二呵了一聲道：「原來二位爺還不知道呀，這事端的是轟動天下哩——」

辛捷忍不住問道：「什麼事要轟動天下啊！」

店小二道：「這幾天成千的英雄好漢都路過咱們這裡趕往奎山，小的是聽幾位英雄在這店裡談天才知道的，說是那赤陽道長發了請帖請天下英雄聚集奎山，說要合力對付兩個什麼西方夷族來的人物，我說這就怪啦，兩個外國蠻子來了也要驚動這許多英雄好漢去……」

辛捷聽得不耐，問道：「是什麼樣的蠻子啊？」

店小二原是要賣弄自己見識的意思，其實對真相也不甚瞭解，這時辛捷一問，他忙著抓頭搔腦，不知回答，忽見門口一個武林人物走進，忙叫道：

「小的還是聽這位爺說的呢，你們問這位爺，他準知道得清楚。」自己卻一溜煙地跑了。

那人聽小二的話，不覺一怔，及見辛捷和吳凌風二人氣質軒昂，忙一抱拳道：「閣下有何事詢問在下？」

吳凌風忙起身，輕描淡寫地道：「咱們在說那兩個外國蠻夷的不識好歹──」

辛捷不禁暗讚吳大哥答得妙極。

那漢子果然以爲辛、吳二人也是要上奎山的，遂道：「是啊，咱們這次要是賭鬥輸了，那麼中原武林人物可就永遠翻不得身啦──」

辛、吳二人裝得似乎早就知道，不甚驚訝的模樣，那人續道：「試想這兩個蠻子要咱們中原武林公認他們的什麼『金伯勝佛』爲武林盟主，還要十五位武林鼎鼎大名的人物跟他們回去朝拜那『金伯勝佛』，這等氣咱們怎麼受得住？不過這次見赤陽道長那鄭重的情形，只怕這兩個蠻子功夫高得很哩──」

辛捷心中暗怒，口中卻漫應道：「這兩個蠻子想必是出身野蠻之邦，否則怎會如此欺人太甚？」

他們兩人聰明無比，答得真像是要上奎山的人一般，那人果然道：「這兩個蠻子是從天竺來的，他們還說：『聽說近幾十年中原最了得的一個是河洛一劍吳詔雲，一個是七妙神君梅山民，可惜這兩人死了，否則也好叫他們見識見識天竺的武藝。』唉，真可惜這兩位奇人死了，否則倒好叫這蠻子見識見識中原的武藝哩！」

兩人聽得心中更怒，口頭卻支吾了幾句，就會賬而出。

到了路上，辛捷道：「這個天竺來的蠻子好橫，咱們索性到奎山去讓他見識見識河洛一劍和七妙神君的功夫。」

吳凌風道：「咱這幾日趕路打山路小徑裡走，出了這麼一樁大事竟不知道。」

於是兩人打聽了奎山的路徑，一路前往。

奎山上，金碧輝煌地矗立著一所大道觀，屋簷參差，瓦椽比鱗，乃是武當派在北方最大的一所道觀。正中「無爲廳」中幾百人正熱鬧地談著，這些差不多都是武林知名之士，接了武當掌門赤陽道長的邀請趕來的。

上山的路上也還有許多好漢陸續趕到，辛捷和吳凌風就混在人群中，跟著大夥兒上山。

事實上，天竺來的夷人並沒有說要中原十五個大名家跟他們回去朝拜，只是說了五大劍派掌門，而赤陽道長硬把關中九豪和關外三省盟主「邊塞大俠」風柏楊一齊拉上，湊成一十五人，是想激起天下武林敵愾同仇之心，免得天竺怪客專門對付五大劍派。

他雖知「邊塞大俠」風柏楊在關外另成一派，與中原素不相干，必不會前來，但心想如能拉上關中九豪也就實力大增了，但他哪裡又會想到關中九豪已被辛捷一戰拚得死傷連連，九豪只剩下了六豪了哩！

辛捷的上山並非要爲五大劍派助拳，主要還是因爲天竺來人狂言不慚，辱及河洛一劍和七妙神君，而且他心想五大劍派必也聚於一廳，到時正好一了舊賬，免得自己再四處奔波。

不一會，大夥兒都進了「無爲廳」，辛捷眼尖，早見台上坐著武當的赤陽道長、峨嵋的苦庵上人和那點蒼的落英劍謝長卿，卻不見盜了梅香劍的厲鶚。

吳、辛二人混在群眾中，揀了一處不顯眼的地方立定，見四周亂哄哄的，無人注意他們，辛捷這才道：「大哥，方才上山時，你可聽見一條人影在山下疾奔而來？」

凌風道：「是啊，我瞧那人輕功俊極，只是方才不便說話，所以沒出聲。」

辛捷低聲道：「我瞧那人影九成是那『武林之秀』——」

凌風曾聽辛捷說過「武林之秀」及少林和尚糊裡糊塗地和辛捷過招的事，心道：「難怪這『武林之秀』能和辛捷鬥個旗鼓相當，看來輕功果然了得——難道他也是赤陽道長請來的？」

他自服血果以來，輕身功夫最是大進，這一路來曾和辛捷賽過腳程，竟和辛捷的「暗香掠影」絕技相差無幾，辛捷也爲他這種千載難逢的仙緣慶幸不已，然而他怎知凌風曾爲服下那血果險些自責尋死哩！

忽然，一個青年道士跑來，想是武當門下的弟子，他對赤陽道長說了幾句話，赤陽道長臉色一變，站起身來朗聲道：

「各位請一靜——」

他的內力甚強，聲音如洪鐘般蓋過眾人嘈雜之聲，群豪立刻靜了下來。

只見他接著道：「天竺高手已經到臨——」

「無為廳」上頓時肅靜下來，赤陽道長舉手一揮，門下兩個青年道士走到廳門口，大門一開，兩個巨人衝了進來，眾人看時，只見這兩人好不龐大，前面一人上身奇長，怕不有五六尺之長，再加上雙腿，全身幾乎就有丈餘，後面一人雖然也是身高膀闊，但是身著一襲儒服，更加白面無鬚，是以顯得文雅得多。

當先壯漢身上穿得不倫不類，但頭頂卻是一顆和尚光頭，他進來以後就引頸四顧，似乎是在尋找什麼人，但是他的眼光四處一射之後，面上忽然露出失望之色，轉首對後面的「儒生」道：「阿喜米，估什摩訶爾，烏法各各哩查。」

聲音有如破鑼，眾人都感一陣耳鳴，功力淺的只覺耳中嗡嗡直響，好半天聽不見別的聲音。

那儒生打扮的夷人用手往前一指，示意要他到前面仔細找一找。

這壯漢果然前行擠入人叢，東推西撞，被撞者無不仰天翻倒，呵呵叫痛，那壯漢卻似沒事一般，依然在人群中東穿西穿，毫無禮數。

漸漸那壯漢走到吳凌風身旁，吳凌風暗中一哼，真力貫注雙腿，那蠻子走到身邊，照例地一撞，哪知明明撞著吳凌風的身軀，卻如撞入一堆棉花，心中暗叫不妙，正要收勁而退，忽感一股溫柔的勁力反彈上來，他怪叫一聲，宛如晴天一個大霹靂，硬硬推出一掌，哪知那陰柔之勁突然又消失無形，大個子衝出兩步才穩穩站住。他睜著怪眼狠狠盯住吳凌風——

辛捷一看就知吳大哥已把太極門「以柔制剛」的要訣應用到隨心所欲的境界了，心中著實為他歡喜，不禁高聲叫好。

凌風對他回視，二人相對一笑，友情的溫暖在兩人這一笑之間悄悄地透入對方的心房。

那「儒生」呵呵大笑道：「不料中原還真有些人材呢──」他的漢語竟是十分流利。

當他的眼光落在吳凌風的臉上時，不禁怔住了，他暗中自語：「想不到中原竟有這般俊秀人物──」他一向自以為英俊瀟灑，在那蠻夷之邦中自然是有如鶴立雞群，但是與吳凌風這等絕世美男子相較之下，那就黯然失色了。

那「儒生」一招手叫回那蠻子，朗聲道：「咱們兄弟久慕中原武學，今日中原豪俠齊聚一室，正好令咱們兄弟一開眼界，同時，咱們願意在這裡候教兩場，只要咱們敗了一場，我兄弟兩人立刻掉頭走路，要是我們二場全勝，哈哈，下面的話早已告訴武當赤陽道長了──」

座中群豪聳然動容，雖然心中怒極，但見那兩個夷人分明武藝絕高，否則豈敢口出狂言？

台前的赤陽道長對座旁的苦庵上人和謝長卿道：「今日是咱們五大劍派生死存亡的關頭了，若是我們幾人敗了……唉，不必說了。」

赤陽道長想到自己一生行事，頗做了幾件不光不采事情，難道堂堂武當一派就要因此而斷送？

峨嵋苦庵上人低首宣了一聲佛號，凜然道：「說不得咱們只好把幾根老骨頭拚上了，咱們忝為武林五大宗派門人，若是不身先士卒，只怕要令天下好漢齒冷──」

點蒼的落英劍謝長卿似乎心事重重，始終不見他開口。

赤陽道長道：「厲兄怎麼還沒有來，否則憑他那手崆峒神劍當可打頭一陣，挫挫他們的銳氣。」

那儒生打扮的夷人大聲道：「第一場由我師兄加大爾出陣，中原英雄哪位出場？」

他內功果然深厚，一字一字說出，震得屋瓦窸窣而動，眾人都是行家，一聽就知他雖是那蠻子的師弟，功力只怕猶在加大爾之上。

赤陽道長見崆峒厲鶚始終不曾趕到，心中焦急，又不好意思叫苦庵上人出陣，一急之下，只好準備親自出陣——

苦庵上人一把扯住他的道袍，低聲道：「還是讓老衲去接這蠻子幾招吧，道長和謝賢阮請爲我掠陣——」

他曾與謝長卿之父齊名，是以喚他賢阮。

赤陽道長叮囑道：「此役關係非同小可，上人千萬不要存客氣之心。」

苦庵上人更不答話，緩緩站起步入大廳，口中道：「貧僧峨嵋苦庵，願接這位加施主的高招。」

他聲音雖小，但卻令全場每個人耳中聽得一清二楚，顯示老和尚內功修爲確是不凡。

那高壯蠻子加大爾一見苦庵上人，神色一變，並反問他師弟道：「各希米爾，雅華巴拉可耶？」

他師弟也打量了苦庵一眼，搖了搖頭道：「弗希哩，希阿羅峨嵋更色。」蠻子臉上又露出失望之色。眾人只聽懂「峨嵋」兩字，只依稀感覺出那加大爾乃是向他師弟說一件有關苦庵上人的事，而他師弟卻是回答了否定的答案。

群雄都知道這一戰乃是有關天下武林的興亡前途，無不全神貫注，而且每個人都希望苦庵上人一舉得勝，儘管眾人中也有和五大劍派有樑子的，但是在此利害相同的情形下，就都希望苦庵上人快快得勝了。

苦庵上人走至加大爾面前，合十爲禮，雙目凝視對方，全神貫注以待。

那加大爾更不打話，暴吼一聲，當胸就是一拳打出，他那吼聲才出，拳風已到，而且凌厲之極。

苦庵一聽他拳風就知加大爾完全是外家路子，但是勁道之強端的平生僅見。

苦庵上人在中原五大劍派以內力修爲稱著，平生大小拚鬥不下百餘場，像加大爾這等強勁的力道還是第一次碰到，當下身體不動，雙拳走弧線直點加大爾關節兩旁的「錦帶穴」——

哪知加大爾貌似粗豪，變招速捷無比，呼地一聲，單臂下沉，一沉之下又刻上挑，硬迎苦庵上人的夾擊之勁——

加大爾又是暴吼一聲，苦庵上人只覺雙臂一震，連忙橫跨半步，化去敵勢，心中卻驚異已極！

不說苦庵上人，就連一旁的辛捷及吳凌風也大吃一驚，辛捷暗道：「這夷人分明純是外家路子，怎麼那剛強之勁中卻帶著一絲極為古怪的陰柔之勁？一合之下威力大增，這倒是奇了，難怪人說夷人武功大異中原，看來此語誠不虛。」

吳淩風低聲對辛捷道：「這蠻子武功大是古怪，只怕苦庵上人接不下百招。」

那邊又是一聲震天大吼，挾著呼呼拳風聲，敢情加大爾每打一拳必發一聲大喝，直震得眾人耳中嗡嗡作響。

苦庵上人心道：「與其受制於人挨打，不如拚著用內勁和他搶攻。」心念一決，當下一聲長嘯，雙掌一錯，展開峨嵋「青桑拳法」，著著用上真力，和加大爾搶攻起來。

到底薑是老而彌辣，他這輪搶攻的是明智之舉，一時拳風掌影，二人鬥個難分難捨。

辛捷暗道：「只有這種經驗和臨敵機變，是師父無法教的——」

那加大爾似乎沒有想到中原高手真有一手，他愈打愈是心喜，臉上露出笑容，掌勢卻愈來愈凌厲，那吼聲也變得更響更密，真是勢比奔雷，好多人忍不住要用手蒙住耳朵。

苦庵上人臉上始終鎮靜得很，拚出數十年修為和他搶上風，心中卻漸感不妙——

赤陽道長心中暗驚道：「這夷子拳腳好生厲害，幸好我方才沒有下去打頭陣，否則……真不堪設想，咱們五大劍派中實在也只有苦庵上人能支持得住——」敢情赤陽道長和劍神厲鶚都是長於劍術而疏於拳掌。

那儒生打扮的夷人始終神態自若地看著中原群豪，對那邊決鬥瞧都不瞧一眼，似乎早就料定勝券在握。

剛剛拆到百招上，那加大爾大喝一聲之後又怪叫一聲，大約是漢語「著！」的意思——只見他一拳從出人意表的古怪地方打出，眼看苦庵就將不敵，廳中群豪大驚失聲——

但苦庵上人數十年功力非同小可，峨嵋「神行迷蹤步」也是武林一絕，只見他連踩迷蹤，只能避過！

加大爾停手不攻，咦了一聲，又是一招怪招拳施出——

苦庵上人連連倒退，但卻仍是勉強避了開去。加大爾又是大咦一聲，才揮拳而上——一連三招，加大爾咦了三聲，似乎苦庵上人早就該敗的樣子，苦庵上人不禁又急又怒，但加大爾招式委實太怪，莫說發招還擊，就連自保也成問題。

大約是第一百一十招上，加大爾仍是咦了一聲後，一拳打出，腳下卻抽空連掃三腳，苦庵拚命一閃，雖然躲開了去，但擦的一聲，襟上僧袍被撕下一大幅。

群雄一聲驚呼，但立刻變得死一般的沉寂，所有的人心都如壓上了千斤鐵塊。

苦庵上人鐵青著臉，緩緩道：「這一場貧僧認輸——」

加大爾聽不懂漢語，又聽眾人驚呼，以爲苦庵仍不服輸，竟氣得大叫一聲，全力對準苦庵當胸一拳——

苦庵新敗之際，神不守舍，等到發覺時，已自不及閃避，眼看加大爾這一招驚天動地之拳勁就要著實打中——

群雄發出一片怒吼聲，根本聽不出是罵什麼話——

就在這千鈞一髮之際，砰的一聲，廳門被人一腳踢開，一條人影如飛而至，呼地凌空揮出一掌，迎向加大爾的一拳——

砰的一聲悶響，加大爾竟被震退兩步，那人乘一震之勢退飛出丈餘落在牆邊！

眾人定眼看時，只見來人是個英挺青年，大部分人都甚感眼生，一部分人卻大呼出口：「武林之秀！」

來人正是新近名滿江湖的武林之秀孫倚重！

眾人立刻爆出一聲震天價的叫好聲，雖然第一場是苦庵輸了，但孫倚重這一掌似乎使眾人出了一口烏氣似的。

那些不識孫倚重的人都不禁竊竊私語，他們不料武林之秀的功力如此之高，而人卻如此年輕。

卅一　平凡上人

吳凌風未見過孫倚重，悄悄對辛捷道：「這武林之秀功力的確深厚！」

辛捷點了點頭道：「不錯，我和他交過手——」他想起那莫名其妙的一場打鬥，真恨不得要現在就上去向孫倚重問個清楚。

那「儒生」壓制住加大爾的怒火，朗聲道：「方才第一仗大家有目共睹是敝師兄勝了，現在就由在下金魯厄向中原英雄討教第二場——」

說罷也不見他作勢用勁，身體陡然飄起，直落在七丈之外的大廳中心，落下時輕如落葉，但當他一步跨開時，青磚的地上竟現出兩個半寸深的足印。

眾人忍不住驚叫出聲，無一人再敢出戰，赤陽道長和謝長卿互望了一眼搖了搖頭，一無可施——

莫說他們，就連辛捷也自覺辦不到這手功夫，而這金魯厄年紀看來不過三十，不知怎地竟有這深功力？難怪他狂驕如斯——

金魯厄一連叫了三次，中原英雄竟無人能出戰，他不禁更是氣高趾揚，得意萬分。

辛捷愈瞧愈不順眼，正待捨命上前，忽然刷的一條人影飄向中廳，朗聲道：「在下孫倚重向金英雄討教幾招。」

武林之秀方才那掌震加大爾的一手十分漂亮，哪知金魯厄冷笑一聲道：「你不是對手！」接著又加一句：「你和加大爾鬥鬥倒是一對兒！」言下自負已極。

孫倚重又驚又怒，他也自知不是金魯厄對手，而且自己身上還負著天大的責任，想到這裡不禁進退兩不得，大是尷尬。

辛捷熱血上湧，又待挺身而出，忽然一個極爲和藹可親的聲音：「好啊，娃兒，終於找到你了，快跟我走——」

那聲音極是低弱，但是全場每個人一字一字聽得無不清晰之極，把一些其他的聲響全部壓了下去，不禁都是一驚，齊轉過臉來一看，只見一個白髯老者笑瞇瞇地在辛捷身後。

這老者紅光滿面，笑容可掬，白髯已紛紛變成米黃色。眾人對這老者皆甚陌生，顯然不是原在廳中的，但是放著這大廳人在，竟沒有一個人瞧見他是怎麼進來的。

辛捷卻是大喜望外，原來這老者竟是世外三仙之首的平凡上人！

平凡上人又催道：「娃兒，快跟我走啊！」

辛捷不覺一怔，心道：「你要我到哪裡去啊？」

平凡上人見辛捷的模樣，忽然道：「我那大衍十式最近又創出一招來，極妙不可言，你快跟我去，我好教給你。」

辛捷嗜武若狂，與關中九豪一戰之後，又領悟了不少訣竅，聞言自是大喜——

旁的人卻弄得莫名其妙，只見老頭子嘴唇微微連動，卻聽不到一絲聲音，原來平凡上人施出了上乘的「傳音入密」功夫。

但是辛捷立刻想到這場中原武林勝負之爭尚未了結，於是對平凡上人道：「晚輩尚要待這裡的事打發了才能──」

平凡上人急道：「這裡的事有什麼要緊，你跟我走啊，否則我老兒可要輸給那慧大師──」大概是他想到說漏了嘴，連忙停住，但辛捷已大感奇怪，怔然望著他。

眾人只見平凡上人嘴巴連動，辛捷卻臉色時喜時怔，不禁更加糊塗。

平凡上人想是急得要命了，竟忘了用「傳音入密」的功夫，大聲嚷道：「這裡的事有什麼要緊啊？」

這下子眾人可聽清楚了，那金魯厄本就不耐平凡上人的打擾，這時冷冷接道：「老匹夫不知深淺，胡言亂語些什麼？」

平凡上人不知有多少年沒有人敢這樣對他說話了，聞言不禁奇道：「你再說一遍。」

眾人見以模樣古怪，都不禁失聲大笑，金魯厄大怒道：「我說你這老匹夫胡言亂語，還不給我滾開？」

平凡上人道：「我老人家看你像是有甚急忙的事，你且說給我聽聽。」

這時忽然一人驚叫起來：「你們看，你們看！」

眾人低頭一看，一齊驚叫起來，原來地上被金魯厄踩陷下去的兩個腳印這時已恢復了原狀。

平凡上人卻嘴帶笑容，一語不發。

眾人雖不知這是什麼功夫，但都知這比金魯厄踩陷青磚又不知難了幾倍。

金魯厄也是大驚失色，心想：「今番完了，不料中原有這等奇人，分明氣功已練到爐火純青的地步。」

但他原是猾詰無比的人，心中一轉，暗道：「看他年齡，輩份必然極高，我且激他一激。」

當下改容道：「剛才言語冒犯，尚望前輩多多包涵，敝師兄弟此次奉師命前來完全是欣慕中原武學，敝兄弟和這些好漢已定了比武之約，原是——」

眾人聽了各個大驚，心想：「這兩個夷子已是這等難惹，原來他們還有一個師父！」

平凡上人卻喜道：「原來你們是要比鬥的，那敢情好，快快打給我老人家看。」

金魯厄大喜道：「那麼咱們請老前輩指正——」心中卻道：

「這樣一來這老鬼是不好意思動手的了，只要我勝了這一仗就是大功告成。」

當下大聲又向群豪挑戰一遍，赤陽道長竟然不敢應戰。

那武林之秀卻陷入深思中，低頭不語。

辛捷眼中顯出凜然之色，他正要動步，吳凌風悄悄問道：「捷弟，你要上去？」

辛捷毅然點了點頭，吳凌風低聲道：「捷弟，還是讓我試試——」

平凡上人的密音又傳入辛捷耳中。「小娃兒你自信打得贏？那蠻夷武功強得很呢。」

辛捷低聲道：「晚輩自忖不是對手——」

平凡上人怒道：「你再說一遍——」

辛捷道：「晚輩自感恐非對手。」

平凡上人問道：「我老兒是否曾經教過你武藝？」

辛捷道：「前輩成全之恩，晚輩永不敢忘。」

平凡上人道：「這就是了，你算得我老人家的半個徒兒，你想想平凡上人的徒兒能不如人家麼？」

辛捷瞠然不知如何回答。

平凡上人忽然想起自己來此的原意，神秘地笑道：「娃兒我看你真氣直透神庭，功力似乎比在小戢島時大有進展，你用全力打我一掌，試試你到底有多少斤兩？記住，要用上全力——」

辛捷不知他是何意，只知道他真要試試自己是否敵得過金魯厄，當下力貫單掌，盡力打出——

碰地一聲，平凡上人雙肩竟是一搖，險些立足不住，他不禁大喜道：「成了，成了！」

辛捷以為他是說自己能和金魯厄一抗，不禁大奇。

而更奇的則是旁觀的群豪了，他們聽不見平凡上人的傳音入密，只見辛捷時驚時怔，又打了平凡上人一掌，真是丈八金剛摸不著頭腦。

那渾蠻子加大爾不耐已極，問道：「希里沙，加巴羅也胡亞？」

他的意思是：「師弟，這老鬼在幹什麼啊？」

平凡上人似乎懂得他的話，聞言大怒道：「絲巴井呼，格里摩訶爾星基。」

他說的竟也是蠻人的語言，金魯厄不由大急，因為平凡上人是說：「你敢罵我老人家，我要教訓你。」

金魯厄忙用漢語道：「老前輩歇怒，家師曾一再叮囑他不可開罪中原前輩高人，他是渾人，前輩不要計較。」

他言下之意不過是提醒平凡上人乃是前輩高人，那就不能以大壓小。

平凡上人道：「他欺我中原就沒有人懂得梵語，啊，你的意思是說我以大壓小，好，好，你方才不是在挑戰麼？我馬上要我徒兒應戰。」

說著對辛捷招招手道：「娃兒，來，我教你一手。」

辛捷不禁大喜，走上前去，平凡上人又用傳音之法將自己新創的一記絕招教給辛捷。

辛捷直聽得心跳卜卜，因為這招真是妙絕人寰，而且與那原有十招密切配合，威力更是倍增。哪知教了一半，平凡上人忽道：「有人在偷聽呢，我老人家索性告訴他，看他又能耐何你！」

金魯厄果然面紅耳赤，原來他正是用上乘內功摒除雜念，想收聽平凡上人的話，卻被平凡上人一語指破。

接著平凡上人就當面大聲將那半招傳給辛捷，其他每人雖都聽得一清二楚，卻是一絲不懂，辛捷卻是喜上眉梢，字字牢記心田。

教招既畢，平凡上人道：「娃兒，好好打一架啊。」

那金魯厄雖覺平凡上人功力深不可測，但他就不信自己會打不過辛捷，是以大剌剌地道：「咱們比兵刃還是拳腳？」

辛捷卻是偏激性子的人，他見金魯厄的狂態，索性不理他，抖手拔出長劍，呼地當胸就刺——

金魯厄不料中原也有這等不知禮數的人，不禁勃然大怒，呼地一聲，從腰上褪下一根軟索。

眾人見辛捷上去接戰，不由議論紛紛，不知是誰傳出此人就是新近大敗勾漏一怪的「梅香神劍」辛捷時，更是全場哄然了。

赤陽道長等人先前未看見辛捷，這時卻是面色大變，又怕辛捷得勝，又希望辛捷得勝——他們也知道辛捷化裝七妙神君的一段事。

金魯厄那根長索烏亮亮地，不知是什麼質料製成，竟是能柔能剛，厲害之極。

辛捷一上手就是大衍十式的絕招「閒雲潭影」，只見萬點銀光襲向金魯厄周身要穴——

金魯厄一抖之間，長鞭變成一根長棍，一橫之間連打辛捷腕上三穴，他內外兼修，比起加大爾來更是厲害得多，長索頂端竟發出嗚嗚異響——

辛捷大吃一驚，心道：「我自小戢島奇遇之後，功力大增，劍尖已能隨意發出劍氣，但要想如他這般用一根軟索發出劍氣，卻是萬萬不能！」

心中一凜，連忙收招換式，那金魯厄何等狡詰，長索倒捲，乘虛而入——高手過招，一絲分心散意也能影響勝負，辛捷一著失機，立刻陷入苦戰中。

金魯厄招式之奇，確是世上無雙，只見他那長索時鞭時棍，時劍時槍，忽硬忽軟，忽剛忽柔，更兼他內力深厚之極，索頭不時發出嗚嗚怪響，辛捷完全處於被動！

吳凌風對這捷弟愛護備至，這時見他陷於危境，不禁雙拳緊揑，冷汗直冒。

全場眾豪也都緊張無比，因爲這是關係武林興亡的最後一戰！

金魯厄怪招百出，更加功力深厚，辛捷若不是近來功力激增，只怕早已敗落！

在這等完全下風的形勢之下，辛捷硬硬到拆十五招，第十五招才過，平凡上人忽然叫道：「這蠻子到底不成材，剛才若是改變鞭法，早就勝了！」

眾人都是大吃一驚，怎麼這老兒又幫起蠻子來啦？

內中有幾個自作聰明的竊竊私語道：「必是方才辛大俠打了這老兒一掌，這老兒就幫那蠻子，希望蠻子得勝。」

只有辛捷本人一聞此語，宛如當頭棒喝，心道：「平凡上人明說指點這金魯厄，其實是提醒我不可墨守成規，早應改變戰術，嗯，對了，我今日怎地如此拘泥墨守？」

念頭一閃，他手上已是變招，只見他長劍從左而右，劍尖顫抖，絲絲劍氣連綿不絕，正是大衍十式中的絕妙守式「月異星邪」，辛捷待劍尖劃到半途時，突然手腕一翻，劍氣陡盛，嗞的一聲長劍偏刺而出，已變成了「虬枝劍法」的「乍驚梅面」——

這一招正是辛捷受了平凡上人提醒後，將大衍十式和虬枝劍法融合使用的絕著，威力果然倍增，金魯厄咦了一聲，連退兩步，鞭端連發三招，才把辛捷的反攻之勢化掉！

然而這一來，辛捷總算脫出危境，他也倒退一步，猛吸一口真氣——

金魯厄一掄長索，直點辛捷門面，辛捷上身向左一晃，身體卻往右閃了開去，呼的一聲，金魯厄的長索就落了空——

「無爲廳」中爆出震天價的喝采，辛捷這招著實是妙得很，正是「暗香掠影」輕功絕技中的式子——

然而，金魯厄卻乘著落空的勢子，身子往前一衝，手中卻猛然發勁，「劈拍」一聲，長索被抖將回來，筆直地往後打出，卻是一絲不差地襲向辛捷的咽喉要穴——

這一招怪妙兼具，乃是金魯厄得意之作，暗道：「這小子就算躲得開，也必狼狽不堪了！」

敢情此刻他對辛捷已不敢過份輕視。

那長索端頂發出嗚嗚怪響，疾如閃電地點向辛捷，哪知長索收到盡頭，劈拍一聲，仍是落了空！

所有的人都沒有看見辛捷是怎樣閃躲過去的，只覺眼花撩亂，辛捷已換了位置——

連平凡上人都不禁驚咦一聲，他見辛捷方才閃躲的步法像是小戢島主慧大師的得意絕學「詰摩神步」——他並不知辛捷已得慧大師的青睞，學得了這一套絕學。

辛捷好不容易等到這樣的機會，他腕上奮力一震，劍氣聲陡然蓋過長索所發嗚嗚之聲，一招「冷梅拂面」已自使出——

普通二流以上的高手過招就很少有「招式用老」的毛病出了，因爲「招式用老」之後的結果，即使不敗也狼狽不堪，高手過招，六分發四分收，終不令招式用老，金魯厄是因對自己這一招太過有信心，以致著了辛捷的道兒！

當他拚力定住身軀之時，辛捷的劍子已疾刺而至，他不禁開聲吐氣，長索掄得筆直，如流星般直點辛捷腕脈，以攻爲守。

辛捷豈能放過此等大好良機，手腕一圈，一面躲過了金魯厄的一點，同時一股柔勁緩緩透出，脆硬的長劍竟隨勢一彎，尋即叮然彈出，劍尖所指，正爲金魯厄肋骨下的「章門穴」！

這一下連辛捷自己都感震驚，這股柔勁用得妙出意表，心想自己功力近來真是大進，不禁信心陡增，長嘯一聲！

金魯厄見辛捷這一圈圈得極妙，竟然不顧辛捷的長劍，手上勁道一改，原來掄得筆直的長索竟然呼地捲上辛捷手腕——

辛捷作夢也料不到金魯厄會有這一手，他只好再度施出詰摩步法，身形如一縷青煙般後退兩步。

「拍」的一聲，長索頂端倒捲回來，饒是辛捷退得快，腕上衣袖竟被捲裂一大塊。

辛捷不禁暗中發怒，怒火代替了畏懼，他身子一晃，屈身直進，劍光點點，全是進手招式。

金魯厄怒吼一聲，長索招式又變，這次竟比前兩次還要古怪，鞭聲索影之中隱隱透出一絲邪氣。

然而辛捷此時卻是凜然不懼，他手上「大衍十式」和「虬枝劍法」互易而施，腳下配合著「詰摩神步」，這三件海內外奇人的得意絕學配合一齊施出，竟令金魯厄空具較深的功力而無法搶得上風！

先前五十招內，辛捷猶覺有些地方不甚順手，五十招後，漸漸地愈來愈覺得心應手，流利無比，兩種劍招一分一合之間，威力絕倫，辛捷愈打愈放，舉手投足之間，莫不中肯異常。

金魯厄愈打愈驚，一咬牙，將長索上貫注十成功力，打算以硬取勝！

廳中群豪不知辛捷已漸入佳境，只覺金魯厄索上嘯聲愈來愈響，暗中替辛捷擔心不已。

赤陽道長、苦庵大師相對駭然，不料月餘不見，辛捷功力竟增進如此，希望他得勝，又不敢想他得勝以後的後果，心中頓時矛盾起來。

匆匆百招已過，辛捷仗著劍法神妙，硬抵住金魯厄洶湧的內勁，他自覺愈打愈稱手，雖然要想取勝並不是簡單之事，不過他此時根本不曾想到這些，他只暗暗喜道：「若不是這場惡鬥，我哪能這麼快就融會貫通起來？」

儘管金魯厄聲勢洶洶，但匆匆又是百招，辛捷依然沒有敗落，廳中群豪這才看出一些端倪——

漸漸辛捷發現金魯厄手上攻勢雖然猛極，但是下盤卻似極少作用，想到這裡，心念一動：「對了，這金魯厄全身功夫之中，下盤乃是他較弱一環，而我的『詰摩步法』神妙無比，正應以己之強對彼之弱——」

這時他手上是一招「方生不息」，乃是大衍十式中最具威力的一式，但是辛捷足下一滑，躬身而施，直取金魯厄下盤，這一招變形而使，威力大減，然而所攻之處乃是金魯厄下盤，竟將他逼得倒退三步。

辛捷手上的「方生不息」正要換式，忽然想到平凡上人方才臨敵所授的一招，當下心頭大喜，暗道：「妙啊，原來平凡上人第一眼就看出了金魯厄的弱點，才傳我這一招，這一下可要你難逃一劍——」

心中大喜，手頭因分心略為一慢，刷的一聲，衣袖被長索捲去尺許一大幅，他連忙施出詰摩神步倒退數尺——

眾人見辛捷吃了虧，臉上反倒顯出喜容，怪哉！只有平凡上人笑嘻嘻地背著雙手，暗暗稱讚辛捷孺子可教。

辛捷左手劍訣一揚，右手長劍平挽劍花，嘶的一聲直取金魯厄的「期門穴」——

一連三招，全是「大衍十式」的招數，金魯厄見辛捷突然從偏奇之式變為嚴正之態，不由得一怔。

辛捷一連十招全是大衍十式的招式，他將被關中九豪圍攻後悟出的心法滲入使用，果然威力大增，金魯厄急道：「他這套劍法雖然高明，本來我盡擋得住，怎麼一下子又多出許多變化來？」

刷刷刷一連三招，辛捷全向他下盤攻去。

金魯厄道：「完了，又給這廝看出我的弱點了——」連忙倒退兩步。

辛捷長劍一橫，突然化做一片光幕罩向金魯厄的下盤，正是平凡上人方才所授的一招！

金魯厄長索下掃，真力灌注，忽聽辛捷大喝一聲：「著！」劍光才收，他肩頭已中了一劍

——

眾人只見劍光連閃，身形亂混，然後聽見辛捷舌綻春雷地一聲：「著！」接著人影陡分，辛捷單劍橫胸，金魯厄肩上衣衫破碎，鮮血長流。

過了半晌，廳中爆出震天震鳴，眾人歡呼之聲響徹雲霄！

金魯厄臉色鐵青，一把抓住加大爾的手臂，頭也不回地去了，「無為廳」中又爆出轟天彩聲！

辛捷打敗了金魯厄，反而心中一陣迷糊，他下意識地插上長劍，茫茫看著狂歡的眾人……

平凡上人笑咪咪地道：「娃兒，這下可真揚名立萬啦——啊，險些把正事忘啦，快走——」

也不待辛捷同意，扯住辛捷手臂，如一隻大鳥般從眾人頭上飛過，穿出大廳——吳凌風急

叫道：「捷弟——老前輩請等一下——」

急忙跑出廳門，平凡上人和辛捷只剩下一個極小的背影了。

吳凌風對捷弟愛若同胞，雖知那老者多半就是對辛捷極有青睞的平凡上人，但仍是十分焦急地施展輕功追了上去——

他沒想到自己的輕功怎能和平凡上人相比，也忘了廳中的殺父仇人——苦庵及赤陽，心中此時只有一個意念，就是追上他的捷弟，至於追上之後是爲了什麼，他也拿不定主意——

凌風見那老僧拖著辛捷，身形微微數縱，便在幾十丈外，他竭力趕了幾步，自知趕不上，心下正自無奈，忽聞背後風聲呼呼，一條人影和他擦身而過，身形疾如流星，正是剛才在大廳上硬接那番邦漢子一掌的少年——武林之秀，凌風內心暗驚：「我吃了血果，輕身功夫才突飛猛進，我知道除了捷弟外，很難再有人能與我並駕齊驅，想不到這少年，年齡也不過大我幾歲，不但內功深湛，輕功竟也如此了得。」

他內心不服，當時也提氣飛奔，追了一會，只見那少年頹然而回。

那少年見了凌風突然又追來，他沒追上平凡上人，正生一肚子悶氣，沉臉喝道：「你跑來幹麼？」

凌風見他長得嫩皮細肉，甚是滑稽可親，雖拉面皺眉，但臉上仍然笑意，毫無威嚴，不由對他頗有好感。

凌風是少年心性，他對那少年雖有結納之心，但口頭上卻毫不示弱，當下輕鬆道：「我原以為你追上了那老和尚和我捷弟哩！」

那少年聽他出言譏諷，怒道：「怎樣，你待怎樣？」

凌風惱他出言無狀，故作悠閒道：「也沒怎樣。」

那少年大怒道：「好狂的小子，在下倒要領教。」

凌風笑道：「領教！」

那少年雙手一握拳，從胸前平推出來，凌風識得這是少林絕學百步神拳，當時不敢怠慢，施展開山三式中「六丁開山」一式迎擊上去，二人原本無意傷害對方，所以均未施出全力，拳掌相碰，各自退後兩步。

凌風讚道：「好功夫。」

那少年心裡也自暗佩凌風功力深厚，他見凌風讚他，敵意不由大減，當下便說道：「在下身有急事，無暇逗留，他日有緣，再領教閣下高招。」

他說完話，也不等凌風回答，逕向原路疾奔而去。

凌風對他原無惡意，當下也不攔阻，忽然想到殺父仇人還在廳上，立刻飛奔而回。

他竄進大廳，只見空空的只有幾個無名之輩，原來他剛才這一逗留，中原諸好漢都走得差不多了，他掃了兩眼，不見仇人蹤跡，心想：

「我的仇人都是赫赫有名之輩，他日我登門問罪，他們必然不致躲匿，還怕找不著嗎？」

轉念又想道：「剛才那老僧武功深不可測，與捷弟又似相識，只怕多半是捷弟常講的海外三仙之一平凡上人，照他對捷弟甚是欣賞，這一去不知又要傳授捷弟多少絕學哩！」

「我答應過蘇姑娘要去看她，倒也不能失信於她。」

他盤算已定，便啓程赴約。

當他走到山東境內，只見沿路都是扶老攜幼，背負重物的人，一臉疲乏神色，像是逃難避兵的模樣，內心很奇怪，心想當今天下清平，怎會有兵燹之災？終究找到一個長者詢問原因。

那老者聽凌風也是本地口聲，知他才從他鄉返鄉，嘆息道：「月前幾場急雨，黃河水量大是增漲，終在方家村沖破河堤，淹沒了全村，俺家鄉離方家村不過百十里，這才帶著家小……」

凌風不待他說完，焦急問道：「老伯，那林村怎樣了？」

老者道：「客官是問高家村西五十里的林村麼？如今只怕已是汪洋一片了。」

凌風向老者道了謝，足不稍停向東趕去。

他想到大娘母女的嬌弱，遇到這兇猛天災，只怕凶多吉少，內心有如火焚，也顧不得白日之下引人注目，施展輕功，發足飛奔。

他從早跑到傍晚，中午也不及吃飯，只見路上難民愈來愈多，心內愈覺懊怒，待他趕到距林村僅有百餘里，一問難民，才知林村周圍十里於昨夜淹沒。

凌風一聽，有如焦雷轟頂，他呆呆的什麼也不能想，他強制自己的傷痛，想著援救阿蘭母女的法子。

他尋思道：「那小茅房本是依著山坡建築的，地勢甚是高亢，如果爬在屋頂上，大半日之間，水怕也淹不到。林村既已淹水，陸路是走不通了，不如就在此僱船。」

他出高價僱了一個梢公，划了一隻小船，溯水而上。

此時水勢甚是湍急，那梢公費盡力氣划去，船行仍然甚慢，凌風內心大急，當時向梢公討了一支槳，運起內力，划了起來，那小船吃他這支槳不停的撥水，果然前進神速。

行了三個時辰，已是午夜時分，那梢公精疲力竭，再也支持不住，堅持靠岸休息，凌風也不理會他，一個人操槳催舟續進。

又行了一會，水面突然大寬，原來水道也分不出來，只是茫茫的一片汪洋，凌風心知到了洪水爲患的區域，距離林村已是不遠，奮起神力，運槳如飛。

他見沿途村落都已淹沒，很多村民都爬到樹梢或屋頂上，手中點著火把。眾人見凌風小船經過，紛紛搖動火把，嘶聲求救。

凌風想到阿蘭母女身處危境，當時硬起心腸，只作沒有聽見。

愈來愈近林村了，他心中也感來愈是緊張，手心上出了一陣冷汗，他想：「只要……只要爬上屋頂，那就不會有什麼問題了。」

小船駛進林村了！

凌風一顆心幾乎要跳出口腔，他舉目四望，那是一片無際的水面，整個林村的建築物，都被淹在水下，只有小溪旁幾株梧桐樹，還在水面露出了樹尖。

他內心深處突感冰涼，他狂奔操舟一日一夜，內力消耗已盡，此時支持他身體的「希望」，又告幻滅，只覺全身軟弱，再也提不動大木槳，「砰！」的一聲，木槳落到木板上，人也委頓倒地。

凌風自幼失怙，一直視大娘如慈母。那阿蘭，更是他心目中最完整，最美麗的女孩，他們倆雖然並沒有說過一句愛慕對方的話，可是，彼此間親切的體貼，深情的微笑，那不勝過千盟萬誓嗎？

他天性甚是淡泊，一生最大的希望就是手刃父仇，尋求血果，使阿蘭重見光明，然後……然後帶著阿蘭母女，住在一個風景如畫的地方……可是，如今呢？一生的美夢，算是完全破裂粉碎了……

凌風只覺胸中一陣火熱，接著一陣冰涼，他彷彿聽到了流血聲，那是心房在流血吧，他彷彿聽到了破裂聲，那是心房在碎裂吧！

他深深吸了口氣，反覆吟道：

「且夫天地爲爐兮，造化爲工，陰陽爲炭兮，萬物爲銅。」

是的，在這個世上真是苦多樂少，除了生離、死別、絕望、痛苦，那還有什麼？

他只覺得在這一瞬間，世上一切都與他不再有關連了，他的思想進到另外一個世界……。

「那兒沒有愁苦，沒有離別，只有歡樂——永恆的歡樂，遍地都是鮮花。那白欄杆上靠著一個美麗的姑娘，她托著頭，正在想念我，相思的眼淚，一顆顆像珍珠，滴在鮮艷的花朵上，那花開得更嬌艷了。」

凌風口中喃喃道：「阿蘭，阿蘭，你別哭，大哥就來陪你啦！」

他正在如癡如醉，突然，背後有人推他一把，才驚破他的幻境，回頭一看，正是那梢公。

原來適才他木槳落地，梢公已被驚醒，點了一個火把，爬到甲板上，只見凌風神色大變，臉上沒有一絲血色，癡癡呆呆的坐在船頭，正想上前招呼，忽又見他臉露慘笑，臉色怪異之極，口中又是自言自語，再也按捺不住，是以推了凌風一把。

凌風一驚之下，思潮頓去，回到現實，他苦思今後的行止，但是心痛如絞，再也想不出什麼。

天色已明，他吩咐梢公順水划回。

這順水行舟，確實快捷無比，不消兩個時辰，便到達岸邊。

凌風茫然下了船，在難民群中，看遍每張面孔，也不見大娘母女，當時更肯定她們已遭大水沖走。

他萬念俱灰，不願混在亂糟糟的難民中，他只想一個人清靜、孤獨的回憶，咀嚼昔日每一個小動作、每一句話。

卅二　情海雙姝

凌風避開大道，專揀荒涼的山路，翻山越嶺漫無目的地走著，餓了便採幾根野菜充飢，渴了就捧一捧泉水解渴。那山路連延不絕，似乎沒有一個盡頭，凌風心想：「讓這山路的盡頭也就作我生命的盡頭吧！」

他自暴自棄，行了幾日，形容已是大爲枯槁，這天翻過山頭，只見前面就是一條官道，通到濟寧，心中一驚道：「蘇姑娘就住在濟寧，我去看她一趟，再去找那幾個老賊報仇，然後……」他自己也不知道今後的歸依。

凌風進了城。

他走過兩條街，見到一家黑漆鑲金的大門，門口站著兩個兵丁，知是知府公館。趨前問道：「這可是知府公館麼？在下吳凌風，請問蘇蕙芷姑娘可在？」

那兵丁見他形容憔悴，衣著甚是襤褸，但挺鼻俊目，仍是一表人才，又聽他問知府義女，知是大有來歷之人，當下不敢怠慢，跑進去通報了。

過了半晌，出來一個管家模樣的人，向凌風恭恭敬敬一揖道：「吳公子請進，小姐在廳上相待。」

凌風還了一揖，跟著那管家走了進去，只見哪知府甚是氣派，一條大路直通客廳，兩旁植滿了牡丹，紅花綠葉，開得非常嬌艷。

他才走了一半，蘇蕙芷已推開門迎了上來，凌風見她笑靨如花，神色高興已極，數月不見，雖然略見清瘦，但臉上稚氣大消，落得更爲明麗。

凌風一揖道：「蘇姑娘近來可好？我那捷弟本和我一起來看你，但在路上被一位老前輩叫去，他叫我代向你致意。」

蘇蕙芷忙一檢衽，柔聲道：「吳公子快請進屋，那日一別，我內心牽掛，日日盼您早來看我……」她說到這兒發覺語病，臉一紅，住口不說了。

凌風瞧著她那雙清澈如水的大眼，不由又想起阿蘭，心中嘆道：「唉！多麼像啊！可是一個這麼幸運，另一個卻是那麼悲慘，老天！老天！你太不公平了。」

蕙芷見他忽然呆癡，覺得很奇怪，又見他臉色憔悴，不覺又愛又憐。

她柔聲道：「吳相公，您是從淹水地方來的嗎？」

凌風點點頭。蕙芷接著道：「那黃河確是年年氾濫，治河的官兒，平日只知搜括民脂民膏，一旦大水臨頭，跑得比誰都快，這次大水，如果事先防範周詳，總不至於如此，我義父爲此事大爲震怒，已上省城去請示了。」

凌風心念一動，正欲開口相問，但蘇蕙芷卻是歡愉已極，口中不斷的說別後之事。

原來那天蘇蕙芷投奔她父親舊部永濟知府，那知府姓金，原是蘇蕙芷父親一手提拔，見了蘇姑娘，自是愛護尊敬，他知蘇侍郎一生正直，赤膽忠心爲國事憂，竟然命喪賊子之手，不禁喟然。

這金知府雖已年過五旬，膝下仍是虛虛，蘇蕙芷見她對待自己親切慈祥，又聽他時時嘆息自己命中無子，便拜他爲義父，金知府只樂得如得瑰寶。

凌風原意逗留一刻，便要告辭，但見蘇蕙芷情意殷殷，竟不忍開口。

蘇蕙芷說了一陣，看到凌風聽得很專心，心中暗喜。

她忽察覺道：「吳相公，你瞧我高興得胡塗啦！您一路上趕來，定是疲倦了，我還嘮嘮嘈嘈的囉嗦。您先換換衣，休息一會吧！」

她立刻吩咐婢子備水，凌風只得依她。

凌風沐浴一番，換了一身衣襟覺得身心輕快多了，但那只是轉瞬間的輕鬆，在他心靈的深處，負擔是多麼沉重啊！

蕙芷待他沐浴出來，引他到了臥室道：「您先睡一會休息休息，等吃晚飯，我再來喊您。」

到了掌燈時分，凌風跟著婢女，穿過兩道，只見前面是一圓門，那婢女道：「這是我們小姐住的地方。」

凌風走進圓門，陣陣清香撲鼻，原來遍地都是茉莉，假山後是噴水泉，月光照在水珠上，閃閃發光，景色甚是宜人。

凌風見蕙芷坐在桌邊相待，桌上放了幾樣菜餚，急忙坐了下來。

他歉然道：「讓你久等了。」

蕙芷笑道：「吳相公，您禮心真重，來咱們先喝酒。」她說到「咱們」，不覺有些羞澀。

凌風也沒有注意，舉起酒杯，一飲而盡，那酒甚是清冽。蕙芷卻只略一沾唇。

她殷殷相勸，凌風心內愁緒重重，正想借酒澆愁，一杯杯只管往下倒。

她自己也喝下一杯，臉上微暈，燈光下，只見她雪白嫩得出水的雙頰，透出淺淺的紅色，直如奇花初放，晨露初凝。

她突然道：「那日我見辛——辛相公喊您大哥，真是羨慕得很，我……我想，有一天我也能喊你大哥，那才好哩！」

凌風見她喝了一些酒，神態大是活潑，實是嬌憨可愛，只恐拂她之意，便道：「我也很想有一個像你這樣的妹子。」

蕙芷喜道：「大哥，真的麼？你也別再叫我蘇姑娘長，蘇姑娘短的了，我媽叫我小蕙，你就這樣叫我吧！」

她又接著說道：「大哥，你走了後，我真想念你，我天天算著日子，我知道你一定會來看我的，今早兒，我聽喜鵲兒在樹枝上呱呱的叫，我便知大哥會來了。」

凌風道：「小蕙妹子，我……我。」

蕙芷接口道：「大哥你不用講，我知道你也在想念我。」

「我義父，他見我整天不樂，以為我生病了，大哥，我心裡擔憂，飯也吃不下，大哥，你不再離開我吧！」

「大哥，我知道你不願住在這兒，你要行俠江湖，難道我還會不願跟著你嗎？」

凌風聽她說得一往情深，心中很是感動。那蕙芷坐得離他很近，只覺她吐氣如蘭，美秀絕倫。

他本不善於喝酒，此時借酒消愁，醉意已是甚深，他抬頭一見蕙芷正望著他，那目光中包含著千憐萬愛。

凌風覺得那眼光非常熟悉，他酒醉之下，定力大爲減低，凝目看了一陣，再也忍耐不住，伸手捉住蕙芷小手，顫聲道：「妹子，你真好看。」

蕙芷掙了一下便停止掙扎，任他握著，一股熱流從凌風手掌傳到她全身，她心中甜蜜無比。

她自幼喪母，父親對她雖然無微不至，可是近一年來，每當一個人，對著春花秋月時，在心靈深處，總會感到莫名的空虛。此時，那空虛被充實了，世界突然變得美麗了，一切都是那麼可愛呀！

凌風喃喃道：「妹子！」

蕙芷柔聲道：「大哥，什麼事？」

凌風斷斷續續說道：「我……我……想……親親你的眼睛……」

蕙芷大爲羞急，但她天性極是溫柔，眼見凌風滿面期待之色，她不忍拒絕，也不想拒絕。

她閉上了眼，領受這初吻的滋味，在這一瞬間，她不再要世上任何東西——一切都像白雲那樣飄渺，那樣不重要了。

她覺得凌風只是一次一次親她的眼睛，心中想道：「他確是至誠君子，但未免太古板了些。」

她睜開了眼，只見凌風如醉如癡，心想：「大哥只怕樂昏了。」

突然，窗外一聲淒涼的嘆息。

凌風沉思在昔日的情景中，是以以他這高功力，竟會沒有聽見，蕙芷沉醉在溫馨中，只願宇宙永遠停留在此刻，世世不變，哪還會留意窗外的嘆息呢？

世上的事，在冥冥中似早有安排，如果凌風剛才聽到嘆息，趕快出去，那麼，他這一生便完全改變了。

假石山後，坐著一個纖弱的姑娘，在不停的抽泣著，無情的風吹過她掛著淚珠的臉，她不禁打了個寒戰——那是從心底透出的寒意。

她抽泣了一陣，心中憤恨漸消，一種從未有的自卑感襲上了心頭。

「人家是知府千金，我只是一個……一個瞎了眼的鄉村姑娘，怎能和人家比啊！」她心想：「大哥，我不恨你，我也不怪你了，我原是配不上你呀！大哥，你不要再記著我這個傻姑娘了，你和蘇姑娘好吧！」她是多麼纖弱呀！一生生長在淳樸的鄉下，從未受到欺騙險惡的滋味，此時陡然之間，發覺自己一心相愛，認爲最完美的人，竟然騙了她，移情別戀，心下悲苦，真如毒蛇在點點啃嚙她的心房。

愛情，終於戰勝了一切妒恨，她心想道：「我還是愛著大哥的，只要大哥好，我還要求什麼呢？大哥與那蘇姑娘，原是一對佳偶，我又何必參夾其中，使大哥為難呢？走吧！走吧！把這身子就葬送在那茫茫的世上算了吧！」

她站起來，緩步走了，月光照著她的影子，拖得長長的。

她雖看不見自己的影子，但她心想：「從今以後，我是一個孤獨的人了，影子，影子，只有你陪我了。」

她漸漸走遠了，一個高貴的靈魂，消失在無邊的黑暗中……

次晨，吳凌風向蘇蕙芷告辭。

蕙芷知他要報復父仇，也不敢攔阻，凌風正要動身，忽然心念一動，想道：「蘇姑娘乾爹是這魯西八縣知府，我何不托他打聽打聽阿蘭母女的下落？」

當下，他向蕙芷說了，蕙芷聽他說到阿蘭，滿臉深情，愛憐，心中很不好受。

她沉吟了一會，一個念頭閃過，她幾次想開口說，但是自私的心理，卻阻止了她。

世界上只有嫉妒自私，才能使一個溫柔仁慈的姑娘，突然之間變作一個殘忍的女孩。

蕙芷內心交戰，她到底出身名門，自幼受父親薰陶，正義感極強，她聰明絕頂，昨夜見凌風後來神色突變漠然，似有無限心事，心下已猜到一兩分，此刻聽他如此一說，更是恍然大悟，她明知這一說出，自己一生的幸福便溜走了，可是父親諄諄的教誨，又飛到耳邊，這一刻，使她真比十年還要難度，心中也不知轉了幾百次念頭。

最後，她決定了，高貴的情操戰勝了。

她顫聲問道：「那阿蘭姑娘，可是長得非常小巧標緻嗎？」

凌風見她久久不言，似乎在沉思一難解的問題，此時突聽出語相問，只道她是問明阿蘭特徵，好替自己尋找，不由好生感激道：「小蕙妹子，阿蘭正是像你講的那模樣，請你特別留心一點，她雙目是瞎的。」

蕙芷轉身對婢女道：「你去叫阿蘭姑娘來見吳相公吧！」

她此言一出，大出凌風意料之外，他簡直不敢相信自己的耳朵，忙問道：「妹子，你……你說什麼？」

那婢女似也不懂蕙芷的話，睜大一雙眼睛，呆呆的看著蕙芷。

蕙芷道：「我是叫你去把小蘭請來。」

那婢女恍然大悟，啊了一聲，飛步趕出，凌風再也忍耐不住，跟了出去。

蕙芷見凌風神色歡愉，關注之情溢於言表，心中覺得一陣絕望，掩臉奔回臥房。

「她是……什麼……時候……時候走的？」凌風急問道。

小芙道：「昨天晚上。」

凌風問道：「她爲什麼突然要走？」

小芙道：「我也不知道，她臨走時央求我遞給吳相公一封信，那管家因她並非丫環使女，只是老太爺出巡時救回的孤女，所以也不能阻止，就讓她走了。」

凌風急道：「你快把那封信拿來。」

他得知阿蘭還在人間，心中驚喜欲狂，也不暇細想她爲什麼要離開自己——他完全忘了昨日酒醉之事哩！

他接過信，正想拆開來看，忽然背後一聲溫柔聲音道：「大哥，你可要好好保重。」

凌風轉身一看，只見蕙芷淚痕滿面，不覺甚感歉意，但他急於追趕阿蘭，一時之間也想不出什麼法子安慰她。

他道：「妹子，你待我好，我心裡知道，待我追到阿蘭，再來找你。」

蘇蕙芷淒然點點頭。

凌風向她一招手，頭也不回，逕自飛步離去。

她站在門口，看見凌風的影子漸漸模糊了，內心一片空虛。

「我已滿足了，那深情的一吻——雖然他心中在想另外一個人，可是，我卻完全滿足了。」

「在日後悠長的日子裡，我也不再孤苦了，那真值得我回憶一生哩！我，我……要繼續活下去，生命的路途，原來就是這樣的啊！」

兩行清淚，慢慢流到頰邊。

卅三　恆河三佛

怒潮澎湃——

大戢島上，朝陽替島上的樹木加了粉藍色的一層外緣，粉紅色的天，金黃色的波濤……

一艘小船悄悄地靠了岸，雖說船的底已觸了沙，但是距離乾的沙灘，仍有五丈之遠。

船上兩個人，船首坐著是一個相貌異凡的老僧，船尾坐的卻是一個年輕英俊的少年——不消說，這兩人就是大戢島主平凡上人和辛捷了。

辛捷在奎山一戰挫敗了天竺高手金魯厄之後，「梅香神劍」的名頭傳遍了武林，處處可聞讚揚的聲音，然而這些辛捷一絲也不知道，因為他挫敗了金魯厄之後，立刻就莫名其妙地被平凡上人拖著走了……現在，他們竟到了大戢島。

辛捷問了幾次，平凡上人總是神秘地道：「反正你跟我來有好處就是了。」

或者，只得意地一笑，並不回答。

辛捷對這位對自己曾有授藝之德的奇人，著實欽敬，心中雖然急著還有許多事要辦，但是也不好說出，只好跟著平凡上人跑。

等到船出了海，他知道急也沒有用，索性心一橫，暫時不去想那些事情。

平凡上人也不找他說話，只神秘地微笑著坐在船首，辛捷不禁甚覺無聊，呆坐在船首，那鬥金魯厄的一招一式又浮上他的心頭。

他想道：「那金魯厄的年紀比我大不了多少，看來頂多三十多，但是內功卻深得緊，我自被平凡上人輸入內力之後，每經一場惡鬥，功力又覺增進不少，竟然仍不是那廝的敵手，要不是平凡上人臨敵傳授的那一招——嗯，那招真妙絕，夾在精奇絕倫的『大衍十式』中真是妙極，恐怕金魯厄功力再深一點也要著我的道兒——啊，我何不如此——」

原來他突然想到那贏得金魯厄的一招原是因金魯厄下盤較差，所以才佯攻下盤實襲上身，但若對付別的下盤功夫極佳的人豈不完全失效？但是他立刻又想到自己何不將招式略加變化，不一定限定要先攻下盤，那麼豈不可以因人而變，更增威力嗎？

想到這裡不禁心頭大喜，脫口叫道：「妙極了，妙極了。」

平凡上人忽然接口道：「等會兒還有更妙的哩！」

辛捷抬頭看時，只見平凡上人笑吟吟地望著他，臉上充滿著得意的模樣，不覺一怔——

平凡上人笑道：「娃兒，你必是在想我老人家傳你的那幾手吧，哈哈，妙的還在後面哩——」

突然船身一震，便不再前進，原來船底已觸了海底的沙石。

平凡上人叫道：「到啦！娃兒上岸啊！」

說著身子一晃，竟如一隻大鳥般飛上了五丈之外的乾燥沙地上，奇的是那水中的船，竟絲毫沒有倒退！

辛捷駭然暗道：「一躍五六丈不足爲奇，但是要這船兒一點都不稍退，這等輕功真令人難信的了，我——我可不成——」

只見他腳底用力，垂直地升起兩三丈高——當然船是不會後退——然後身軀前折，竟在空中如箭一般斜射下來，落地之處，也到了乾燥的沙灘上。

這手功夫雖不及平凡上人的美妙，但也極了不起，平凡上人呵呵笑道：「娃兒，真有你的，有話同你講——」

辛捷不禁怔怔地跟他走去，轉了一兩彎，樹林中竟出現一所木屋來。

那木屋外表東一塊木板，西一條竹子，非常不雅，顯然是平凡上人自己釘的。辛捷跟著他走近，平凡上人一把推門而進。

這木屋外表雖是不佳，裡面卻還挺舒服的，光線充足，地上還鋪了一層柔軟的地毯，辛捷不由輕呵了一聲，這其中含有一絲驚嘆的意思。

平凡上人拿起一隻奇形怪狀的木椅，笑道：「這也是我自己做的，怎樣？」

辛捷道：「很好很好！只是——」

平凡上人皺眉道：「只是怎樣？」

辛捷道：「只是太髒了一點兒。」

平凡上人呵呵大笑，順手把椅子放下，椅面上果然灰塵密佈，被他一抓，已留下幾個指痕。

辛捷忍不住道：「老前輩喚晚輩來究竟是——」

平凡上人打斷道：「你不要慌，我待會兒再告訴你——嗯，娃兒，你說世界上最難應付的是什麼？」

辛捷不禁奇道：「不知前輩是指哪一方面？」

平凡上人道：「我是問哪一種人最是難於應付？」

辛捷怔了怔，搖了搖頭。

平凡上人正經道：「娃兒，我告訴你，天下最難應付的就是女人——」

辛捷不禁咦了一聲，他險些忍不住噗嗤笑了出來，忍不住問道：「怎麼？」

哪知平凡上人笑了一笑，又不答話了。

任辛捷聰明絕頂也被弄得莫名其妙，不禁呆呆怔在一旁。

過了半晌，平凡上人忽然笑道：「娃兒，你說我老人家的拳腳功夫如何？」

辛捷道：「上人的拳劍都是蓋絕天下的——」

平凡上人笑道：「是麼？嗯！你且看過一招——」

辛捷只見他大袖一揮，雙掌連飛，掌袖之間竟生嗚嗚異響，尤其奇的是辛捷站在半步之處竟絲毫不覺風勢，這等內勁含蘊的至高功夫，真已到了爐火純青的地步了。

辛捷看他那三掌之間妙用無窮，不禁在一旁潛心思索，此時他功力已是上上之選，想了半刻竟自領悟，不由高聲叫道：「啊，我懂了——」

平凡上人哈哈大笑，一躍出門，叫道：「娃兒，出來我教你這套掌法。」

辛捷心頭大喜，一躍而出，還來不及稱謝，平凡上人已開始講解他那套掌法的訣要、招式了。

辛捷這一聽，不禁心中一陣心花怒放，那平凡上人所說的掌法真是前所未聞，那掌指之間，確實妙入毫釐，以辛捷的功力智慧，足足練了一整天才會十招。

辛捷嗜武若狂，雖然心中甚多疑問，但此時心中全是充滿著那些絕妙招式，終日廢寢忘食地思索、練習，其他根本想不到。

直到第五天，辛捷已學會了六十招，他忽然想到：「平凡上人喚我來難道只是要教我這套掌法？他一路上神態甚是神秘，究竟是爲了什麼？啊，我還有許多事要趕著辦，怎麼淨在這兒耗下了——」

他心想平凡上人對自己這麼好，自己若是對他說明原委，必然准自己趕回中原，但是他想到那些奇妙的掌法，他心道：「這掌法實在太妙，若是放棄了機會，豈不是可惜？」

這時背後一個哈哈朗笑道：「娃兒，敢情什麼地方練不對勁了？這也難怪你，這套掌法喚做『空空掌法』，是我老人家最近才想出來的，當今天下只怕沒有一套掌法可以擋住我七十二招——嗯，你瞧我糊塗啦，以我的功力別人自然接不住七十二招啦——」

辛捷忍不住問道：「以我的功力呢？」

平凡上人哈哈一笑道：「你練成了自然就知道了。」

算。」

辛捷見他臉上一派得意之色，當下心一橫，暗道：「管他的，學完這七十二招後再另作打

平凡上人又道：「娃兒，這套掌法害我老人家足足一個月沒有睡覺才想出來，你學了該怎樣謝我？」

辛捷此時心中充滿感謝之情，義正嚴辭道：「上人有什麼要差遣晚輩的，晚輩無所不從。」

平凡上人笑道：「你可肯答應我一事？我先聲明這事甚是不易。」

辛捷原本甚是衝動，毫不考慮，朗聲道：「莫說一件，就是十件也不要緊！」

平凡上人道：「好！你先練吧，以後告訴你。」

那空空掌法雖然是七十二招，其實中間的變化何止萬千，真不愧為平凡上人精心傑作，辛捷十日勉強把招式記住，但其中許多精妙之處仍無法領會。

又練了五日，辛捷不知不覺在大戢島上已待了半月，而又一套絕世武功從平凡上人移到了辛捷的身上。

這天，晚飯後，平凡上人忽然又道：「娃兒，你說世上最難惹的是什麼人？」

辛捷一怔，暗道：「怎麼，這話又來了？」

但閃眼看那平凡上人，一臉正經之色，當下笑道：「我知道是女人。」

平凡上人一拍腿道：「是啊！女人是最難惹的，和女人打交道是非吃虧不可的。」

辛捷不禁大奇，暗道：「難道平凡上人和什麼女人打過交道？」

平凡上人又道：「小戢島上那尼婆你是見過的了，這尼姑更是女人中最難惹的，我老人家和她賭鬥從來沒有得過便宜，上次被她那鬼門道陣兒，將我困了整整十年，幸好天道還在，沒有讓我老人家一世英名也賠上去，可是我這虧也吃得夠大啦，從那次起，我立了一個重誓——」

辛捷愈聽愈奇問道：「什麼重誓？」

平凡上人正色道：「我發誓今生永不再和女人動手——」

辛捷笑道：「那可不妙啦——」

平凡上人道：「怎麼？」

辛捷道：「若是那慧大師再來尋找老人家鬥氣，你老豈不要吃大虧？」

平凡上人叫道：「倒給你這娃兒說對啦，前些日子那尼婆果真用飛鴿傳書向我挑戰，說是她最近發明了一套掌法，如何如何了不起，要和我比劃比劃，我回信告訴她我不應戰，結果這尼婆實在可惡，竟揚言我老人家不敢和她比劃，我老人家愈想愈是氣憤，所以就找到你啦——」

辛捷奇道：「找到我啦？」

平凡上人得意地笑道：「是啊，我說要你替我幹一樁事，正是要你用我傳你的掌法，去代我和老尼婆比劃——」

辛捷急道：「那不成——」

平凡上人道：「別怕，別怕，我那套掌法乃是專門對付老尼婆，你絕吃不了虧。」

辛捷道：「不是這個——」

平凡上人又插口道：「啊！你可是怕老尼婆功力深厚？你想你若用這套掌法和她周旋兩百招以上，老尼婆還能賴著老臉不服輸麼？」

辛捷分辯道：「不是這個意思——」

平凡上人不悅道：「怎麼？」

辛捷道：「那慧大師曾傳晚輩『詰摩神步』，晚輩豈能和她動手。」

平凡上人呵呵大笑道：「我以為是怎麼回事，原來是這個，這有什麼要緊，你又不是和她真正性命相搏！而且你曾答應我的，你敢反悔麼？」

辛捷暗中叫苦，卻不能再說什麼。

平凡上人又道：「明兒就去。」

接著就不再說話，敢情他已運氣用功起來。

小戢島上石筍矗立，有如一個巨人挺立在蔚藍的天空中。

辛捷在船上遠遠瞧見那一根根粗大的石筍，想到自己在這小島上所得的一連串奇遇，不禁滿胸感慨。

平凡上人卻快活地揮動兩袖，用內家真力鼓船前進，船首破開一條白浪，急速地前行——船到了岸，兩人就飛身上島，平凡上人猛提一口真氣，朗聲道：「老尼婆，我來應戰啦！」

不多時，石筍陣中出現一條人影，幾個起落已到了面前，正是小戢島主慧大師。

辛捷上前拜見，慧大師一揮僧袍，一股極強的勁風將辛捷直往上托，口中冷冷道：「罷了。」

辛捷只覺那勁大而不猛，直似將自己抬上空中一般，辛捷不禁猛吸一口氣，力貫兩腿，仍是一揖到地。

慧大師咦了一聲道：「嗯，你功力又大進了。」

接著轉頭對平凡上人道：「我早知道你臭和尚上次回信不應戰乃是緩兵之計，這幾天必是埋頭苦研，想出什麼新招式所以就來應戰了。」

平凡上人任她嘲諷完畢才一揖道：「老尼婆，我老人家這廂有禮了——我這雖是應戰，卻有一點兒不同——」

慧大師冷冷哼了一聲。

平凡上人續道：「我是不能和你動手的了，我那掌法都傳給了這娃兒，你可敢和他過招？」

慧大師一語不發，仰天長笑，根本不理會平凡上人。

平凡上人不禁怒道：「笑什麼？」

慧大師道：「不敢應戰也罷了，卻還要弄這許多花頭，貧尼今天算是開了眼界。」

平凡上人聽了突然也仰天大笑，慧大師只冷然一哼並不理會。

平凡上人見她不理會，繼續哈哈大笑，他功力深極，笑得又響又長，慧大師終於忍不住道：「笑什麼？」

平凡上人這才停住笑聲道：「不敢應戰也罷了，卻還要弄許多花頭，老和尚今天算是開了眼界。」

他這句話說的和慧大師一字不差，慧大師不禁怒道：「不敢應戰？」

平凡上人指了指辛捷道：「你敢與他過招麼？」

慧大師昂首冷哼，瞧都不瞧辛捷一眼。

這樣平凡上人不願和慧大師動手，慧大師又不願和辛捷動手，於是雙方立刻僵住了。

過了一刻，平凡上人忽然喜道：「有了！有了！」

慧大師瞪目道：「有了什麼？」

平凡上人道：「我有一個妙計，我已將我的掌法傳給了這娃兒，你也快把你的掌法傳給他，然後叫他用你的掌法和我過招，用我的掌法和你過招，誰的招法不成，這一比就比出來啦。」

慧大師冷然道：「這法子倒不錯，只是我那掌法乃是我心血所聚，豈能輕易傳給這娃兒？」

平凡上人見自己好不容易想出的妙法又被慧大師回絕，不禁怒道：「你還怕他本事超過你？老尼婆既恁般的小氣，咱們不比也罷。」

說罷轉身就走，慧大師再也忍不住道：「比就比，娃兒來，我這就傳你掌法——臭和尚可不許偷看。」

平凡上人哈哈大笑道：「我老兒豈會稀罕你那幾手，我到那邊去，你總放心了囉。」

慧大師把辛捷帶到島的西端，開始悉心傳授。

辛捷連得兩大奇人的得意之學，實是喜得心癢難搔，他知道這種世外高人從不收徒，這機會確是千載難逢，自然全神貫注努力研習。

慧大師這套掌法無怪乎要尋平凡上人挑戰，的確是鬼神莫測，辛捷學了五七日才學了一半，他心中暗嘆道：「不料天下真有這等鬼神莫測掌法，若是配上那『詰摩步法』，平凡上人的『空空掌法』儘管精奇無倫，怕也不一定勝得了這套掌法，若是世外三仙一齊合力研究武學，豈不是替天下武林多創無數武功？」

正思索間，忽然一條人影快比閃電般地飛了過來，一眨眼間便到了面前，卻是那平凡上人！

慧大師道：「臭和尚怎麼又跑來啦？」

平凡上人急道：「咱們不比啦，我大戢島上來了強人，我得趕緊回去——」

說著提起手上一物，兩人一看，只見他手中提著一隻死鷹，咽喉邊上插著一枝短箭。

辛捷識得那鷹，正是大戢島上的鷹，想是被人射了掙扎著飛到這裡死了，當下上前細看那箭羽。

那箭的質料、樣式都極怪異，看來不是中土所製，但細看上面卻刻著小小三個漢字。

辛捷湊近一看，原來竟是「金魯厄」三個字。

辛捷啊了一聲，把字拿給大戢島主看，大戢島主一看之後，怒道：

「原來是這胡小子，哼，他竟敢殺我鷹兒——」

接著轉身就走，辛捷心想既是金魯厄，只怕多半是要尋自己晦氣，立刻叫道：

「上人且慢，晚輩也去——」

慧大師卻哼了一聲，一躍數里落在石林中。

平凡上人帶著辛捷催船疾行，漸漸行近大戢島，遠遠就望見兩艘大船泊在岸邊，平凡上人心中一急，雙袖向後一拂，兩股排山倒海的內家真力推出，船行如箭，船底雖已觸了沙，但仍如箭一般直衝沙灘。

平凡上人催道：「娃兒，快！」

一手挽起辛捷，腳下用力，身體騰空而起，直落在六七丈的一棵老樹上。

辛捷居高臨下，只見下面林中一大群人正在拚鬥，竟是十七八個和尚圍著四個人拚鬥，那四個人打扮甚是古怪，倒有三個人是和尚裝束，卻都著了一身大紅袈裟，另一人卻是儒生打扮，四個人輪流發掌，似乎威力大得異常，那些和尚沒有一個敢近身。

待那儒生一發掌，辛捷恍然大悟，低聲對平凡上人道：「那儒生打扮正是金魯厄。」

平凡上人冷笑道：「那三個和尚是高手，哼，怪不得金魯厄這小子敢到大戢島來撒野，原來有了靠山。」

辛捷聞言注視那紅衣和尚，只見其中一人呼地一掌劈出，正面一個中年和尚閃身一讓，砰的一聲，後面一棵桶口大的巨松竟然應聲而折。

辛捷不禁駭然，暗思：「這三個紅衣和尚功力之高只怕不在世外三仙之下，定是那金魯厄的師輩了——」

回看平凡上人，卻見他正凝視著那一群和尚，臉上神色甚是古怪，辛捷不禁大奇，也細看那群和尚，只見共是一十八個，其中卻夾著一個俗家青年，細看之下，竟是那「武林之秀」孫倚重！

辛捷恍然道：「啊！少林寺！」

再看那十七個少林僧人和孫倚重，八成是按著一種極純熟的步法困著紅衣僧及金魯厄，他心中一震，暗道：「這怕就是聞名天下的『羅漢陣』了。」

忽然平凡上人道：「不好，那天竺和尚就要施辣手，少林和尚就要落敗，咱們快去——」

響聲才落，人已騰空而起，辛捷一怔，緊接著也飛身而起，在空中已聞驚叫聲起，原來這三個紅衣和尚及金魯厄果然已反守爲攻，著著進擊。

刷地一聲，平凡上人已如飛馬行空般降了下來，兩袖一揚，正好把當先一個紅衣僧的一掌接了下來。

砰的一聲，那紅衣僧被震得身軀一窒，平凡上人竟也是雙肩亂晃，兩人都驚咦一聲。

那紅衣和尚頭如笆斗，怒瞪平凡上人一眼，揚掌又是一記推出——

平凡上人反手一記劁出，不避不讓的硬迎上去，砰然一響，兩人竟都退後半步！

這真是百年來從未有的事，以慧大師、無根生的功力，在和功力深厚的平凡上人過招時都盡量避免和他硬碰，這天竺和尚竟然和平凡上人硬打硬撞，難怪平凡上人要暗驚不已。

那天竺和尚心中卻更是驚異，他掌上功夫在天竺是第一高手，竟被平凡上人震得有些心氣浮動！

那金魯厄指著辛捷叫道：「師父，就是這小子！」

站在最後的紅衣僧打量了辛捷一眼，操著生硬的漢語道：「你可是這和尚的徒弟？」說著指了指平凡上人。

辛捷正待回答，平凡上人喝道：「娃兒，別理他！」

那天竺僧瞪了平凡上人一眼，忽然乾笑道：「這位想必是人稱世外三仙中的平凡上人了，貧僧兄弟能見著這等世外高人，何幸之有。」

接著指著先前和平凡上人對掌的和尚道：「這是敝師兄伯羅各答——」

又指著另一個金面和尚道：「這是敝師弟盤燈孚爾——貧僧是金伯勝佛，敝兄弟人稱『恆河三佛』，嘿嘿，其實恆河只是條小河，咱們兄弟總想若是能改成『黃河三佛』，那可真有意思，再說咱們入主中原，對中原武林也大有裨益，中原武林人物沒有一個不是高興萬分的——

只是，令徒卻硬來架樑，本來這事我也不管，不過咱們一打聽之下，原來是你世外三仙做他的靠山，這個咱們就要管一管啦——」

這時雙方拚鬥早已停止，那十幾個和尚突然由一個老和尚帶著走來，到了平凡上人面前，一齊跪了下去，老和尚道：「弟子少林第十四代掌門智敬率門下拜見靈空祖師——」

平凡上人臉色大變，一躍而起，雙手亂搖道：「和尚你找錯了，貧——貧僧不是靈空，靈空早就死了——」平凡上人雖是和尚裝束，但百年來早已不以和尚自視，這「貧僧」兩字說得好生生疏。

少林寺的輩份是按靈清明智自宏來排的，這少林寺掌門是「智」字輩，而他說的靈空竟是四輩以前的「靈」字輩。

那「恆河三佛」見這群和尚突然對平凡上人拜跪，都不禁一愣。

辛捷卻陡然想起那孫倚重及少林和尚無故找自己較量的事來，他暗道：「少林寺的人顯然發現平凡上人的『大衍十式』才找我較量的，這老和尚方才又稱平凡上人什麼『靈空祖師』，難道平凡上人當真與少林寺有關聯？嗯，平凡上人方才雖道『靈空早就死啦』，但是顯然他是認得『靈空』的了，莫非——」

這時那金魯厄的師父金伯勝佛道：「平凡大師，咱們索性說個清爽，今日恆河三佛要找世外三仙較量一下——」

平凡上人似乎心亂如麻，轉首對跪在地上的少林僧道：「你們找錯了，我——貧僧真不是靈空啊——」

那智敬老和尚叩頭道：「祖師還要瞞弟子麼？那辛師祖的劍法正是少林失傳的秘技啊——」

敢情他比「靈空」矮了四輩，他稱辛捷爲師祖是以爲辛捷是平凡上人的徒弟之故。

那金伯勝佛不耐道：「平凡上人若不敢應戰也罷，只是把這姓辛的小子讓咱們帶去——」

平凡上人心亂如麻，忽聽恆河三佛要帶辛捷去，不禁怒道：「放屁！」

他兩頭無措之下，心一橫，暗道：「我老人家只好一走了之。」

當下一把抓住辛捷，一聲不響，陡然施出絕世輕功，眨眼不見蹤影。

卅四　華夷之戰

恆河三佛不料他要出這一手，一怔之下急叫一聲，也如飛追去，只剩下呆跪在地上的十八個少林弟子——

平凡上人極喜辛捷，他知道恆河三佛是要殺了辛捷，用辛捷的頭顱到中原去鎮壓人心，替他徒兒金魯厄出氣，一面疾奔，一面低聲對辛捷道：「那幾個天竺老鬼是想要你小命，我老人家不依，但我一個人卻不是他們的對手，為今只有一條路好走——」

辛捷冰雪聰明，接口道：「到小戢島去！」

平凡上人道：「正是，咱們快趕！」

辛捷沉吟了一會道：「只是，只是——」

平凡上人道：「只是什麼？」

辛捷道：「只是怕那慧大師不肯——」

平凡上人道：「我好歹要激她出手——我們一到小戢島，待我上了岸，你立刻駕船到無極島去找那無恨生，那『恆河三佛』武功強極了，只怕我與慧大師兩人抵不住。」

辛捷一聽要到無極島去，頓時心中一震，菁兒那如花嬌靨立刻浮上心頭。

平凡上人挽著辛捷奔到海邊，距那小艇尚有十丈，已是騰空飛起，人落在小舟，衝力卻恰巧使小艇衝入海水中，借著一個浪退回，小舟已駛出丈餘。

辛捷一把操起木槳，猛力一扳，小舟如箭而前，平凡上人卻站在船上雙袖連揮，用內力鼓舟前進。

辛捷雖然不善駕船，但他臂勁極強，一槳扳出不下數百斤，是以不消幾扳，船兒已到了海中。

回首一望，那恆河三佛及金魯厄也匆匆趕到海邊，跳上一條大船，啓錨追來。

大船上帆槳並用，極是快捷，但辛捷這邊卻仗著小舟輕快，是以不致被趕上。

再划得幾槳，辛捷抽空回首一看，只見三個紅衣僧都站在船上用衣袖鼓船前進，是以大船速度大增，竟是漸漸追近——

平凡上人俯身在船頭提起鐵錨，將繩子扯去，待大船追近，突然陡手將鐵錨打出——

平凡上人何等功力，那鐵錨竟挾嗚嗚之怪響，疾如流星地飛了過來，拍的一聲，大船上竟有三張主帆因桅樑被折，落了下來，那大船速度頓時一減——

辛捷連忙乘機運槳如飛，船飛如箭。

一個大浪掀起小舟，小戢島已模糊在望——

波濤洶湧，浪花拍擊處，激起漫天水星——

平凡上人站在船首，真力灌注，雙袖交相往後拂出，內家真力發出，再加上辛捷那每一下都有幾百斤的力道扳槳，船更是有如天馬行空。

辛捷不時回首眺望，果然那艘船仍然在後面追，而且速度也甚是驚人，並沒有愈距愈遠的趨勢。

小戢島已然在望，平凡上人雙袖猛然一拂，小舟登時如脫弦之箭，一衝之下，距岸邊僅有十丈開外。

平凡上人驀然順著船勢一衝，身體騰空而起，由於小船前進的力道，加上平凡上人蓋世輕功，竟一掠十丈，剛剛落足在岸上，辛捷一語不發，操槳一扳，轉過船首向無極島離去。

平凡上人才上得岸，「恆河三佛」的船也已迫近了，平凡上人駐足遙望，瞥見三佛在船上，用內力催舟，閃電即近，一起掠上岸邊。

平凡上人清嘯一聲，吼道：「接招——」

乘那三佛身子仍在空中，劈空一拳猛劈而出。

這一拳威勢好大，發出的勁風直襲三人。三人身在空中，真氣提不上來，不由大驚齊呼。

爲首一個披髮頭陀怒叱一聲，猛力一拳由上壓擊而下，平凡上人哈哈大笑，拳式突然全收，等那頭陀招式用老，左拳閃電劈出，竟用的是「烘雲托月」硬打硬撞之式！

那頭陀一來身在空中，二來真氣已然混濁，硬撞之下，身體被平凡上人一擊之力帶得翻了一個筋斗，往海心直落下去，而平凡上人卻穩立有若泰山，僅僅衣袂拂起而已。

驀地裡，船中飛出一塊船板，正落在那頭陀足下，頭陀借力一躍，已落在岸上，船上也跟著掠出一人，看那儒生打扮，正是那在無爲廳見過的金魯厄！

平凡上人一擊之下，挫了那「恆河三佛」的首一位，哈哈一笑，回身掠開，往島心奔去。

「恆河三佛」在「大戢島」上見過這僧人的功夫，自知單打獨鬥自己三人都沒有取勝的把握，但如今四人在一起，不再遲疑，飛也似往大戢島主奔去的方向猛追。

平凡上人雖然功力蓋世，但對方三人的功力實在太強，自知以一敵三決無勝理，是以出主意引三人到小戢島上，想合同慧大師聯手抗敵，心思一動，身體猛然一轉，向那石林所佈的「歸元古陣」竄去。

「恆河三佛」腳程不慢，平凡大師才入得石林，三人也已跟到，恆河三佛此次入中原本要見見挫敗自己兩個得意門徒的少年，哪知卻逢高手，尤其是平凡上人，功力似還在自己三人之上，三人心中惴然不服，是以臨時改變計劃，決心和平凡上人好好較量一番。

三佛的見識也甚爲多廣，一瞥之下，已知這石林正是所佈的一種什麼陣法，但三人自視極高，釋然不懼，搶步入陣，連金魯厄也跟進石林。

平凡上人曾被小戢島主用這古陣困了近十年，還是辛捷指示，才得以出陣，這對他的印象可說極爲深刻，是以事隔甚久，竟也能記得這古怪的陣法，左轉右彎，轉出陣來，卻見恆河三佛一行四人在古陣中東繞西轉，顯然已被困住，不由哈哈大笑。

要知這歸元古陣以平凡上人參禪十年，仍不可解，恆河三佛再大本領，也自然被困在石林內。

平凡上人有過這種經驗，這時見又有人和自己一樣被困，他本性不羈，不由哈哈大笑，神色間十分欣喜滑稽。

平凡上人得意了一陣，心念一動，飛快往島裡奔去，想找那小戢島主慧大師來對敵。

小戢島方圓不過十里，平凡大師此等腳程，哪消片刻，便來到島心，進入房中，卻不見人影，小戢島主分明不在島上，心中不由大失所望，又驚又急。

須知平凡上人雖然為人不羈，但好勝心卻極為濃厚，他和慧大師為爭強賭勝，一困就是十年，由此便可見一斑。他平日總以為自己功力是蓋世無敵，而現在卻逢異邦來的三個高手，說實話功夫竟不在他之下，而且口口聲聲要吞沒整個武林，他的功夫是來自中原，豈能容異邦野人作如此非份，況且他還是一個極端好勝的人哩！是以他出計想使「世外三仙」一起和那「恆河三佛」拚鬥一下子，瞧瞧到底是中原武學勝還是異域強。

他有這個決心，但偏慧大師好似不在山上，眼見自己一人決計敵不住三人，假若他不敵，世外三仙其餘二子就是聯手也不見得敵得住「恆河三佛」，那麼中原將永久淪為異族人的武力統治！

他可沒有想到自己可以趁三佛仍困在陣中一走了之，皆因他乃是何等人物，根本想不到這一頭上來！

他猛一頓足，反身便走。

驀地裡——

「轟」的一聲，像是什麼重物墜地，隱隱的，小島都有一點震動的樣子，平凡上人微吃一驚，心念一動，已知必是恆河三佛走不出古陣，竟用蠻力動手推折石筍。

當年他被困時，也曾想用力推斷石筍，但心知假若能推折石林，自己功力必會損失一甲子以上，看來這恆河三佛竟也作如此打算了，最糟的是對方有三個人，人家三人聯手齊推，不但可以減少操作，而且可以一一把此古陣毀掉。

他知道這古陣乃是慧大師花了極大的力量才建成，自己自以爲妙計把敵人引入古陣，假若因此毀陣，自己實在對不起她，心中一動，身體已騰空掠到陣前。

陣中恆河三佛正準備合手硬擊第二根石筍，平凡大師心中一急，大叱道：「喂，有本領的走出陣來——」

那三佛中第二位，亦即是金魯厄的師父哈哈笑道：「我們還以爲這陣有什麼古怪，老實說，這樣一個陣，我們還不放它在眼內哩——」

他雖然會說漢語，但卻生硬，不若他徒兒金魯厄純熟。

話聲尚未落下，驀地裡石林後面一個聲音冷冷接口道：「好大的口氣，你倒試試看。」

恆河三佛大吃一驚，以他們自己的功夫，十丈之內，落葉可辨，這會兒竟有人無聲無息走來，他們竟未發覺，這份輕功，可說駭人聽聞的了。

平凡上人心中已知必是慧大師，心中大喜，高聲道：「老尼婆，快來，來得正好——」

石林後，慧大師冷然一哼，恆河三佛驀見眼前一花，慧大師已由石林後掠到石林前和平凡上人相對而立。

這一個身法古怪已極，三佛沒有人能清楚看見人家是怎麼樣掠過的，世間竟有這樣的輕功，三佛都不由大驚失色。平凡上人看在眼內，暗笑忖道：「老尼婆這一套『詰摩步法』果是舉世無雙，神妙無比，莫說你恆河三佛，就是老衲也自嘆弗如哩！」

慧大師掠到平凡上人面前，冷然道：「臭和尚又到這裡吵鬧作甚？」

平凡上人心知這當兒還是不要拉下臉來爲妙，於是哈哈一笑，一本正經道：「平日你老尼婆深居簡出，不問世事，今日你卻非出頭不可——」說著便把恆河三佛和兩個徒弟想入主中原的事略述一述。

慧大師見他說得誠懇，一時倒不好作答。

平凡上人見她臉上猶有不信之色，大怒忖道：「我平凡上人一生不求人，今日爲顧全大局忍氣吞聲，你不答應也罷，竟好似不能置信，難道我平凡上人竟要來騙你？」他愈想愈氣，而慧大師仍然不能作決定，冷然一哼，叱道：「不想小戢島主竟是怕事的人。」

慧大師怒道：「誰說我怕事了？這倒要追究追究！」

平凡上人冷冷激道：「人家逼到咱們『世外三仙』頭上，你仍然不敢出手——」

慧大師怎不明白他用意在激將，僅僅冷哼一聲，打斷他的話頭。

平凡上人激將之計不成，反被慧大師冷然嘲笑，不由有點老羞成怒的樣子，冷冷道：「你道我平凡上人是打不過人家才來請你臭尼姑？」

慧大師道：「你既打得過，何不一人去抵敵？」

她頓了頓又道：「以剛才他們三人推石筍的功力，你能以一敵三？」

平凡上人暗暗忖道：「果然不敵。」

口中卻道：「敵不過又怎麼樣，老尼婆不出手，我自去找無根生去。」說著轉身作勢要向前奔去。

慧大師突道：「且慢——」等平凡上人轉過身來，緩緩道：

「臭和尚，你以前逗怒貧尼和貧尼打鬧的事，咱們以後一概不記——」她說得很慢，但語氣斬鐵斷釘。

平凡上人心知她已答應，也緩緩微笑道：「老尼婆困我十年，咱們這筆賬一筆勾消——」

慧大師倏然伸出手來。

平凡上人一怔，隨即會意，伸出右手輕輕在她手上一拍，哈哈笑道：「君子一言——」

慧大師輕聲道：「快馬一鞭！」

困在石陣中的恆河三佛見兩人一言一句，談個不了，根本沒有把自己放入眼內，不由大怒，金魯厄叱道：「喂，你們以爲我們出不了這陣兒？」

慧大師傲然根本不予以理會。

倒是平凡上人答道：「是又怎麼樣？」

恆河三佛中的二佛，亦即是金魯厄的師父道：「我們把你這石頭盡數推翻——」

平凡上人冷然道：「你倒試試看。」

三佛不再客氣，猛然吐氣開聲，齊出一掌，朝面前那一株石筍推去。說時遲，那時快——

平凡上人一拳出手，也劈出一掌打出。

這一掌用的乃是百步神拳的功夫，平凡大師雖是虛虛一搗，力道和勁風已是排空擊出。

恆河三佛冷哼一聲，齊把力道轉迎向平凡大師。

平凡上人驀然一收，他內力造詣高極，力道收發自如，一收之後，真力全洩。

平凡上人這一拳是故意打向一塊空地，並沒有石筍，他突的一收招式，三佛收招不及，打在地下。

三人這一式好大威力，那麼乾硬的土地，竟被擊出一個淺淺的土坑，小塊小塊的泥土漫天飛舞著。

平凡上人哈哈長笑，夾雜著恆河三佛暴怒的叱聲響成一團，顯得這情勢十分混亂的模樣。慧大師到底有點可惜自己心血布置的歸元古陣，驀然身子一動，竄上石筍的頂尖上，冷冷道：「上來吧。」

恆河三佛心中怒火塡膺，顧不得，一齊縱上石筍，只有金魯厄留在地上，同時間平凡上人也落在石筍尖，對恆河三佛叫道：「咱們就在這石筍上決勝負吧！」

「恆河三佛」已是怒火中燒，默不作聲，打在一團。

且說辛捷別過大戢島主平凡上人以後，全速趕往無極島，無極島距小戢島不遠，儘有五六個時辰的路程，辛捷心知事急，有關中原武林名譽，更是全力使爲。

天氣很好，太陽普射，映在海水上，閃閃耀起片片金光，很遠很遠的天邊和海相連，蔚藍色的一片，平靜而安詳。偶爾海風拂過，帶來海水鹹鹹的味道，辛捷這艘獨桅舟在順風下飽張三角帆，飛快的馳著。

波濤並不大，沒有洶湧的樣子，只有微風拂過，微微的起伏，一個一個浪兒追逐而去。

海水是深藍色，天空是淺藍色，兩邊四岸全沒有邊際，再加上晴空一碧，萬里無雲，令人有著極其遼闊的感覺。

偶爾一二隻純白的海鷗比翼而飛，安詳而曼妙的飛行姿態，透出和平的氣氛。

海上煙波浩渺，辛捷每一槳有力的拍在水上，使得船行有如脫弦之箭，加之順風而馳，更是有如快馬加鞭。

漸漸的在那遙遠的天邊，出現那麼一線淡淡的灰影，敢情是無極島已是在望了。

海外三仙，大戢爲首，小戢居次，無極斷後，而以無極島最爲闊大，而且地位也最適中，正好和大、小戢島成等腰三角形而居中。

慢慢的，愈來愈近了，辛捷已可以清晰的看清島上的一切，船行漸慢，波濤也漸大，敢情是靠岸的緣故。

島上兩邊全是樹木，而且顯然是有人工打整，那些樹木都長得十分整齊，筆直的夾出一條角道。

上得岸來，岸邊都是沙灘，波浪在岸邊總比在海中間要大得多，沖擊在岸上，由於是沙子的緣故，發出「咔嚓」的聲音，低沉而悅耳。

沙灘形成一個斜斜的坡兒，爬上坡兒，那地面上都鋪著一層細小的石子，以免雨水沖積，使路面塌下坡兒去。

順著夾蔭的樹兒往前走，約莫盞茶時刻，辛捷不敢在無極島上施展輕功，僅緩緩的行走。

走到角道盡頭，向左轉一個彎，夾道的樹木較爲稀散，但是樹與樹之間卻長滿了些野花野草，遠看過去，紅紅黃黃一大片，茵茵而可愛。

辛捷也曾到過大、小戢島，兩個島的島主雖都是蓋世奇人，但島上佈置卻都簡陋不堪，小戢島上光禿禿的，大戢島上更是亂七八糟，都遠不及無極島。

眼前綠蔭爲蓋，芳草爲茵，尤其是從只有單調藍色的海上來，益發覺得五光十色，美不勝收。

無極島很大，光就這一條道路就有一里多長，走到盡頭，便見屋角，敢情這才算到了無極島上。

辛捷略整衣冠，高聲向那屋子叫道：「晚輩辛捷，拜見無根生前輩，並有急事相求——」

屋中一片沉靜，靜悄悄像是根本沒有人在的模樣。

辛捷試著往裡面走，轉過那一叢花樹，到達屋前，忽然眼前一花，不由得驚嘆出聲。

原來這無極島主生性風雅，雖然隱居在海外，卻花費許多心力佈置無極島，住屋完全採用世外高人的潔樸，辛捷一路行來，所見的盡是花草樹木，目不暇給，走入島心，眼前景物卻是一變。

但見一幢古樸的房子，四周並沒有種植奇異花木，卻圍著長了一塊綠油油的草皮，一條小徑通出來，通到和大路連在一起，小徑鋪得平坦已極，彎彎曲曲的。

東邊有一條小河，大約是引取海水導致的，一眼望去，便知是人工開闢，河面僅僅寬約一二丈，河水流動得很緩，中間還有一象徵性的橋。

古雅而充滿著美感，氣氛非常清麗，辛捷頓時感覺心神一暢，神智有一種清涼的感覺。

這兒離海已是很遠了，聽不到海水沖擊的聲音。

周遭很靜，像是沒有人的樣子。

辛捷漸漸沉醉了，他自小受蓋世才人梅山民薰陶，已經自然養成一種高深的藝術感，對於這種樸實的氣氛，更加感到真實和難為——

驀然耳邊響起一陣聲音：「好小子，你竟到島上來了——」

辛捷閃電般回身一轉，瞥目之下，竟是無極島主無恨生。

辛捷此行全是為了要請他出手，這時見到他，不由大喜，正待發話，那無恨生冷然道：

「張菁呢？」

辛捷怔得一怔，答不出話來。

無恨生厲聲道：「你——你——哼哼！」

想是他氣憤已極，話都講不出來。

辛捷見狀心頭一怔，訥訥道：「張菁，你是說令嫒？」

無恨生臉色鐵青，用力點了點頭。

辛捷心中一震，急聲道：「她不在島上嗎——」

無恨生冷然道：

「她，她在十天前吵著要去找你，嘿，一去不返——」辛捷聽到那張菁竟千里迢迢去找自己，心中不覺有一點甜甜的感覺，但轉念想到張菁一個人毫無江湖經驗，行道江湖不知要鬧出好大麻煩，心中大急，高聲道：「晚輩這幾天流浪在海外，她去什麼地方找我——」

無恨生道：「她說是到中原去了，唉，菁兒年幼無知——」

辛捷搶著道：「這個晚輩也曾想到，只是晚輩現在有緊急之事在身，等此事一了，立刻踏遍神州，找回令嫒——」

無恨生見辛捷好似並不焦急自己女兒失蹤的事，竟還要在辦完什麼事以後去找她，看來他對菁兒是毫不關心，倒是菁兒自作多情。

他愈想愈是氣憤，忍不住怒叱一聲，就想出手一拳把辛捷打死。突然一個念頭一轉，忖道：「菁兒想是對他情深意重，假若我現在就把他打死，菁兒這一輩子都要和我過不去，這事萬萬魯莽不得——」

心念一動，厲聲道：「好小子，我這就把你趕出島去，我限你在數三下內，遠遠滾離此島，永遠不要見我——」

辛捷一怔，答不上話來。

無恨生冷冷道：「一——二——」

辛捷心中大急，高聲道：「且慢！我若不是有急事相求，根本也不會踏上這島半步，只是，只是事關天下武林——」

他一口氣說出來，以為無恨生必會追究是什麼急事，哪裡知道無恨生火在心頭，根本沒有聽見他在說什麼，冷然數道：「三——」微微一頓又道：「好小子，你是不把我放在眼內了，看我無恨生把你這不知好歹的小子趕下島去——」

話聲方落，已是一拳打來。

辛捷牢立不動，不躲不閃，無恨生倒也不好打下去，收手道：「好小子，你不動手？」

辛捷朗朗道：「論功夫，晚輩怎能及得上島主之萬一呢？不過，島主若是挾技而凌人，說不得，辛某我倒要衝撞——」

須知辛捷天生傲骨，從不受任何人的氣，今兒乃是因為平凡上人被困在小戢島，急須無恨生相助，事關緊要，才忍氣吞聲。

但哪裡知道無恨生由於愛女失蹤，竟而不近情理，辛捷大非懦弱之人，氣極出言衝撞，一口氣說完，絲毫不覺後悔，反倒有點痛快的感覺。

無根生不料辛捷如此大膽，心中一怔，道：「好小子，有志氣，你要衝撞我無根生，還得去再苦練十年廿載——」說著不屑的一笑。

辛捷見他語氣中好似根本瞧不起自己的功夫，知道這乃是由於自己上次和他交手一個照面即被擒得的緣故，這不啻是瞧不起梅叔叔的功夫，不由怒火上衝，冷冷道：

「我倒認爲不必如此之久——」說著也還報以不屑的一笑。

無根生大怒，叱道：「那你便試一試——」

話聲方落，身體一動，雙掌挾勢作「泰山壓頂」之式，當頭蓋向辛捷上盤，攻勢好不銳利。

辛捷見他掌中帶有其他招式，虛忽不定，自己有過經驗，上次自己便失手在這手功夫之下，這手功夫乃是無極島主無根生的絕技「拂穴手法」。

辛捷上一次當，學一次乖，況且近來功夫直線上升，而大戢島主平凡上人本曾特別授他破解無根生拂穴手法的招式，是以不慌不忙，雙腿微曲，待無根生雙掌攻到頂心不及四寸的地方，才用力向左一轉。

無根生冷冷一笑，雙掌一分，化作千百個地方攻到。

辛捷不慌不忙，要的就是要無根生如此，驀然雙掌翻向上，十指微揚，左手一顫，右手跟進，正是在小戢島上平凡上人所指示破解「拂穴手法」的招式。

無恨生心中以為一擊必能命中，但見辛捷招式竟然如此奇特，像是剛好破解自己，這才心中微微一驚。

辛捷左手右手一顫一吐，頓時把無恨生從四面八方攻來的招式盡消為無形，心知無恨生尚有殺手，不敢停留，右手順勢一揮，身形弧形後退。

這一揮之下，力道大得出奇，發出「呼」的一聲。

無恨生招式走空，身體往後一撤，閃過辛捷拳風，而辛捷卻也退後好遠，站在那裡。

辛捷自出道以來，功力真有一日千里之勢，尤其最近，功力已到達他個人巔峰狀態，強如勾漏一怪，也敗在他手下。然而無恨生是何等功力，辛捷自忖仍差得甚遠，是以不願和他打這一場架，正待發話，那無恨生卻再逼上來劈出一掌。

無恨生是恨極了辛捷，出拳之間，竟帶風雷之聲，想是他已用上七成真力。

辛捷不敢硬架，他猛一抽身，身形如箭一般倒退丈餘，他正待開口，忽然眼前一花，無恨生大袖揮處，又到了辛捷眼前——

辛捷大叫一聲：「島主且慢——」

無恨生的勁力已到了胸前，辛捷迫不得已，雙掌平胸推出——

呼的一聲，無極島主的勁力竟然全收，辛捷此招乃是奮足全力，再也收勢不住，衝跌向前——

無恨生反手一掌劈向辛捷背上，眼看就要打上，他突然把勁道收回兩成。

辛捷直感背上勁壓如山，他身子略側，雙掌分出，一上一下，上面一掌正好迎向無恨生下壓之勢，下面的一掌卻在地上一按，身子如箭一般斜掠而出。

無恨生不禁更是憤怒，雙掌一翻，宛如大鷹一般撲擊而下——

辛捷功力比他相差甚遠，心中雖然大急，但是苦於無暇開口，只好勉強和無恨生周旋。

三招之後，辛捷想到平凡上人在小戢島的危境，不禁心如火焚，長嘯一聲，抽身就退。

這次無極島主倒沒有立刻追擊而上，辛捷忙喘息道：「島主暫請息怒，晚輩來此乃是奉平凡上人之命來請島主前往小戢島，有要事相商，慧大師也——」

無恨生冷冷喝道：「什麼平凡上人，慧大師，世外三仙的名號是你亂叫得的麼？」

辛捷不覺一怔，隨即想道：「他必是不信我的身分——」

「叮」的一聲，辛捷長劍已到了手上，他身子一晃，長劍對空斜斜劈出，劍尖嗞聲響處，陡然化做千萬劍影當空罩下，他雙足極其曼妙地前後一變，手上劍式已經從極複雜的劍影中一劃而出！

那劍尖之劍氣原不放在無恨生眼內，但辛捷手中的劍式乃是奇絕天下的「大衍十式」，足下所踩的乃是慧大師的平生絕學「詰摩步法」，這就令無恨生大驚不已了！

普天之下，身具這兩種蓋世絕學的，只怕僅辛捷一人耳！

無恨生在對付玉骨魔時曾見過辛捷施展詰摩步法，那時他還不能深信，因爲慧大師的怪脾氣他是知道的，但是如今辛捷所施的不僅不折不扣的是那詰摩步法，而且手上所施的竟是平凡上人的「大衍十式」！

但是無根生卻冷笑道：「小子花言巧語騙得那兩個老糊塗，卻騙不得我——」

辛捷不由心頭火起，但他立刻就想到自己所負的使命，當下強忍怒火，潛心思索當前之計。

他本聰敏無比，心想：「爲今之計只得激他一激了——」

想到這裡，他先仰天呵呵長笑，聲動土石。

無根生冷冷道：「小子笑什麼？」

辛捷不理會他，卻自言自語：「唉，不料世外三仙浪得虛名——」

無根生怒道：「你說什麼？」

辛捷道：「我說有一人武功遠勝於你——」

無根生明知他是故意相激，但他卻忍耐不住，當下怒吼道：「你說是誰？在什麼地方？」

辛捷道：「告訴你也不濟事，你反正不敢去——」

這話更是明顯是要相激，但無根生就是嚥不下這口氣，大吼道：「你說，你說他在哪裡？」

辛捷道：「我敢打賭你打不過他，告訴你也罷，他正在小戢島上——我敢與你打賭——」

無根生怒道：「若是你賭輸了怎樣？」

辛捷雙眼一翻，又有了計策，大聲道：「我若輸了，我負責替你尋得菁兒——我與丐幫頗有交情，丐幫兄弟遍布天下，必能尋得。」

其實他心中卻暗道：「就是不打賭我也要去尋菁兒啊！」

無恨生聽他說負責尋找菁兒，心中一動，馬上道：「好，就這麼辦，若是我輸了——」

辛捷心知無恨生必是把他看成奸滑狡獪之徒，索性故作奸笑道：「若是島主輸了，晚輩可要請島主指點兩手！」

這一來無恨生果然大信，心想：「平凡上人和慧大師必是著了這奸小子的道兒才把絕藝傳給他的——哼——」

於是他朗聲道：「成，就依你！」

辛捷暗噓一口氣，大聲道：「君子一言——」

無恨生哼了一聲緊接著道：「快馬一鞭！」

卅五　碧玉斷腸

日照中天，小戢島上的戰鬥愈加激烈，大戢、小戢島主併肩作戰，但對方也是蓋世的高手，五人激戰之下，倒是天竺怪客多了一人，佔了上風。

小戢島主還好，懷著舉世無雙的身法——「詰摩步法」，在危急時便能一閃而過，採取游鬥方式，大戢島主平凡上人卻不同了，他天生一副古怪脾氣，和那「恆河三佛」中之首的伯羅各答有意硬打硬撞。

本來，大戢島主平凡上人可以輔助小戢島主，用詰摩步法配上殺手攻敵。但偏生對手倒也是一個極強的內家高手，大戢島主一連三掌震之不退，怒氣上衝，雙足釘立在石林上，盡採用硬撞之式。

平凡上人怒氣真發，掌式如風，和伯羅各答硬拆了廿多招，平凡上人到底內力修為較伯羅各答微高，伯羅各答已覺真力不繼。

他們這一拚，倒苦壞了慧大師，她以一敵二佛，全力用上乘輕功閃躲，而金伯勝佛和盤燈孚爾不時加上一招二式反攻平凡上人的背部，使二個島主都心感力不能濟。

平凡上人脾氣古怪，慧大師也不便叫他放棄硬打的方式來助她，是以任世外三仙為首二位功力蓋世，仍是站在完全下風之勢勉強打成平手。何況石陣下面還有一個虎視眈眈的金魯厄哩。

平凡上人愈打愈怒，豪氣衝天，長嘯一聲，雙掌翻飛齊出，一連劈出十餘掌。這幾招是平凡上人全力灌注，伯羅各答硬拆之下，心神一搖，險些吐出血來。

平凡上人冷然一笑，但心中也不由一緊，敢情他這數掌一出，也耗去大半內家真力。

金伯勝佛見師兄身體搖擺不穩，不由一驚，身體掠了過來，雙手疾點向平凡上人背部。

平凡上人聽風辨聲，冷冷一哼，身體穩立不動，大袖袍袂飄飄而起，左右一邊飛出一掌，看也不看，便是一式「雙撞掌」反拍而出。

金伯勝佛見對方背對自己，身體穩立有若泰山，雙掌後出有若閃電，而且認敵之準，真是生平僅見，只這一點，便是一派大宗師的樣子，心中不由心折。

伯羅各答硬架大戢島主數掌，竟吃了小小的內傷，不由大怒，努力調養翻騰的血氣，兩掌平胸推出。

平凡上人雙掌已抽出應敵，眼見敵手雙掌向外畫了一個圓兒，知道後面必是猛招，急切間收回左手的招式，單單右手一拍一翻，改「雙撞掌」之式爲「拍肚腿」，仍然是硬挑硬打的路子。

左手收回，急切的一沉一吐，竟然一招二式，前後對敵。慧大師看見這情形，不由大吃一驚，敢情她心中有數，平凡上人再高的武藝功力，也不能同時應付兩個前後夾攻的一等一高手。

心中一急，身子一閃之間，一晃一躍，剛好從那盤燈孚爾的身邊而過，這乃是「詰摩步法」中的精粹，盤燈孚爾這等功力，眼看她來近了，劈出兩掌，卻都走了空。

慧大師如此的功力，但究竟是女人家，是以平日很少用內力硬打硬拚，此刻兒事情迫不急待，還隔十餘根石筍的距離，雙拳一合，虛搗而出，竟是上乘內家拳招──「百步神拳」之式。

慧大師平日很少用硬擊之式，但一擊之下，拳風有若怒濤排壑，急湧而出，排出拳風，發出嘶嘶風響。

慧大師這一擊是對準金伯勝佛而發的，金伯勝佛前有平凡上人之式，後有慧大師夾擊，這一來，反倒使他成爲夾擊的對象。

金伯勝佛大喝一聲，身體往斜邊撞去，左手一沉，接了平凡上人「拍肚腿」之式，雖然平凡上人是單手，但他也覺有若千斤重錘錘了一下，身子不由一晃。

慧大師的「百步神拳」眼看便要打在他的背上，但小戢島主何等人物，怎能暗算於人，見平凡上人後圍已解，硬硬一吐內力，撥偏準頭。

小戢島主氣功精純，偏擊之下，竟虛空將一根整整的石筍尖兒掃去，石屑漫天飛舞。

這一記神拳真可謂「百步神拳」，隔那麼遠一推之下，那樣堅固的石頭也被打飛一大片來。

金伯勝佛立足不穩，跌下石筍，落至陣內。

那平凡上人本來真力已然不濟，而且是用一手之力，和恆河三佛之首伯羅各答含忿而發的拳勢相觸，二人心頭都是一震。

伯羅各答血氣本已翻騰，強壓著一掌劈出，和平凡上人的拳風一撞，心頭微感一熱，努力再加力道，想把平凡上人打下石筍去。

平凡上人也覺身子一陣搖擺不定，冷冷一哼，掌心閃電般向外一登，一股力道再度排空而出。

這一股力道好生古怪，不但剛巧抵住伯羅各答勢若奔雷的一拳，而且還往旁邊一帶。

伯羅各答不防有此，身體被這力道一帶之下，轉了一個圈兒，立足不穩，努力逼住真氣，才站在石上沒有跌下。

平凡上人心頭一震，自知真力在強撞強打之際已然受損，不敢托大，也盤膝坐在石筍上運功。

這一來五個人只有小戢島主和盤燈孚爾還在石筍上，驀然裡，刷刷兩條人影飛上石筍來，慧大師抬眼一看，竟是那跌下石林的金伯勝佛和金魯厄。

慧大師知道平凡上人是真力大乏，心知他運功再快，也要半個時辰才得好轉，目前自己以一敵三，如用「詰摩步法」游鬥，還可以支持一下，轉眼瞥見金伯勝佛，但見他左手好似垂著的，像是受了輕傷，暗忖道：「平凡上人一擊能傷兩個人，這份本事，可真不得了，我小戢島主難道就不能做到——」

心念一動，豪氣上升，冷冷道：「喂！看來你像是傷了？我小戢島主自會等——」

她話方出口，金伯勝佛已冷然道：「哼哼——」

他世居天竺，只知東海有世外三仙，但他們三佛滿以爲以自己的功夫，絕不怕那世外三仙，哪知自金魯厄受挫後，他們三人連袂來到中原，卻不料世外三仙竟有如此功力。

心念一動，接口道：「出訶魯，里攸烏德，哥本地之浩呵——」

他言中之意乃是要師弟盤燈孚爾和慧大師打一陣，自己去看師兄伯羅各答的傷勢，慧大師在一旁莫名其妙，不知他說些什麼。

金伯勝佛說完，身體一蕩，掠向平凡上人和伯羅各答二人調息處。慧大師心中一急，只當他是去傷害正在運功的平凡上人，大叱一聲，掠身追去。

金伯勝佛倒不知慧大師誤會，雙足一點，身形如箭掠去，慧大師不料他輕功如此快法，吃了一驚，金伯勝佛已然掠到伯羅各答身旁探了探脈息。

慧大師的輕功本來可稱舉世無雙，尤其是配上「詰摩步法」，更是神奇無比，但和這金伯勝佛一比之下，竟似慢了一些，心中不由大大驚駭。

金伯勝佛見她跟來，會意冷冷的道：「你當我是什麼人，會去傷這正在調息的人麼？」

但她卻暗中驚道：「我那詰摩步法神功無雙，但論到『快速』兩字，恐怕竟不及這廝哩。」

慧大師見他掠向伯羅各答，已知是誤會。

正在這時，大戢島主驀然抬頭對金伯勝佛道：「你且不要得意，你道你們化外之民的武學能比中原強麼？等一會——嘿嘿——」

他顯然尚未完全恢復，中氣似有不足。

金伯勝佛不去理會他，平凡上人又道：「這叫做華夷之爭，等會看看到底是孰勝——」

說著再度閉上眼來，用功調息。

且說辛捷和無恨生離開無極島，駛舟如飛向小戢島趕來。小戢島距無極島並不十分遙遠。二人一路上用力催舟，船行極速，在海洋面上劃了一條長長的浪花。

這事關係全武林盛衰，無恨生也不敢怠慢，用足內力，拂往後面，每拂一下，船兒便能駛出十餘丈來，一會兒小戢島便模糊在望。

無恨生雖和慧大師、平凡上人並稱世外三仙，但交往並不頻，尤其是對慧大師，無恨生連小戢島都沒有踏上過半步，此刻到得近處，不由多多打量幾眼。

登上陸來，二人齊施輕功猛趕。

辛捷輕功雖自不凡，但比起無恨生來仍差了幾籌，無恨生迫不急待，不時扶辛捷一把，二人有若在黃硬的沙土上劃過二道黑線，速度驚人已極。

小戢島方圓不過十里，兩人此等腳程，不消片刻，便來到那石林所佈的歸元古陣前。

驀然，石筍陣上方差不多同時發出了兩聲龍吟般的長嘯，嘯聲都是低沉有力已極，顯示那發嘯的兩人的內功造詣都是已達登峰造極的地步。

無根生一怔，隨即會意道：「從那兩聲嘯聲可知是三個內力極高的高手在傷後調息好所發的，看來大小戢二島主間必有其一受傷——」

說著縱身飛上石筍。

那大戢島主平凡上人和「恆河三佛」之首伯羅各答果不出無根生所料，運功之後，同時復元。

由於兩人內力造詣相差有限，是以復元得也差不多快，兩人緩緩站起身來，面對面立著，大有再拚的意思。

那邊慧大師展開詰摩步法和金伯勝佛、盤燈孚爾、金魯厄三人游鬥，極勉強地以下風之勢維持不敗。

由於平凡上人和伯羅各答同時復元，戰局又自一變，金伯勝佛心知伯羅各答傷後恐非平凡上人之敵，忙支金魯厄去幫大師伯抵擋那平凡上人。

驀然裡，石林上人影一閃，金魯厄吃了一驚，當他分辨是二條人影如飛趕來時，大叱一聲，全力一掌擊了上去。

假使是別的人，他也許會考慮來者是敵是友，不可能便一掌打過去，但金魯厄乃是天竺來客，根本在中原沒有友人，來的人定是敵方，是以不考慮便一掌封去。

前面的人影正是趕來助拳的無極島主無恨生，此時身體僅僅往側一閃之間，便掠了過去。後面的一人正是辛捷，他不像無恨生般一閃而過，卻是不客氣的雙掌一吐，回擊過去，硬硬的接了一招。

金魯厄一撞後退，瞥眼之間，竟是在那「無爲廳」上挫敗自己的辛捷，心中一驚，看來好像他又有了進步。

無恨生直奔過去，奔到那伯羅各答身後大叱道：「接招——」

說著一掌斜劈而出。

伯羅各答雖然不懂「接招」的意思，但聽掌風，已知有敵，他自視甚高，冷冷一笑，反手一掌劈出。

無恨生知他托大，冷冷一笑道：「好掌法——」

話聲方落，驀然劈出的掌一沉一帶。

伯羅各答作夢也想不到身後又是一個功力不在自己之下的高手，一個輕敵，不但反擊的掌力被卸在一邊，而且身形也被對方一帶之下，轉了一個轉兒，面對無恨生。

伯羅各答在不知不覺間，又吃了一次陰虧，不由老羞成怒，怒叱一聲，一掌平胸打出。

二股力道一觸，無恨生一晃，而伯羅各答也不由一震，險些後退，心中的驚駭可真是太大了，忖道：「阿里古希，陸斯，馬多周尼古諾，荷荷嘟——」

他是想道：「真不可思議，一下子這荒島竟有三個此等身手，恆河三佛的威名可能會毀於一旦哩——」

他想到這裡，不由微微氣餒。

那邊平凡上人已大笑對無恨生道：「老弟，多年不見啦，真有你的——」

無恨生正色的答道：「上人過獎——」

他在世外三仙中和平凡上人交情較好，在平凡上人兩甲子生日時，曾送了平凡上人一具上古鐵箏，二人平日雖極少會面，但卻很熟悉。

平凡上人又道：「今兒咱們世外三仙全在這裡，他們恆河三佛竟宣稱要征服中原武林，現在是以一敵一，咱們可千萬不能有損名頭——」這話明著是向無恨生說，其實是激那慧大師，慧大師哪裡不明白他的意思，不由豪氣上升。

平凡上人又呵呵大笑道：「老弟，你去對付那個滿面皺紋的傢伙，咱們是一對一——」那滿面皺紋的傢伙，是指恆河三佛之末盤燈孚爾，他的意思是要以世外三仙排行和那恆河三佛順著次序地三人比劃。

無恨生淡淡笑道：「這敢情好。」說著便掠到那個滿面皺紋的盤燈孚爾前面。

平凡上人見大家站定方位，仰天哈哈長笑，震得石筍林窸窣作響，然後他大喝一聲：「上啊——」

說罷當先一拳揮向伯羅各答。

慧大師和無極島主也各自動了手。辛捷在一旁目睹當今這頂尖兒的六大高手拚鬥，真是目眩口呆。

驀然，那金魯厄鼓勁一掌對準辛捷劈來，想是他想起奎山之敗，不禁怒上心頭，恨不得一口將辛捷吞將下去。

辛捷被他掌風驚起，左足橫跨，右掌呼地迎將上去，只聽得砰的一聲，辛捷被震退半步！

雖然如此，那金魯厄已感到大吃一驚了，因爲他發覺辛捷比之一月前功力又有進步！

這一掌令辛捷記起自己功力比對方略遜，當下一錯身，雙掌如風飄絮般揮出三掌。

這三掌看似輕浮，實則柔勁暗含，金魯厄何等功力，一看之下瞭然於胸，反身斜撞，雙掌變而爲爪，直扣辛捷脈門，只待辛捷一閃身，他右肩就能直撞辛捷「華蓋」穴。

辛捷不料他出此怪招，一時無法破解，只好施出慧大師的絕世神功「詰摩步法」一閃而出。

只聽「叮」然一聲，辛捷抽出了長劍——

金魯厄一見他亮出長劍，新仇舊恨一起湧上心頭，刷的也將腰間長索取了下來！

辛捷一領長劍，嘶地一聲直取金魯厄的小腹，金魯厄長索不守先攻，長索掄得筆直地點向辛捷眉心——

辛捷昂然不退，頭頸一閃之間，手中劍式已一連攻出五式，全是虬枝劍法中的精華。

金魯厄長索宛如出洞蛟龍，翻滾之間，連消帶打地化去了辛捷的凌厲攻勢！

這四對一流的高手在小戢島上展開了生死的拚鬥，日頭已漸漸西偏，石筍一根根的影子也由短而長！

辛捷和金魯厄的拚鬥不出百招就自動地停下了手，原來他們同時爲恆河三佛及世外三仙的拚鬥吸引住了。

辛捷垂著長劍，凝視著那三對精彩絕倫的廝殺，尤其是平凡上人和慧大師，他們都曾傳過辛捷武藝，辛捷見這兩位蓋世奇人各將自己的得意絕學施得威風凜凜，不由更是心眩目馳！

當年辛捷瞧平凡上人和慧大師在小戢島上拚鬥，是一大進益，這時再看兩人和恆河三佛中的伯羅各答及金伯勝佛拚鬥，更是大有心得。

只見平凡上人雙掌忽劈忽指，一時「大衍十式」雜在掌指之中，一時又換成新近所創的「空空拳法」，有時更用出一些不知名但妙絕人寰的怪招——這些完全是應對當時情況所臨時創出來的。

再看那慧大師，手上所用的掌法正是傳給辛捷而未傳全的掌法，腳下卻配合著曼妙蓋世的「詰摩步法」，那金伯勝佛的輕功雖然快得出奇，但是在臨敵之際卻遠不及詰摩步法神妙！

那金魯厄也同樣全神注視著場中拚鬥，只是他乃是凝神注視著他的師父和師伯叔，同樣的，他爲他師父們的神奇武功感到激動萬分！

忽然，金魯厄從師伯伯羅各答的一招中悟出一下妙著，他大喝一聲，立刻運用出來往辛捷身上招呼過來，辛捷正在全神貫注平凡上人的一記怪招，忽感勁風壓背，他瞧也不瞧地反手一把抓出，金魯厄雖然招式奇絕，但竟被他迫得橫跨半步！

這正是他從平凡上人招中悟出的一記。兩人交手一招後，各自竟然住手，一齊回身注視場中拚鬥，每當兩人悟出一招，就回身對拆一招，然後又自潛心思索。這場驚天動地的拚鬥，倒便宜了這兩個青年高手，兩人在不知不覺間都悟出了許多平日無法想到的妙招。

但是辛捷因爲新近跟平凡上人及慧大師學了兩套絕世拳法，許多精微之處尙不能貫通，這時目睹兩人全力施爲，尤其得益非淺。

那三對人拚拆千招之後，辛捷自己還不覺得，金魯厄卻是驚怒不已，他只覺辛捷每發一招，功力似乎就增進幾分，自己雖然全力苦思，但是仍然追不上辛捷的進境！

石林陣東面，無極島主和盤燈孚爾也打出了真力，兩人各自施出平生絕技，著著搶攻。

無恨生年齡雖在世外三仙中算是最小，但是他曾服食仙果，功力之高，比起平凡上人來也不多讓，那盤燈孚爾一連換了七種掌法，始終無法搶得先機。

只聽得無恨生大喝一聲，單掌如風搗出——

盤燈孚爾單腳釘立石筍上，身體一圈，另一隻腿如鐵棍般盤旋掃出，勁風之盛，竟令無恨生衣袂飄起。

無恨生大喝一聲：「來得好——」

身軀躍在空中，雙掌雙雲般抹下，待盤燈孚爾揮拳相架，他突然單掌急搗而下——

盤燈孚爾用足力道，往上一扳。

無恨生心中一凜，猛然使用一式「驚鴻一瞥」，雙腳連環交相踢出。

無根生一著失策，竟走險招。盤燈孚爾浸淫武學已有八十餘年，腦筋轉都不轉，手指疾伸，點向無根生腳踝上的「公孫穴」。

這「公孫穴」位於腳踝骨間，假若讓人點著，一條腿立刻得廢，無根生臨危不亂，腳板用力往內一扭，護著「公孫穴」，用腳背脊部迎向盤燈孚爾。

這一招用得又奇又險，盤燈孚爾一點走空，收掌不住，一掌打在無根生的鞋上，身體不由一晃。

無根生用了如此險招，才算勉強渡過難關，不由大怒，冷冷對盤燈孚爾道：「好——哼——」話方出口，驀然想到對方根本不懂漢語，說了也聽不懂，不由啞然失笑。

無根生何曾如此狼狽過，心中怒火膺騰，一式「平步青雲」，身體陡然上升，盤旋在盤燈孚爾上空，驀地裡用一式「泰山壓陣」之式，向下虛虛一按。

盤燈孚爾從無根生神色間便可看出對方已是真火上升，出手之間，怕是致命的招式，不敢分毫大意，凝神以待。

無根生一式劈出，盤燈孚爾哈哈一笑，雙拳合握，向上空衝擊一拳，看他的招式倒有點像中原的「衝天炮」的招式，但威力卻是大得出奇。

無根生和他一拚，身體陡然被一股大力道向上一托，不但自己攻敵的功力全失，反被回敬過來。

再看那盤燈孚爾時，只見他身子微微搖晃，顯然比自己還要吃虧，不由豪氣上衝，哈哈一笑，真氣竟在空中一散一收，已轉那混濁的一口真氣爲之清純，雙掌一劃，再度向下虛虛一按。

盤燈孚爾已知無恨生乃是要在空中和自己硬拚，這樣打下去，對方可以把身體升高化開勁道，自己只好被人家像釘釘子一樣釘入土中了。

心念一動，竟踏八卦方位而行。同時間雙拳也不斷往上衝擊，抵禦無恨生下壓之式，而自己邊行邊打，也把無恨生的力道化於無形。

這樣一連數次，無恨生打得性起，喝聲：「好，再接一招！」

他這話並非是和那盤燈孚爾說的，倒是爲自己吐氣開聲助強拳勢所發，是以話聲如喝，直可裂石。

喝聲才落，無極島主無恨生雙拳一左一右，運用「雙雷灌耳」之式，合擊盤燈孚爾天靈兩側。

盤燈孚爾雖然雙拳一錯，有若兩條出洞長蛟，竟一合一分地，反擊無恨生夾擊的兩條手臂上的「肘穴」。

無恨生早料有此，閃電間一縮手，左手當胸，右手姆指中指凸出有若袋形，疾劃而過。

這一式乃是無恨生平生絕學，喚作「白鹿掛袋」，有不可思議的威力。說時遲那時快，無恨生右手閃電疾出，從右手下側翻出一叩，叩向盤燈孚爾胸前「市井」穴道。

兵法上有所謂：「知己知彼，百戰百勝。」無恨生早料盤燈孚爾會分擊自己左右手，偏空出中盤，是以預先出招走中宮，入洪門，下殺手！

盤燈孚爾不虞有此，雙手分開，招式用老，收招不及，眼看只有等死，但他如此功力也不肯就此服誅，雙腿連抬，踢向無恨生即將落地的下盤。

無恨生冷冷一笑，右手攻勢不變，雙足一蕩，一口真功灌注，往上一翻，巧妙的閃過盤燈孚爾的攻勢。

這一來，一口真氣既要護注下盤，又要貫注攻敵，非是無恨生此等功力，也不足以成功。

無恨生眼看一擊成功，而大小戢島主好似和那二佛正對鬥得難分難解，心中不由躊躇滿志。

驀然，他忽覺胸口一緊，真力飛快的散去，不由大吃一驚，微微嘿了一聲，努力提起一口真氣，他不提也罷，一提之下，胸口竟是一陣劇痛。身體再也支持不住，砰的跌在地下。

盤燈孚爾本已無救，但仍存著兩敗之意，倏然伸手一彈，擊向無恨生喉嚨，這一式乃是攻所必救，而他自己也剛好可以逃出性命。

無恨生真功陡然之間散失，敵人攻到自己要害，一種極其自然的反應促使他努力往後移了一點。

「呼」的一聲，盤燈孚爾一擊走空，僅拂過無恨生的衣襟。

盤燈孚爾也不知無恨生爲何陡然之間竟會如此，他自恃身分，不好再上前下手，呆在一旁。

這一來四對交手的人都停下手來，無恨生倒在地上，連他自己也不明白是怎麼回事，數次想提真氣，但都徒勞無功，不由急得冷汗直冒。

平凡上人來到他的身邊，按了按他的脈息，卻絲毫沒有異狀，不由束手無策，而慧大師和辛捷也都心急十分。

那一邊恆河三佛和金魯厄四人，也是呆呆的發怔，只有金伯勝佛的腦筋飛快的轉動著。

恆河三佛中以金伯勝佛馬首是瞻，雖然他是伯羅各答的師弟，但爲人甚工心計，是以可說是三人中的智囊。他猶豫不決，心中不斷忖道：「這俊美的中年書生不知是怎麼回事，看他那倒地不起的模樣倒像是癲症子發作一般，假若咱們此時發動攻勢——嘿——」

念頭閃過他的腦際，他臉上現出一個猙獰的笑容，但是接著又想道：「不過，假若我們乘機攻擊，至多不過把那中年書生打死，弄得好的話頂多加上那姓辛的小子，而那兩個大小戢島主卻是奈何他們不得，嘿，這對咱們名頭可大有損失，真可謂得不償失——」

須知恆河三佛雖然沒有道義可言，但是平生極愛惜羽毛，是以金伯勝佛猶豫不決，臉上神色陰晴不定。

那邊大戢島主十分焦急，運用內力打入無恨生體內，但效果卻是完全相反的，而且無恨生還像是受了很大的痛苦，這倒是大戢島主料想不到的。

慧大師站在一旁，注視著無恨生的臉色，覺得他面上蒼白之間還微微泛出烏青，慧大師見識多廣，心中有數，知道必是什麼內疾突發，但她卻也不明白以無恨生這等功力豈會有內傷伏在體內而他自己都不明白？

金伯勝佛一再沉吟，終於朗朗道：「喂，今日之事，你們已有一人病發，咱們恆河三佛豈能再和你等過招，嘿——是以今日——」

他話未說完，大戢島主已知他意，心知他明白決討不了好去，不如見好便收，再放一段順水人情，不由哈哈一笑。

金伯勝佛微微一頓，又道：「是以今日之事，便此作罷，你們中國有句話：『青山不改，綠水長流』，嘿，咱們日後有暇再來討教，今日多謝四位的高招啦，就暫作別——」

他用漢語和天竺話語各說一次，還得意地乾笑了數聲，一擺手，便想和其餘三人一同走去。

慧大師忽然冷冷一笑，道：「你們能走得出去麼——」

金伯勝佛一怔，打量一下四周，「歸元古陣」他們是領教過的，果是奧妙，雖是在石陣陣上，但仍是茫然不知如何落腳。

慧大師冷笑一聲，不發一語，縱身便往前走。

金伯勝佛等人知她是在領自己出陣，不敢再出大言，跟在她身後，一同走出古陣去。

大戢島主平凡上人望著五人背影，哈哈大笑，直到五人去得遠了，才收住笑聲對無恨生道：「老弟到底是怎麼回事——」

無恨生勉聲道：「這確是太奇了，連我自己都不明白，不過我猜想只有一個可能，上人可聽到過世上有一種毒藥可以藏在人的體內許久許久潛伏不發，而到定期才突然發作？」

平凡上人彈彈腦門沉思道：「問別的我倒知道一些，這『毒』我可是一竅不通——」他邊說邊想，驀然叫道：「對了，聽說有一種毒藥，叫作『碧玉斷腸』，便有這樣子的特性。」

無根生點了點頭道：「那『碧玉斷腸』可是色作碧綠，無色無嗅？」

平凡上人叫道：「正是，正是，你可是中了這種毒？」

無根生點了點頭道：「上人可曾聽過『玉骨魔』之名？」

平凡上人道：「呵，我知道，就是那個海盜頭子——」

——讀者一定還記得，當日無根生與玉骨魔手下黃子沙總舵主成一青在海上相遇時，無極島主曾毫不在乎地飲下對方一杯綠色的醇酒——

無根生把這段往事說了出來，他喘了口氣道：「我想如果是，那必是由於那杯酒了——嗯，這會兒我不曾妄動，真力反而好受了一些。」

平凡上人搔了搔光頭，一無可施。

日色已暮，紅日西沉，朱紅色的波光隨著洶湧的晚潮上下閃動，小戢島上所有的石筍都成了一半紫色一半金黃色，高高地矗立在晚霞中。

無根生默默暗自運功，但是一口真氣始終提不起來，他甚至能感到身中的毒不僅發作，而且已經開始蔓延開了。

平凡上人無言地呆站在一旁，也是束手無策。

忽然，一個念頭如閃電般穿過辛捷的腦海，他滿面喜容地叫了出聲——

卅六　毒經解厄

大戢島主平凡上人雖是功力蓋世，但對於下毒解毒這一門卻是一竅不通，無恨生中毒看來非淺，但他也只有旁觀，束手無策。

只是見辛捷大喜過望，精神不由一振道：「什麼東西，是解藥嗎？」

辛捷搖了搖頭，嘆聲道：「這東西，我看這東西準成。」

說著掏出那懷中的一本書來，揚了揚道：「有了這本書，什麼毒都詳細的記載在上面——」

敢情他那一冊書正是毒術天下稱首的北君「毒君金一鵬」畢生心血所作的毒經。那一日金一鵬的女兒金梅齡把這本毒經留給辛捷，辛捷書不離身，但一來連遭奇遇，二來急事纏身，根本無暇去看它，而且幾乎都忘了。

這當兒靈機一動，有了毒經，什麼毒還不是迎刃而解？

大戢島主接過「毒經」，看了看封皮，唸道：「毒經——金一鵬作，金一鵬，啊……」

辛捷接口道：「金老前輩那日曾在沙龍坡以毒攻毒殺死那玉骨魔，這本書可是他老人家畢生心血哩——」

大戢島主不由驚詫出聲。

辛捷又道：「金老前輩毒術天下無雙——」說著接過毒經，迅速的翻開看去。

這毒經上包羅萬象，宇內海外，每一種毒草、毒蛇，甚至是有毒的生物，幾乎全部在內，直看得辛捷心驚膽戰，但心中卻由衷的佩服那又癲又諧的老人——金一鵬。

辛捷很快的瀏覽過去，那毒經中還不時加上一兩幅插圖，辛捷愈看愈驚，心中一動。

須知辛捷為人性本放達，天生好學嗜書，是以並不以為毒術乃是邪道旁門的玩意，心中一動，眼見這毒經上真是「毒」不勝收，竟動念要學習下來。

他一念之間，已下決心，很快的翻著書，卻始終不見有那什麼「碧玉斷腸」的名稱或解法。

無極島主無恨生靜坐一邊，仔細調運真氣，臉上神色一片漠然，倒是平凡上人很焦急的望著辛捷。

又過了一刻，慧大師也已回來，辛捷已差不多快要把一冊書都翻完，但仍沒有找著這「碧玉斷腸」的名字。

匆匆又是數頁，眼看毒經只剩下最後幾頁，忽然，辛捷精神一振，敢情那書上端正的寫著二個字：「特例」。

「『玉骨魔』既然用來毒無恨生，必非普通的毒物，這特例中多半會有——」他恃道，一面仔細的尋找。

驀然，四個大字呈現在眼前，可不是「碧玉斷腸」四字？

辛捷禁不住大聲叫道：「有了有了，這玩意看來來頭不小呢——」

他接著便照書上唸道：「碧玉斷腸，原本爲植物，中土絕跡，形爲四葉一蕊，無果，爲此植物之草汁……」

他飛快的唸著，也懶得管這種介紹，跳過數行，找那治療的方法，又繼續唸下去，道：「……毒性極濃，與『立步斷腸』並稱『雙斷腸』，且潛伏性極大，伏於體內，任內功高深，亦不易察覺，此物乃天地間最爲厲害之物……」

「治療之方，普天下之下，僅有一物……」

辛捷唸到這裡，耐不住聲音也微現緊促，顯示他也十分緊張，高聲繼續道：

「僅有一物，即『火玉冰心』，此物全天下只有北燕然山頂有產——」

平凡上人神色驟然一變，忖道：「燕然山距此當有萬里之遙，莫說現在急急需要，一時不能趕到，就是能夠到達，也不見得就能立刻尋著——」

卻聽那辛捷歡聲道：「還有一法——」

原來當日金一鵬作此書時，每一種毒物，都有精細詳註解釋，而且還加以自己數十年的心得。

這碧玉斷腸是金一鵬晚年才得知，當時除了火玉冰心外，確實缺乏他法醫治，但金一鵬深知火玉冰心舉世難尋，是以決心再找出另外一個法子。

憑他在毒中混了一生，加上極深的內功和極高的天資，終於在潛心思索下領悟了另一個方法，於是他立刻把此法寫入毒經上面。

辛捷歡聲的把那方子說了出來，平凡上人不由「啊」了一聲。

敢情這個方法是太危險了一些。

原來，大凡這種潛伏性的大毒性，在毒發的時候，也愈快捷，假若在它尚未散入血脈，還是整個在體內之時，由一個內家絕頂高手用內力把它逼出便可無妨。

但是這「碧玉斷腸」一入體內，便會聚在人體中最重要的血脈中，那就是說聚頂心到心臟的這一帶。

如果要把它逼出體內，非要從頂心上著手不可。

平凡上人、慧大師、辛捷都是一等一的好手，怎會不知假若要動手逼毒，那非要在頂心「泥丸穴」上拍一掌。

「泥丸穴」乃是人生穴道的總結之地，一掌拍下，那麼立刻功力全失，有如凡人，而且痛苦萬分。

中毒者功力即消，一點本能內在的潛力再也不能維持，「碧玉斷腸」之毒立刻迅速的散開。要在這時，觀好時刻，再拍一掌，接著用內力渡入體內，好生逼出體外，才能散卻此毒。

「泥丸穴」如此重要，假若下手的人一分失手，中毒者立刻死去，反之，假若下手輕了一分，那中毒者不但白受一次痛苦，而且對他內力修爲也有損害。

這個法子雖然能成，但太過危險，是以連平凡上人、慧大師此等人物，也不由驚詫出聲。

當年毒君金一鵬領悟此方，便想世上絕無此等功力的人，是以這法子必然依舊是無法成功，但他還是將它寫在毒經上，算做是他一生研究毒學的一點兒心得！

平凡上人是全心佩服這作毒經的金一鵬，見識竟是如此多廣，就連慧大師此等好強人物，也不由心折！

平凡上人苦笑一聲道：「老尼婆，這倒是一個難題呢！」

慧大師默然一點首道：「假若是咱們二人連手的話——」

平凡上人道：「不成，那恐怕更險——」

慧大師點了點頭，辛捷明白他們乃是想二人連手，內力不若一人純熟，更易出險，自己功力還差，只得默然。

平凡上人哈哈一笑道：「那只得走著瞧了，老尼婆，你動手？」

慧大師微微搖首，接口說道：「這當口兒上咱們不必再客氣，老實說，貧尼的內力修為，自認比你要差上一籌哩……」

平凡上人不再言語，轉身對靜坐的無恨生道：「老弟，覺得好些嗎？……」

無恨生朗朗一笑，打斷平凡上人的話兒：「上人不必焦急，我無恨生再不成，這苦兒還挺得住。」

他顯然是勉強而發，語調到最後，已然微微顫抖。朗朗笑聲也愈來愈抖，而微帶尖聲。

平凡上人深知他的性格，哈哈道：「老弟，真有你的——」

話聲方落，右手大袖一閃之下，拍出一掌。

平凡上人心中有數，這一分差事可是十分艱難的，只要下手微微一錯勁道，便是遺憾終身。

他知道以無恨生此等功力，自己一掌拍下，他必會極自然的生出一股反抗的力道，雖然是極小量的，但也可能導致他失手。

是以他在無恨生說話之際，突然下手。

這一掌是平凡上人的真功力，力道是三分發，七分收，出手之快，有若閃電，大袖才擺，一掌已然接實。

平凡上人深知輕重，一反平日嬉笑的模樣，一掌才觸及無恨生「泥丸」，倏然往外一閃一圈。

平凡上人一觸之下，力道全收，無恨生但覺頂心一震，全身真力迅速的散去，一點真氣再也壓不住脈道中的毒性，極快的散將開來。

平凡上人不敢絲毫大意，左手一晃之下，點出二指。

這二指乃是虛空點向無恨生的「紫宮」和「章門」穴道。目的乃在於試探無恨生體內毒性散行的情形。

不說辛捷，就是素來面上冷漠，性如冰霜的小戢島主慧大師，也不由緊張的雙手互相緊握住。

平凡上人目不轉睛，瞪著無恨生，驀然，他瞥見無恨生俊逸的臉上，好似隱隱散過一絲痛苦的表情。

平凡上人何等功力，已知是「碧玉斷腸」開始攻心。

驀地裡，平凡上人結舌瞪目，有如春雷般吼了一聲——無根生頓時心中一震，靈台空明，臉上痛苦狀稍霽，平凡上人左手已如閃電般再拍出一掌。

平凡上人用佛門最上乘的氣功造詣，發出「獅子吼」的功夫，暫時震醒無根生的神智，把握時間，一掌按下。

手掌尚距「泥丸」頂心三寸左右，掌心閃電一吐。

辛捷摒住呼氣，已知這一掌拍下，平凡上人立刻要施開內力，渡入無根生體內，成敗全在此一舉。

平凡上人手掌按實，緩緩吸起一口真氣，導入無根生體中，努力往「泥丸」宮穴道下逼去。

平凡上人這一掌用的力道恰到好處，這一個難關總算渡過去，辛捷和慧大師都不由舒一口氣。

然而平凡上人自己心中有數，別看剛才那一掌按下去，全力控制著，不得有一絲一毫的差錯，一口真氣已經差不多全已灌注，自己內力渡入無根生體內逼毒，還不知能不能完成呢？但口頭又絲毫分神不得，只好全力支持施爲。

時間一分一秒中過去，平凡上人頭頂上冒出蒸蒸白氣，白髯無風而振，窸窣搖動，臉色如冰，緊張已極。

慧大師不相信這麼一件艱難工作，會被平凡上人如此順利地完成，她心中始終不能放下一絲毫，不輕鬆的盯視著。

果然，平凡上人的身體驀地有若酒醉，搖擺不定，辛捷大吃一驚，身體倏地掠起想上前察看。

他心知必是平凡上人內力不繼，想出手相助，但轉念一想，自己功夫比平凡上人不知差卻好遠，萬一出手不成對平凡上人或無恨生，甚至自己三個人都是十分不利的，是以身體不由爲之一挫。

這當兒裡，他眼前一花，一條人影已越過自己。

辛捷想都不用想，知道定是小戢島主慧大師。

慧大師好快行動，閃得兩閃，已掠到平凡上人身前。

她早知道事情不會如此順利，是以始終全神貫注。一見平凡上人身體微晃，便知自己所料不差，平凡上人果是內力有所不繼，立刻施展「詰摩神步」，閃到他身前。

但見慧大師左手疾伸食指，準確的落在平凡上人的「志堂」穴道上，內力已渡入平凡上人體內。

這一來，平凡上人精神大振，換去一口早已混濁的真氣，內力不斷渡入無恨生體內。

辛捷心中明白，這一來，平凡上人固然脫險，但慧大師和他的內力假若不能配合得天衣無縫，那麼，不但無恨生生命難保，就是大、小戢島主，也都會身受重傷！

是以辛捷的心情，比之先前更是緊張，但他自知幫不上忙，只在一旁目瞪口呆的望著三人。

來。

這時，居於東海三島之中的小戢島上，是一片死靜的，海邊離這裡很遠，浪嘯之聲不能傳來。

有一點微風，拂著寂靜中的四人，衣袂搖擺處，發出獵獵的聲音，周遭很為和諧——但實際上卻有如一條緊張的弦。

辛捷呆呆的望著，大戢島主一手緊緊的按在無根生的「泥丸」上，慧大師的手指卻緊貼平凡上人的志堂穴，無根生盤膝而坐，臉上神情甚為古怪。

將近一百年，東海世外三仙從沒有打過正經的交道，誰也想不到，在這裡竟會聚集一起，而且還合用內力療傷哪。

辛捷默然祈禱，希望無根生能痊癒，同時間，也仔細檢看那毒經，知道毒一逼下，立刻就要採取放血的方式。

辛捷緩緩走近，看那無根生「泥丸」上被大戢島主按住，臉上一層淡淡黑氣很慢地往下降，辛捷知道，大、小戢主的內力，已然發揮效力了。

黑氣逐漸下降，辛捷注視著，等候著機會，心情仍然是緊張的，轉眼望望平凡上人和慧大師，兩人臉上寶相端莊，想都已動用佛門心法。

普天之下，有誰能是大、小戢島主的敵手？而這兩位蓋世奇人聯手之下，有什麼事不能夠完成？然而，這都是一件令兩人都沒有把握的難題，假若兩人的內力不相配合，力道雖強，卻也枉然。

辛捷很明白這個道理。他知道，也只有慧大師如此高深的內力，才能和平凡上人相配合。黑氣下降，已到手臂上，無根生右手垂著，那黑氣已被大、小戢島主的內力逼到聚在無根生右手中指上一點。

辛捷從懷中拿出一個古銅的小瓶子，望望無根生一根有若黑炭的中指，他知道這便是那潛伏在無根生體內的「碧玉斷腸」了。

這玩意之毒，天下無雙，辛捷不敢沾上，手指微伸，虛空往無根生指尖一勒，一股指風過處，無根生右手中指尖上，頓時現出一道不太深的口子。

辛捷動作如風，小瓶已靠近那傷口，果然傷口中流出一滴滴的血出來，這正是那碧玉斷腸！碧玉斷腸色作碧綠，而且晶瑩發亮，一滴一滴，真有點像一小塊一小塊的翡翠碧玉，可愛已極。

斷腸毒液一滴滴滴出，果然不同凡響，落入瓶中，鏗然有聲，倒像是重如金屬一樣。而且每滴入瓶，都發出一股濃煙，可見其毒性之烈。

辛捷怕那濃煙有毒，摒住呼吸，看見那毒液滴入瓶中，不由有一種心驚膽跳的感覺！別看這毒液滴得慢，足足有頓飯時刻才滴完全。此刻辛捷一瞧毒液，少說也有大半瓶，重甸甸的，好不驚人！

辛捷謹慎的旋上蓋子，放在懷中。

大戢島主平凡上人等那最後一滴滴出，才收掌長吁了一口氣，退在一旁。慧大師默默收回放在平凡上人志堂穴上的手掌，和平凡上人一同運功調息。

盤坐在地上的無極島主無恨生，眼眸兒微張，一派玄門正宗的打坐模樣，緩緩的把一口真氣上提，在周身上下運行一周後，再運氣調息。

難關已過，總算無恨生內力造詣好，不至影響大、小戢島主，倒是辛捷在一旁見三人調息，心中仍然是緊張的。

良久，世外三仙都從傷損中恢復過來，無恨生翻身跳起，仰天運氣長嘯一聲。

這一嘯乃是他含勁而發，聲音好不清越，有若春雷破空，傳出老遠去，嘹亮的反射過來。

這聲嘯聲好生悠長，但四人都是內家高手，已聽出無恨生嘯聲中中氣仍有不足，知他尚未完全恢復。

平凡上人哈哈一笑道：「老尼婆，總算咱們不辱使命。」

慧大師微微一笑，並沒有回答。

辛捷看了看手中的毒經，對無恨生道：「前輩，照這經上說，前輩之毒雖已療好，但仍得休息三兩個月，否則對內力方面有礙——」

無恨生哼了一聲，不置可否。他並非不知好歹，但他當昔曾豪語中原武林人材凋落，這幾月來，他也曾到過中土，證實中原武學樣樣不差，而且，各種旁門左道，五花八門，也都樣樣有人精通，這次自己的性命，便從這「毒君」的手中撿來，可是他生性高傲，有言在先，是以僅僅冷哼一聲，心中仍是很感激的。

本來這當兒情形有若緊張的弦，這一來，卻又輕鬆無比，平凡上人笑口盈盈，不知得意著什麼。

驀地慧大師對無恨生道：「張施主，你對那石林發一掌——」

無恨生心知她心細，放不下心，要自己發掌，藉以看看自己的毒根去了沒有，心中感激，微微一笑。頭也不回，反手一拍，向一座石筍拍去。

無恨生這一掌純是內力，虛虛一按，力道好不驚人，但聞「轟」的一聲，那石筍左右一陣搖盪，卻沒有倒下。

無恨生微笑道：「真氣運行不妨，順利如常——」

慧大師點了點頭，平凡上人哈哈道：「這樣子，老弟只要再有十天一月，便可恢復。」

無恨生點點頭，心想自己傷勢已好大半，平日和大戢、小戢島主都甚無交情，再耽下去，也不甚好，於是朗聲道：「小生拜受兩位之賜，此恩待容日後馳報——」說著對慧大師和平凡上人一揖，轉身離去。

世外三仙本來自視都甚高，平凡上人和慧大師雖然爲無恨生出很大力，無恨生心中感謝，口中卻並不說出來，僅僅行禮而退。

慧大師和平凡上人早已不在乎這些，平凡上人哈哈道：「好說！好說！和尚偷懶一步不再遠送——」

話聲方落，無恨生已飄出兩三丈。

辛捷突地身體一動，向無恨生追去，叫道：「前輩稍待——」

無恨生身體一頓，轉身來望著辛捷。

辛捷訥訥道：「前輩打賭之事，已勝那盤燈孚爾，晚輩必當盡力找尋令媛——」

無恨生心想自己確實勝得那滿面皺紋的傢伙，只因毒傷突發才功虧一簣。但心中卻因此對辛捷稍具好感，凝神望了辛捷兩眼，才轉身奔去。

那邊慧大師站起身來，對平凡上人瞪了幾眼，不發一言，也走回島中。平凡上人深知她性格，呵呵一陣大笑，直到慧大師走入轉角處，才收下聲來。

辛捷目送無極島主無恨生走後，緩緩走回石陣，看見平凡上人臉上表情古怪，心中不由一怔，走近來也盤坐在地上。

天色漸漸暗下來了，夕陽西下，夜色漸濃。

靠近海岸，海風入夜逐漸加大，平凡上人的白色僧袍隨風而盪，卻是灰色的一片。

辛捷望著沉默的平凡上人，心中知道平凡上人必是有什麼事情要說，但他不開口說，自己也不好問。

兩個時辰前，這裡還是在龍爭虎鬥，華夷相搏，然而，這些已爲浮雲，隨風而散！

也許是太寂靜了，遠方的海濤聲隱隱有節奏的傳來，辛捷默然的坐著，一直緊張的心弦，由於和諧的氣氛，而重重鬆了下來。

天邊第一顆星兒出現了，在黑暗中劃過一道光明的弧度……

皓月當空，夜色如水，黑色的天空透出一絲深藍。

平凡上人坐在石上，仰首凝視著黑暗的長空，他兩道雪白的長眉微微蹙在一起，紅潤的臉孔上透出一派隱隱的愁思。

辛捷不解地望著老人——也許說在等待平凡上人開口還來得確切些。

良久，平凡上人開口道：「娃兒，我——我說個故事給你聽聽。」

辛捷奇怪地嗯了一聲，注視著平凡上人。

平凡上人仍是凝視著長空，似乎在那深無窮盡的黑色後面，尋求一些被遺忘了的往事。

他緩緩道：「大約是百多年前罷——那時，中原的武林領袖是少林。少林寺秉承達摩祖師的各種絕藝，雖然年久日深，有好些神功已經絕傳，但是就憑它正宗的內家真傳，仍不是武林其他各派所能及的——」

說到這裡，他停了停，但立刻又繼續道：「可是近百多年來，武林的泰山北斗已不是少林寺，江湖上也不見少林僧人的蹤跡，甚至有些少林弟子被人欺侮了，也沒有旁人出頭，於是旁人只知道少林寺人材凋落，聲譽一落千丈，卻不知這其中還有一節隱情哩。」

辛捷聽他說少林寺，更是凝神傾聽，只聽平凡上人接著道：「那時少林的掌門方丈是靈鏡大師，他的師弟靈空大師是藏經閣的主持——」

辛捷聽他說到「靈空大師」，不由啊了一聲。

平凡上人瞟了他一眼，續道：「靈空大師做了藏經閣的主持，終日閉門潛心苦思藏經閣中那些祖傳僅剩的一些殘缺不全的神功——本來那些失傳的神功只一鱗半爪，但是靈空大師苦思三十餘年竟然被他硬硬搞通，於是許多失傳多年的絕藝又重現於靈空大師的身上——」

辛捷似乎感到平凡上人雪白的眉毛下一雙眸子中，精光突然射出。

平凡上人歇了歇才道：「後來，後來爲了——爲了一樁事，少林寺內起劇變，掌門人靈鏡大師和靈空大師一齊離開了少林寺，靈鏡的大弟子台淨接任掌門，爲了這件事他定下了一條門規，凡是少林寺的和尙，如非掌門特許，終生不准出寺半步，而非生死關頭，絕不准與人動手——於是，少林僧人絕足江湖，少林弟子避不與人動手，而人們就以爲少林寺人材凋落，一落千丈——」

「靈空大師和靈鏡大師離開了少林寺，無異將許多少林絕技帶走，少林寺的僧人對祖傳武學自然更是無法瞭解——」

辛捷聰明絕頂，他聽到這裡，許多先前的疑竇在腦海中一晃而過，他對這些已有了大概的瞭解——他知道，那百年前身負達摩失傳神功的靈空大師，就是眼前的平凡上人！

事實上，少林寺以後的事倒真和辛捷料想的差不多——

台淨大師定下了這條門規，去世之後，經過兩代傳到智敬大師——少林寺現任的掌門人。

百年來，少林寺不斷地有人在苦思那些絕學，但是始終無法融會貫通，少林僧人知道要想重振少林蓋世神威，除了那蓋世奇才的靈空大師，已無他人，但是，靈空大師一去不知蹤跡，近百年時光，只怕已有變故。

忽然，他們想到了一點，靈空大師縱然已死，只怕他會有傳人繼承他那一身奇學。這並不算困難，只要到武林中去打聽，不難能探出一些端倪——然而對少林僧人來說卻是一樁難題，因爲少林弟子是不能離開寺門的。

智敬大師終於想出了一個法子，他收了一個天資奇佳的俗家弟子——孫倚重。因爲台淨大師的規定是「凡少林和尚終生不得離寺」，孫倚重可不是和尙啊！

智敬大師會合少林寺中所有的長輩，各將自己所知道的一些殘缺不全的絕學統統傳授給了孫倚重，所以孫倚重藝成下山後，立刻就成了轟動一時的「武林之秀」！

孫倚重的任務就是尋找靈空大師的傳人，於是他注意武林中一切出類拔萃的高手——於是他注意到新近名噪天下的「梅香神劍」辛捷！

他跟蹤辛捷，無緣無故和辛捷交上了手，等到辛捷施出平凡上人所授的「大衍十式」時，他又驚又喜地發現辛捷所用的招式竟似失傳的少林絕學「布達三式」，於是他沒頭沒腦地停止拚鬥，回身就往少林寺奔去——

跑出不及半里，卻碰上少林第二代的首徒自法，他這一驚非同小可，想到自法竟得掌門人特准下山，可見一定發生天大的事故——

自法碰上孫倚重，叫他立刻回山，不用再在江湖上胡闖，因爲師父已發現東海大戢島上的平凡上人極可能就是百年前的靈空。

孫倚重也將自己和辛捷交手的經過說了一遍，他對師兄說：「師父們所說的只不過是『可能』，而眼下的這一條線索是鐵一般的事實，咱們先探明了再回寺不遲。」

自法和尚聽他說得有理，於是繞捷徑到前面截住辛捷，要求和辛捷比劃，等辛捷施出「大衍十式」時，自法凝神注視，發覺確似本門失傳之「布達三式」，於是他和孫倚重商量出面問個清楚——

孫倚重少年老成，對師兄道：「當下咱們再出現多半會引起他的誤會，咱們不如先繞到前面的華家鎮去尋他，等他到時再好言相問。」

自法和尚雖是首徒，但爲人十分隨和，孫倚重又是二代弟子中最受同門器重的人物，他也就聽了孫倚重的計較，日夜兼程趕到了華家鎮——

他們在華家鎮一等就等了四五天，卻不見辛捷來到——當然，他們不知辛捷被關中九豪圍攻，險些兒送了小命。

直到天下武林齊會奎山，孫倚重又發現辛捷的蹤跡，他一面跟蹤上了奎山，一面要自法和尚趕回少林寺報信。

直到平凡上人突現「無爲廳」，臨敵面授辛捷絕學，力破了天竺來客金魯厄，孫倚重確定辛捷乃是靈空大師傳人，正要設法套問時，平凡上人卻抓著辛捷一去無蹤。

請續看《劍毒梅香》下冊

古龍精品集 51

劍毒梅香（中）

作者：古龍
發行人：陳曉林
出版所：風雲時代出版股份有限公司
地址：10576台北市民生東路五段178號7樓之3
電話：(02) 2756-0949　　傳真：(02) 2765-3799
封面原圖：明人出警圖（原圖爲國立故宮博物館典藏）
封面影像處理：風雲編輯小組
執行主編：劉宇青
行銷企劃：林安莉
業務總監：張瑋鳳
出版日期：古龍80週年紀念版2019年1月
ISBN：978-986-146-581-4

風雲書網：http://www.eastbooks.com.tw
官方部落格：http://eastbooks.pixnet.net/blog
Facebook：http://www.facebook.com/h7560949
E-mail：h7560949@ms15.hinet.net
劃撥帳號：12043291
戶名：風雲時代出版股份有限公司

風雲發行所：33373桃園市龜山區公西村2鄰復興街304巷96號
電話：(03) 318-1378　　傳真：(03) 318-1378
法律顧問：永然法律事務所 李永然律師
北辰著作權事務所 蕭雄淋律師

行政院新聞局局版台業字第3595號 營利事業統一編號22759935

定價：240元　

國家圖書館出版品預行編目資料

劍毒梅香／古龍作. -- 再版. --臺北市：
風雲時代, 2009.07
冊； 公分
ISBN: 978-986-146-580-7（上冊：平裝）. --
ISBN: 978-986-146-581-4（中冊：平裝）. --
ISBN: 978-986-146-582-1（下冊：平裝）. --
857.9　　98009962